U0934895

古诗课

史杰鹏 著

SPM 南方出版传媒 花城出版社

图书在版编目(CIP)数据

古诗课 / 史杰鹏著. -- 广州 ：花城出版社，2020.10（2020.11重印）
ISBN 978-7-5360-9212-9

Ⅰ. ①古… Ⅱ. ①史… Ⅲ. ①古典诗歌－诗歌欣赏－中国 Ⅳ. ①I207.2

中国版本图书馆CIP数据核字（2020）第176398号

出 版 人：肖延兵
策　　划：杨晓燕
责任编辑：许泽红
特邀编辑：孙　腾
技术编辑：薛伟民　林佳莹
封面设计：尚燕平
封面插画：猫　猫

书　　名	古诗课 GUSHI KE
出　　版	花城出版社 （广州市环市东路水荫路 11 号）
发　　行	新经典发行有限公司
经　　销	全国新华书店
印　　刷	河北鹏润印刷有限公司
开　　本	920 毫米 × 1270 毫米　32 开
印　　张	12.5　2 插页
字　　数	200,000 字
版　　次	2020 年 10 月第 1 版　2020 年 11 月第 2 次印刷
定　　价	58.00 元

目录

Contents

我们的伙伴和回忆

猫妈

作为古典语言学者的猫爸爸，经常被问到一个问题：

“孩子到底要不要学古诗词？背了那些，有什么用？”

学古诗词似乎确实没有能立刻看见的用处，它既不能盖房子，也不能造飞船。但作为人，除了吃饭睡觉、盖房子、造飞船，我们还有其他需求。比如，我们希望表达自我，也希望能通过表达自我，从茫茫人海中寻求心灵的小伙伴。

我们脑子里大多有过倏忽而逝的一点灵光，它是那样的悸动人心。然而闪念只是一瞬，我们的描摹能力又贫乏得可怜，无法用精确的文字来捕捉。我们看在眼里，想在心里，却说不出来。

可就有那么多的天才，把这些细微的感受用五个字、七个字就表达得淋漓尽致。我们看到这些句子，简直感动得要落泪。原来那个时候的那个人，他也有过我这样的感受，不但有过我这样的感受，居然还说得那么简单清楚，那么美。

这些伟大的作品，在千载之后的我们读来，竟然如遇知音，如逢故人，简直让人怀疑他们是否穿越时空，窥探过我们的小心灵。

这就是诗词的作用，它是和我们心意交通的小伙伴。

它广博而慷慨，千年的明月清风、春花秋草，情人怨遥夜，征战几时回，君自故乡来，但见丘与坟，我们总能找到最渴望的那一份慰藉。

它还忠诚，只要背下来，就永远、全部属于你。

那么，要怎么才能背下来呢？有一个诀窍：

准确理解字词。

离开理解，字词和句子就只是一些无意义的音节，记忆很难，也无法长久。我们家猫猫就是这样的典型。

猫猫在北京上一年级时，一本《小学生必背75首诗词》出现在她的书包里。老师每天带着早读，日积月累，她也背了不少篇目。但到了东京，敞放了一个月，我们再拿一些句子问她，她却毫无记忆。问她知道这些诗的意思吗？她说，老师没有讲过。她不太知道那些句子到底是哪些字，那些字到底又是什么意思，她只背下了组合在一起的音节。

翻开她的75首课本，我们发现，字词的解释基本是沿用古人旧注，这些注释中有的是古人注错了的，后世学者已经修正；而有些字词则完全没有注释，因为古人常用，他们觉得不需要解释，但现在的孩子没有听过那些词，需要详细的讲解。

于是我们试着自己一首一首去给猫猫讲解这些诗词。先从那些没有讲明白的字词开始。

字词疏通是猫爸爸无可争议的强项，从训诂学的角度搞明白了字词，简直就像掌握了通关宝典，一通百通，以后再学新的诗词或者文言文，一般来说，就不用时时去翻字典了，看到别人的注释，也能分辨那些注释是对的还是错的。

举个例子。

李峤的《风》里，有“解落三秋叶”一句。这个“解”字，我们看到注释说可以解释为“能”。但为什么“解”是“能”的意思呢？这很有些没头没脑。没头没脑，自然就很难记明白。

猫爸爸用训诂学的知识讲解了它的源流。“解”这个字，本义是用刀把牛角从牛身上割开，引申为凡是分开什么都可以说“解”。比如解开衣服，解开鞋带，解脱束缚，解放思想。搞清楚一个数学题，叫“解题”；讲清楚一句古文，叫解释。别人给你解释问题，你看见那个问题一点点分开，于是豁然开朗，好像解开了心中的死结，这叫“解悟”。

所以，解，可以引申为懂得了，理解了。懂得了，当然就会做，于是又引申为“能干”“能够”。唐玄宗把杨贵妃称为“解语花”，就是指“懂得说话的花朵”“能够说话的花朵”，因为一般的花朵虽然美丽，却不会说话，但杨贵妃能。这句诗里的“解”，也是“能”的意思，“解落三秋叶”，就是能吹落深秋的叶子。

理解到这个程度，再考背诵，实在很难出错。

因为真正理解了、真正懂的东西，自然而然就会刻在脑子里，想忘记都难。譬如欢乐和痛苦，也是因为我们真实地经历过，完全地理解和懂得，所以难忘。

然后，我们讲诗词作者的性格、经历、趣闻轶事，以及当时的历史细节。这些都和诗词的内容本身有关系，能够帮助我们更有效地理解和记忆。这些内容，也可以帮我们走得更远。

比如讲龚自珍的“落红不是无情物”，我们会给大家讲讲龚自珍这个人。龚自珍其实是非常有才华的一个人，在史书上的名气比我们想象的要大得多。从他的外公段玉裁开始，就是鼎鼎有名的人物。

段玉裁是清朝最伟大的语言学家之一，尤其在《说文解字》的研究上，是毫无疑问的第一权威，他积三十年时间写的《说文解字注》，是研究古汉语绕不开的经典。龚自珍的妈妈从小受到父亲熏陶，很有才学，龚自珍童年和少年时代都是才华横溢的母亲亲自教授的。因此他很早就崭露头角，二十出头写的政论文章，段玉裁看后都非常惊喜，说：“写得太好了，我没想到自己死掉之前，还能看到这么有才华的外孙。”

这样的情节与故事，就是历史的细节。我们实在是很有必要去了解这些历史的细节，只有了解古人们在不同时代里生活的不同细节，我们才能更好地理解他们的诗词。

这是一个把单首诗词加上更宏大背景的过程。我们把作者放回到他们的时代，配上他们说过的话、做过的事，还有朋友与亲人的模样。我们试着去走一遍他们走过的路。

只有这样，我们才能知道，为什么他在那个时候，在那个地方，会写出这样的一首诗。我们才能知道，他是怀着什么样的心情在写这样的一首诗。我们知道了这些，才能发现，自己的心里，原来也有那样的一首诗。

所以，真正给猫猫讲起来的时候，我们发现，可讲的东西太多了。依照这些想法，我们把猫爸爸对这 75 首小学生必背诗词的解读都写了下来，讲给猫猫听。她觉得很好听，还提出了几个问题。我们又把这些问题的解释也加了进来。

七岁的猫猫能听懂，大家一定也都能听懂。

字词意思明白了，故事搞清楚了，更进一步的是学会审美。文学审美不能盲从，虽然这 75 首诗词被选出来让孩子们背诵，但同时代还有很多一样好甚至更好的诗词，这些选到课本里的，不一定就是最美最好的。

我们不能因为解读这75首诗词，就一定把它们夸得天花乱坠，举世无双。审美的习得要靠比较，比较的基础是积累。所以，在课程中，我们会列举一些同样主题的诗词进行对比讲解，让大家可以听到更多的声音，日积月累，总有助益。

有了积累和审美，孩子们再写作文，可能就不再只用“结冰的小河慢慢地融化了，发出哗哗的流水声，鸭子在水里欢快地游泳”来写春天了。

所以，这门课，它不仅仅是老师要求背诵的诗词课，它还可以是历史课、审美课、写作课。

考虑到孩子们的课业负担，我们也尽量把讲解写得短。读一篇文章，只要十分钟。这十分钟，可能是在上下学的路上，可能是在晚餐温暖的灯光下，也可能是在周末早上赖床的被窝里。不仅给孩子们看，爸爸妈妈们也可以一起看。

我们看看诗的标题，随意地翻开一首，冲破字词的障碍，来看看这些熟悉的诗词更清晰的样貌。我们可以回溯小时候背诗的情形，我们可以和孩子聊聊在这个岁数听到这些诗词的感受。在以后的日子里，孩子们想起诗词，除了从诗词中得到的感动，还能想起那个时候青春的父母们与自己交流心意的样子。

在山海一样的考试和作业之外，这一定是异常温暖美好的童年回忆。

01 江南

《江南》是小朋友升入一年级要学习的第一首诗。这是一首汉朝的乐府诗。

江南可采莲，莲叶何田田。
鱼戏莲叶间。
鱼戏莲叶东，鱼戏莲叶西。
鱼戏莲叶南，鱼戏莲叶北。

“乐府”起源于秦代，是管理音乐的官方机构，到了汉代，它的职能进一步扩大，除了官方雅乐之外，也开始收集民间的歌谣。和这些歌谣相配的音乐，后来大多失传了；歌谣却因为采用了文字记录的方式，单独保存了下来。这些歌谣，我们就称为乐府诗。

又因为乐府收集起来的民间音乐和歌谣，通常是不清楚创作者的，所以我们所见乐府诗的作者，署名多是无名氏。到了北宋，有一个叫郭茂倩的人，把自己收集的从汉魏到五代的乐府诗歌，以及先秦至唐末的民间歌谣，共5000多首，编成了一本书，题为《乐府诗集》，这是目前收录最全的一本乐府诗集，大家有兴趣可以找来看一看。

为什么歌谣的音乐容易失传呢？

因为在古代，没有精确的音准测量仪器和通用可靠的曲谱记录系统，音乐在普通人中间的普及和传播非常困难。

有一个很有名的三国故事，叫作“曲有误，周郎顾”，可以作为佐证。这个故事是说周瑜听别人弹琴，对方弹错一个音，他马上就能发现，于是大家都觉得他真是神仙一样的人物。其实放在今天，这根本不是什么了不起的事。托科技进步的福，我们现在可以反复听各种音乐，听得够多够熟，一点错误马上就能发现。

会音乐和懂音乐的人少，音乐的失传也就成为必然。

采自民歌的乐府诗，感情诚挚真切，语言质朴清新，词汇浅显易懂，比起文人铺陈辞藻的写作，其实有更强的文学性。乐府诗歌的题材也非常丰富广泛，有对爱情的憧憬，有人生的悲苦，也有生活的细节……反映了那时社会的方方面面，不但是文学作品，也是难得的历史资料。

这个传统影响了后世无数的诗人，魏晋时代盛行的

"拟乐府"，唐代诗人元稹、白居易的"新乐府"，都是秉承这一"为百姓鼓与呼"的伟大传统。

《江南》就是乐府古歌，最早收在《宋书·乐志》里，注明了是汉代民谣，写的是江南采莲季节，民众的美好心情。整首诗句子都很浅显，首句说在江南可以采莲，暗示江南风景与北方不同。

其实，北方也能种莲花，但就气候适应度来说，肯定不如南方，也不会如南方生得繁茂。而且与江南相比，北方没有那么多纵横交错的水网，也就不可能种那么多的莲花。北方水系不如南方发达，所以北方人也不擅长划船，像采莲这样的劳动自然很少。我自己每看到这首诗，就会立刻想到湖水潋滟的江南。北京的颐和园和圆明园也种了很多莲花，清朝的乾隆皇帝自己就说了，这是模仿江南的景致而建造的。

美女划着小船，在荷塘里采莲的各种神态，非常生动，这是真正的江南水乡才会出现的场景。而且，采莲对于古代少女来说，有特别的内涵。因为"莲"和"怜"读音相近，她们往往通过这种谐音，表达对爱情的向往。著名的南朝民歌《西洲曲》里，就有类似的句子："采莲南塘秋，莲花过人头。低头弄莲子，莲子清如水。"其中的"莲子"就可以隐喻"怜子"，也就是"爱你"。

第二句"莲叶何田田"，是描绘莲叶的繁茂。"田田"

是叠音词，表示密集、拥挤、层叠、繁茂的样子，跟单个“田”字表示“耕种的土地”这个本义无关。这里，我们要知道，汉语里的叠音词和联绵词（也就是声母或者韵母相同的两个连用词）往往只是记音，和它的字形表达的意思无关。比如“龙钟”这个词，是表示人老了很邋遢的样子，不是指龙和钟表。“田田”也是这样，它并不表示莲叶拼在一起像个“田”字，也不表示莲叶和田地有什么关系，它只是记录表示“密集”义的一个汉语词的读音。也只有江南的莲花，才能长得这么繁茂密集啊。

第三句“鱼戏莲叶间”，是写鱼在莲叶间嬉戏。从这里，我们可以窥见江南池塘之美，水产之丰。采莲的过程中，可以看见鱼群嬉戏的喜悦。对于江南的普通百姓来说，鱼是一种相对来说比较易得的肉类食品。我小时候在乡下，能抓到一条鱼回去煮了吃，是很美妙的感受。即使抓不到，看见鱼儿在水中嬉戏，也会觉得大自然真是美好。所以，采莲的时候，总是愉快的，人们看见鱼儿在水中游弋，会想象它们也像自己一样愉悦。

所以，接下来四句，就铺陈鱼在莲叶的四个方向嬉戏。乍一看，好像都是废话，很单调，但其实这种简单的铺陈，正反映了采莲人朴素简单的快乐，不假修辞，脱口而出。这也体现出民歌的质朴风格。

我们看《诗经》时代的民歌，往往也是章句意思重叠的。可以想象，当时的民间百姓，往往就是这样一唱一和，清水出芙蓉，天然去雕饰。比起文人的炼句，它有不同寻常的力量。有才华的文学家、艺术家，也往往看到了这朴拙的风格，别有韵味。书法上的魏碑体，李叔同的书法，都是如此。

文学上，也有类似的。鲁迅的散文《秋夜》:“在我的后园，可以看见墙外有两株树，一株是枣树，还有一株也是枣树。”最后两句仿佛也是废话，但正是这种质朴、纯真、敦厚的“废话”，奠定了整篇文章沉郁顿挫的风格。一个作家，在秋天阴沉的夜里，谈到后园墙外的两株树，却不直截了当，可见他心情的沉郁，好像思维也被压得丧失了灵活，两株树也要一株一株说。当然，这同时也表达了景物的单调。

在《江南》这首诗歌里，由于场景不同，这种貌似质朴、笨拙的“废话”洋溢着无与伦比的欢快气息，就好像采莲的时候，看见一条鱼，她们尖叫:“鱼在莲叶间戏耍。”另外一个伙伴也惊叫:“莲叶的东边也有一条。”然后此起彼伏:“西边也有一条。”“南边也有。”“北边也有。”

这首诗在乐府分类中属《相和歌辞》,“相和歌”本是两人唱和，或一人唱、众人和的歌曲，故“鱼戏莲叶东”四句，可能是大家一起唱和的。而每个人唱的句子，只换一个字，这就叫以拙为巧。甲骨文里巫师占卜下雨:“癸卯卜，今日雨。其自西来雨？其自东来雨？其自北来雨？其自南来雨？”一个方向一个方向列举，仿佛也能看出当时人急欲知道天气状况的紧张心情。总之，像《江南》的后四句，如果概括为一句“鱼戏莲叶的四面八方”，那就没意思了。

02 长歌行

关于乐府的知识，在学习《江南》的时候我们已经讲过，乐府是秦代以来设立的整理、采集民歌的专门官署。[①] 现在我们再来学一首汉乐府诗——《长歌行》。

青青园中葵，朝露待日晞。
阳春布德泽，万物生光辉。
常恐秋节至，焜（kūn）黄华叶衰。
百川东到海，何时复西归？
少壮不努力，老大徒伤悲。

很多人记住的，其实是这首诗的最后两句："少壮不努力，老大徒伤悲"。这是千古名句，也是这首诗中我们

① 见01《江南》。

可以称之为“诗眼”的句子。

千百年来，这两句诗一直在劝勉我们：人在年轻的时候，应该珍惜光阴，努力学习，力求事业有成。努力，在古代是“使劲”的意思，常用来形容学习，也可以说成“勉力”“强力”，“勉”和“强”是一个意思，都是指卖力干。古人说“勉强”，也指卖力干，和现在“勉强”的意思略有不同。在日语中，“勉强”至今还是“用功学习”的意思，那是向我们大中华学的。

其实这首诗通篇都很精彩，我们接下来逐句欣赏。

第一句“青青园中葵”，非常简单明白。这也是汉代民歌的特点，汉代的宫廷诗歌，语句大多比较古典陈旧、深奥难懂，至今还有很多难以理解的字词和句子，但民歌又往往特别清楚明白，比明清甚至现代文人写的古体诗都好懂，几乎不需要注释。

但这并不是说汉代民歌就寡淡无味，相反，它们诗意浓厚、耐人寻味。

像这句“青青园中葵”，就写出了汉代农家菜园的色彩感。葵菜是汉代人最常吃的一种菜，号称蔬菜之王。它长在菜园里，青翠欲滴、欣欣向荣。古代的蔬菜品种其实很少，我们现在常吃的小白菜、油菜、菠菜等，那时候都没有。他们一般只有葵菜吃，从《诗经》产生的西周时代就开始吃了，吃到汉代，就已经吃了上千年。《诗经·豳

(bīn) 风·七月》中就有一句："七月烹葵及菽 (shū)。"就是说七月份，开始烹煮葵菜和豆子。豆子的叶子叫藿，也是那时候的人经常吃的，当然，基本都是普通百姓吃，所以那时候老百姓有个称呼，叫作"藿食者"，贵族叫作"肉食者"。

葵菜这种菜，口感是比较粗糙的。汉代的时候，一般是用来做汤，味道肯定不是那么好。这种菜，从明代开始，已经很少有人吃了。

第二句"朝露待日晞"，意思是说，葵菜的叶子早上洒满了露珠，等太阳出来之后，露珠就消失了，也就是晒干了。晞，就是"干"的意思，也有"晒"的意思。"晞"本来是表示"晒"这个词的方言写法，在汉代，陕西、山西一带的人，把晒东西称为晒；山东、北京一带的人，把晒称为晞。在那时，它们的读音比较近。但现在我们都说"晒"，如果说"晞"，就显得很高雅，写诗歌、写小说、散文等文学作品的时候可以用；但平时就不要说了，因为说了别人也听不懂。

第三句"阳春布德泽"，是说春天的太阳，给大地和人间布施了无限的恩德和光泽。德，就是恩德。泽，本来是指水的润泽。我们都知道万物生长靠太阳，没有太阳，就没有光，也没有风雨。而植物的生长，缺了光和雨露是万万不行的，所以古人也把阳光雨露合起来称为"泽"。

这句诗是在称颂春天太阳的伟大，它惊醒那蛰伏了一冬的大地，万物开始茁壮生长。所以第四句会说“万物生光辉”，植物有了阳光和雨露，就会枝叶挺拔，饱含水分；没有阳光雨露，就会枯萎，像干瘪的烟叶。

第五句“常恐秋节至”，笔锋一转，开始披露人们内心的忧虑。目前的春光虽然美好，万物光辉灿烂，但一想到秋天终究会到来，又不由得内心惶惶。秋节，就是秋季。“节”字最初的意思是竹节，似乎古代人认为，四季气候的分明，就像竹节一样清晰，所以把“季”和“节”当一回事。

第六句“焜黄华叶衰”。“华”就是“花”，古代的“花”字，都写作“华”。我们看到很多书都会把“焜黄”解释为草木凋落枯黄的样子，但这个解释放在句子当中，是不大合适的，因为这么一来，就得把“焜黄华叶衰”解释为“草木凋落枯黄样子的花和叶衰老了”，这像什么话？显然是讲不通的。其实“焜黄”应该为“焜煌”，中国最早的字典《说文解字》里面说：“焜，煌也。”就是熠熠生辉的样子，这样的解释，放在句子里就好理解了，诗句是说“熠熠生辉的花朵和叶子，也日渐衰落了”。

第七句“百川东到海”，指无数条河流向东流，一直流到大海。中国的地势西高东低，比较大的河流，比如长江、黄河、淮河，都是自西向东流的。第八句是个问句，“何时复西归”，也就是说，什么时候能够向西归来？当然这是不可能的。而作者之所以这么问，是在叹息春光难以久久停留，终究要走向秋天，就像河水东流一样，不可复返。

这首诗非常有名，很多古诗选本都会选录。尤其最后两句警句，常用来作为对年轻人的告诫，告诫他们千万不要浪费光阴，要珍惜时间，努力学习，提升自己；这样的话，等到将来衰老之后，才不会后悔白活了一生。从这首诗中，我们还可以看到汉代人积极向上的人生态度和生机勃勃的精神状况。但它又不是纯粹的说教，而是通过对花草在阳春时节的美好描写，联想到将要失去这些景况的忧虑，顺理成章说出最后两句警句。语言直白与意味隽永相结合，那些美好的古诗大多如此。

03 敕勒歌

这一节，我们来学习南北朝时期的一首北朝民歌——《敕勒歌》。

敕勒川，阴山下。
天似穹庐，笼盖四野。
天苍苍，野茫茫，
风吹草低见牛羊。

北朝主要是指公元4世纪，存在于中国北方的五个朝代的总称，包括了北魏、东魏、西魏、北齐和北周五朝。与几乎同一时期南方地区宋、齐、梁、陈四个朝代对峙，合称南北朝。

《敕勒歌》大概是中国第二首有名的翻译诗歌，原本是用鲜卑语唱的。那么第一首是什么呢？第一首翻译诗歌，是两千多年前楚国的《越人歌》，原歌是用南方的古越族语言来演唱的。《越人歌》译成汉语后，总共十句：

今夕何夕兮，搴舟中流。
今日何日兮，得与王子同舟。
蒙羞被好兮，不訾诟耻。
心几烦而不绝兮，得知王子。
山有木兮木有枝，心悦君兮君不知。

诗歌讲述的是一个撑船的越族人，对楚国王子鄂君子皙的恋慕之情，最打动我们的就是“山有木兮木有枝，心悦君兮君不知”这两句。

既然《敕勒歌》是一首鲜卑语翻译过来的诗歌，那么在讲这首诗之前，我们有必要了解一下鲜卑这个民族。

鲜卑是南北朝时期北方的少数民族。我们知道，古代北方最有名的少数民族是匈奴，号称“天之骄子”，擅长骑射，但后来在汉朝的持续打击下，逐渐往亚洲西部迁徙。但是北方那么大的草原，不可能匈奴走了，就成了无人区。

事实上，北方草原在匈奴之外，本来还有其他游牧民族，只是都被匈奴压着，匈奴一走，他们像弹簧一样跳了出来，这其中最强大的一支就是鲜卑，他们如雨后春笋，遍地开花，建立了不少王朝。最有名的，是拓跋氏部落建立的北魏。北魏有个孝文帝，他做了一个很大的政治改革，叫作“孝文汉化”。孝文是他的谥号——古代君主、诸侯、大臣、后妃等权贵死后，政府会依其生平功过与品德修养，另起称号，这就是谥号。汉化，就是指向汉族学习文化和社会制度。这个改革很有效果，鲜卑族由此从游牧民族逐渐变为农耕民族。

这在当时是一个非常大的进步。我们要知道，游牧民族的生活其实是非常辛苦的，远不是我们现在很多人向往的那种大口吃肉、自由自在、四海为家的样子，他们主要靠养殖牛羊为生，要养殖牛羊，就要在草原的季节变换中，不断地寻求水源和牧草。我们今天还能看到草原上居住的人们，大都搭帐篷作为家，就是为了迁徙的方便。南北朝时期，即公元四五百年的时候，距今1500多年前，那时没有天气预报，也没有无线电。草原气候变幻莫测，迁徙的过程是非常艰辛和危险的，所以牧民们就结团而居，形成了很多部落。

而另一方面，水源和牧草都是天然资源，不可复制，部落之间为了生存，就会经常展开激烈争斗，为了在斗争中获胜，除了兵强马壮之外，势必要学习更先进的文化和制度。而居住在中原地区的汉族，因为地理优势，靠农业种植为生，称为农耕民族。农耕民族安土重迁，农作物的收获相对于游牧民族更为可靠。满足了基本的生存需要之后，就更注重文化的传承和发展，在当时，制度和文化是最先进的。学习最先进的文化和社会制度，自然对鲜卑的繁盛有不可估量的价值。

强大的鲜卑族在中国中古史上非常重要，最后统一全国的隋朝，就是北魏的分支西魏的继承者。隋文帝杨坚，就有个鲜卑名叫“普六茹那罗延”，掌握大权后，才改回汉姓“杨”。唐高祖李渊的皇后独孤氏、唐太宗李世民的皇后长孙氏，都是鲜卑人，还有学者认为，李渊的祖先本身就是鲜卑人，后来才改从汉姓。所以鲁迅先生曾说：“唐室大有胡气。”意思是，李渊一家是有胡人血统的。

总之，鲜卑族在中国历史上非常重要，这首歌诞生的时代，北方汉族士大夫家族都以说鲜卑语为荣，因为政权是鲜卑族的。当时的鲜卑语民歌，肯定是非常流行的。赫赫有名的《木兰辞》，就是一首北朝民歌，应该也是从鲜卑语翻译过来的。不过鲜卑语没有文字记录，所以隋唐以后逐渐失传，只剩下少量用汉字记录的鲜卑语词汇，乃至现在学者都搞不清楚它基本的语言特点。

《敕勒歌》的作者是谁，有两种说法，一种认为这首作品是地道的民歌，一种认为作者是斛律（hú lǜ）金。“敕勒歌”中的“敕勒”，也是北方的少数民族，古代称“丁零”，后来被鲜卑征服，也鲜卑化了。斛律金是敕勒族斛律部人，擅长骑射，武艺卓绝，曾经在北魏做官；北魏分裂后，又在东魏做官。史书上说，东魏丞相高欢率兵十万进攻西魏，结果兵败，战死七万人，只好撤兵。高欢气得一病不起，西魏就传言高欢被射杀，高欢只好强打精神召见属下，让斛律金在酒席上唱了这首歌，他自己也唱歌相和，泪流满面。一个多月后，高欢就病死了。

讲完了诗歌精彩的背景故事，现在回到诗歌本身。这首诗本身很好懂，就像家常说话一样。

首句写敕勒川的地理位置，在阴山之下。那个地方，天空高远，一望无际，没有任何东西遮挡，所以看起来像穹庐似的笼罩大地。

敕勒川乃鲜卑族的聚集地之一，它是阴山脚下一大块平而广阔的土地，是肥沃的牧场。阴山，位于现在内蒙古自治区呼和浩特以西，早期曾被匈奴控制，后来汉朝发兵将它占为已有，匈奴人非常悲伤，每次经过阴山附近，都忍不住号啕大哭，可见其牧草的丰厚。

汉朝的人认为天圆地方，天像斗笠一样盖住大地。斗笠是汉族人常用的，而游牧民族最常用的则是穹庐，也就是今天的蒙古包一样的东西。“穹”的意思是高大而深、中间隆起四边下垂的形状，所以用来形容蒙古包似的毡帐，在鲜卑人的心目中，天就像一顶巨大的蒙古包，把一眼看不到边的野地全部盖住了。那苍青色的天空，那茫茫的野地，寂寞无垠，突然一阵风吹来，野草低伏，才发现到处都是牛羊，它们藏身在比人还高的草中，欢快进食。

这首诗歌为什么好？就好在不加雕饰，写景如画。整首诗可以说没有一个难懂的词语，却很耐读。为什么耐读？因为很有诗意。什么叫诗意？诗意是一种独特的思维方式。有人看到草原美景，他可能会先描述一下天空，描绘一下白云，再描绘一下草原和牛羊，最后总结一句，说在这国泰平安的时候，牧民是多么安居乐业啊，牛羊是多么安详啊。这就不叫诗意，只是一种很普通的思维。

诗意一定要和别人的切入点不一样。这首诗写草原，因为是回忆性的，首先指明地点，然后描绘他个人独特的感想：天像穹庐一样。斛律金唱这首歌的时候，在座的鲜卑贵族们，肯定是很有共鸣的。因为那就是他们的家乡，他们的童年也许就躺在山坡上，望着高而远的穹庐似的天空。最后一句尤妙，我想会像重锤一样击中那些贵族的胸膛：那美好的童年，那躺在山坡上，看着牧草在风的吹拂下低伏，牛羊豁然显现的美好场景，再也回不去了。这既是乡愁，也是对自己人生的美好回溯。秦朝的李斯被判死刑后，对他一同受刑的儿子说："真想回到年轻的时候，牵着一条黄狗，出上蔡城的东门去打猎啊。"这也是一样的感情。所以，高欢听了这首歌，也不由得泪流满面。在战事失利、寿命将尽的时刻，想起这些，尤为肠断。

顺便说一下，这首诗歌还有不同的版本，其中“天似穹庐，笼盖四野”一句，很多的版本都写成“天似穹庐盖四野”，少一个“笼”字。大多数人都认为，“天似穹庐盖四野”这样的七字句更符合汉语诗歌的韵律，不过我认为古代的诗歌质朴，不一定像后世那么整齐，还是“天似穹庐，笼盖四野”更好。

关于这首诗，有两个字的读音需要提一下。“笼盖四野”的“野”，有人说要读“yǎ”，这是不必的，当然读成“yǎ”更接近古代的读音。我们说不必坚持读古音，是因为每个字都有古音，凭什么这个读古音，那个就不读呢？所以一视同仁，用普通话的读音就可以了。如果说为了押韵而读，那么《诗经》这样的诗，古代都是押韵的，大家能够都改读吗？临时改读以便顺口，是朱熹那些人的做法，因为他囿于时代的局限，不太懂古音。我认为，只要大家知道它们当时是押韵的，就可以了。

至于“见”字，古代就有两个读音，一个读“jiàn”，表示“看见”；一个是读“xiàn”，表示“显现”。其实后者是前者的引申义，“显现”是“看见”的结果。这两个意思，早期都是用一个“见”字表示，后来为了方便，就给第二种意思另外造了一个汉字：现。在《敕勒歌》那个时代，“现”字还不通行，依旧用“见”表示。这首诗里读成“现”，当然好；但读成“见”，意思也通。只是角度不同，前者强调大自然的静谧，牛羊在草低的时候自然显现；后者强调人的眼睛，看见了牛羊。我觉得前者更有诗意，读“现”比较好。

04 咏鹅

这一节，我们来学习《咏鹅》，据说这是天才诗人骆宾王 7 岁时所做的一首诗。

鹅，鹅，鹅，曲项向天歌。
白毛浮绿水，红掌拨清波。

骆宾王，婺州义乌（今浙江义乌）人，初唐诗人，他与同一时期的其他三位著名诗人王勃、杨炯、卢照邻合称“初唐四杰”。四人中，骆宾王年龄最大，大约生于唐太宗统治的晚期。

骆宾王出身官宦家庭，父亲做过县令，但死得很早，所以他从小家境贫寒。好在骆宾王读书有天赋，被乡里称为“神童”。

公元684年在骆宾王的一生中非常重要。这一年，唐朝开国功臣李勣的孙子李敬业（本姓徐，也叫徐敬业）被贬为柳州刺史，因为不满武则天临朝听政、架空皇帝，李敬业在扬州和几个同时被贬的失意官吏，起兵反叛。骆宾王也参与其中，他为李敬业作了一篇《讨武曌檄》。也就是声讨武则天、揭发其罪行的文告。

这是一篇名垂千古的雄文，骆宾王用对称句式罗列了武则天的罪状，号召天下共同讨伐，那时候虽然没有微博微信，但这篇文章因为太过文采飞扬，一下子就在全国传诵开来。据说武则天拿到这篇檄文，一口气读下去，到了最后一段，极为震动，问："这是谁写的？"回答说骆宾王。武则天慨叹："这么有才华的人，宰相怎么没有尽早重用？"

这有点像史书里写曹操和袁绍打仗，大文学家陈琳给袁绍写了一篇檄文骂曹操，曹操正在病中，头疼欲裂，读完檄文后，一跃而起，出一头汗，病都好了，问手下："这是谁写的？"手下说："陈琳。"曹操慨叹："好文章，可惜跟错了人，跟着袁绍那种人，浪费文才。"

和陈琳情况一样，骆宾王也跟错了人。李敬业不久兵败，骆宾王就此下落不明，时年大约46岁。有人说他已死在乱军之中，还有人说他逃走了，躲在寺庙里削发为僧，活了90多岁才死。

关于后一种说法，有一个传说。说是唐朝有个诗人叫宋之问的，擅长五律，被贬江南，有一天夜游灵隐寺，看见湛明的月亮，忍不住在长廊上吟起诗来，先吟了两句，很流利，但接下来卡了壳，于是来回焦虑踱步。这时有个老僧问："少年，这么晚为什么还不睡觉？"宋之问说："看到这样的夜景，想吟诗，才写得两句，却突然没有了灵感。"老僧说："何妨念头两句来听听。"宋之问就吟道："鹫岭郁苕峣，龙宫锁寂寥。"老僧脱口而出："何不续'楼观沧海日，门对浙江潮。'"

宋之问大吃一惊，心想，我那前两句，和他这两句比，简直不能算诗，等于堆砌汉字。没想到偏僻的寺庙还有这样的才僧。他一晚上没睡好，辗转反侧，第二天一早又去找老僧，想多学点本事，至少从老人肚子里顺几句好诗，没准让自己留名青史。在很多人的印象中，宋之问以喜欢顺别人的诗句闻名，他的外甥刘希夷写过两句好诗，"年年岁岁花相似，岁岁年年人不同"，还没发表，宋之问读到草稿，把外甥叫去，开门见山，要求把那两句好诗让给他。刘希夷却不肯，宋之问大怒："那就别怪舅舅不讲亲情了。"命令家奴把刘希夷夹起来，压上几个土袋。刘希夷就这样被活活闷死。

谁知老僧已经不见了，有别的僧人悄悄告诉他："公子，不妨告诉您，那老僧就是骆宾王啊。他一时技痒，露才扬己，却泄露了身份，只好连夜逃了。”

这两个故事虽然有趣，但都是瞎编的。历史上刘希夷比宋之问年纪还老，籍贯也不同省，不可能是舅甥关系。而且宋之问当时名气大过刘希夷，根本犯不着为两句诗犯杀人命案。因为刘希夷不是街上无名无姓的乞丐，杀了没人会追究。刘希夷是进士出身，也算名作家，哪能随便杀掉。骆宾王的事也一样，宋之问固然比骆宾王小 18 岁，但当骆宾王年老之时，宋之问绝对不算“少年”。当然，故事虽然瞎编，但也可见骆宾王的过人才华。

下面，我们具体来看看这首诗的内容：《咏鹅》全诗总共四句，好像是一首五绝，但由于第一句只有三个字，因此还不算绝句。

诗歌的写法是一种儿童的视角，起句接连三个“鹅”字，仿佛一个儿童突然看见池塘里的鹅，充满惊喜。

“曲项向天歌”，是说这些鹅姿态优美，脖子修长弯曲，朝天歌唱。项，本义是脖子的后面部分，脖子的前面部分叫颈，但这里笼统指脖子。鹅是人类能驯化的家禽中最美丽的一种，它的美丽，主要就在于脖子弯曲修长。古人写到美女时，也往往要说她们的脖子修长。比如曹植的《洛神赋》，其中洛神就是“延颈秀项”的，“延”就是“长”的意思。

古代人把鹅也称为雁，认为是一个品种，尤其是毛色黄褐的那类，和雁几乎一模一样。按照现代动物学分类，鹅属于雁族，其实就是野生的大雁驯化而成。雁族里另一种禽鸟天鹅，脖子更加修长，比家鹅还要漂亮，古人叫“鹄”，飞得很高，一般看不到，所以骆宾王看到的鹅，应该是家鹅。

鹅因为它的漂亮，被很多文人喜欢。东晋的书法家王羲之的故事尤为知名。他住在会稽郡（今浙江绍兴）的时候，听说有个孤寡老太养了一只鹅，擅长鸣叫，就带着亲友去观赏，谁知老太婆听见王羲之要来，欢天喜地，把鹅给杀了炖汤，隆重招待王羲之，搞得王羲之叹息不已。

第三四句，“白毛浮绿水，红掌拨清波”，写鹅在水上漂浮的样子。雪白的毛浮在碧绿色的水上，红色的脚掌拨动清澈的波浪。色彩对比鲜明，很有画面感。

客观地说，这首诗放在诗歌史上，不能说是杰作。但如果我们考虑到，它的创作者当时还是一位年仅 7 岁的儿童，就会觉得很了不起了。我们现在 7 岁的孩子，绝大多数还处在背诵唐诗绝句的阶段，很少有诗歌创作能力，骆宾王却已经能把他所见的鹅，用音节和谐的诗句描绘出来，而且敏锐地抓住了鹅身上所有最典型的特征：弯曲的长脖子，擅长划水的红色的蹼，雪白的羽毛……应该说，这种捕捉典型特征的能力，足以当得起神童的美誉。

这首诗大概是所有中国人儿童时期读的第一首古诗，

因为再也没有比它字数更少但又有名的古诗了，也因为这首诗，骆宾王在中国妇孺皆知。本来在初唐四杰中，骆宾王排行最末，也就是说，他被视为四人当中才华最弱的那位，但因为这首诗，他的名声起码要排行第二。最为人所知的大概是王勃，因为他写过“海内存知己，天涯若比邻”和“落霞与孤鹜齐飞，秋水共长天一色”的名句，而原本排在第一第二的杨炯、卢照邻，估计没有多少中国人知道。初唐四杰的命运大多不好，王勃 27 岁就溺水惊吓而死，卢照邻得了重病不堪忍受而自杀，杨炯稍好点，也不过活了 43 岁。骆宾王死在乱军中的可能性比较大，说他当了和尚，只不过是人们美好的愿望。

骆宾王最好的作品应该是《在狱咏蝉》：“西陆蝉声唱，南冠客思深。那堪玄鬓影，来对白头吟。露重飞难进，风多响易沉。无人信高洁，谁为表予心。”写的是自己在 40 多岁坐牢时的所见，通过歌颂蝉无人理解的高洁，来阐发自己对朝廷的赤胆忠心，句意沉痛，但人没活到一定年龄，不易理解。

05 风

这一节，我们来学习一首初唐诗歌——《风》。

解落三秋叶，能开二月花。
过江千尺浪，入竹万竿斜。

这首诗的作者李峤，也是初唐时候的人。“峤”这个字，有两个读音，这里读“qiáo”。有的地方也读“jiào”。

初唐，就是唐朝刚刚建立那一段时间，大概是公元六七百年，距离现在有 1300 多年。那个时期，有几个很有名的作家，比如像我们上面讲到的骆宾王和王勃，李峤比他们的年龄要小一点。他出身非常好，人也很聪明，20 岁就考中了进士，这在唐代是非常罕见的，因为非常之难。

进士是科举的科目之一。隋炀帝大业元年，也就是公元 605 年首次开进士科，这就是科举的开始。科举制度，就是以考试来选拔官员和人才的一种制度，在古代中国非常重要。在科举制度产生之前，官员的选拔大多依据出身和门第，即使你非常有才华，但如果出身不高贵，就没有办法在政府担任要职。科举制到了后代，当然也产生了很多弊端，但是相对于按出身和门第来选拔，无疑是更公正平等的做法。欧美现在的文官制度，就是参考了中国的科举制度。

隋唐的时候，除了进士科这个科目，还有明经科。明经科主要考经学和时事政治，进士科则还要“加考诗赋”。也就是说，除了记诵，进士科还有文采的要求。所以进士科要比明经科难考。唐朝的时候，进士科只有百分之一到二的录取率，明经科录取率则高达百分之十到百分之二十。当时的谚语说：“三十老明经，五十少进士。”意思是说，三十岁考上明经科，已算是年老；而五十岁考上进士，依旧算是年轻。

李峤不但中了进士，后来还做过三任宰相，非常厉害。除了诗，他的文章也很有名，和著名诗人苏味道合称“苏李”，又与苏味道、杜审言、崔融合称“文章四友”，其中杜审言就是杜甫的祖父，是当时的著名诗人。相传李峤幼年时，曾梦见仙人送给他两支笔，从此学业大进，虽是无稽之谈，但也可从侧面证明李峤的才华在当时是被公认的。

李峤以咏物诗最为著名，诗作曾流传至日本，成为当时日本贵族士大夫读书阶层重要的幼学读物，几乎家喻户晓，我们要讲的这首诗就是其中之一。

《风》这首咏物诗，主要展示的是李峤细腻描摹事物特征的才干。

风能引起什么？要具体观察。不同季节的风，不同场合的风，它的样貌也是不一样的。秋风能吹落黄叶，春风能吹开繁花。江上的风能吹起漫天巨浪，穿越竹林间的风能把竹子吹得歪歪斜斜。当然，风还可以吹落晾晒的衣服、吹倒房屋，但这些事例，或是不具备典型性，或是没那么有美感。

这首诗的最后一句，写风吹过竹子，此乃亲近大自然的古人印象中最为深刻的场景。这里可以以“笑”这个字来做例证，这个字古人分析为从“竹”从“夭”（也就是说“笑”的含义既与“竹”相关，也跟“夭”有联系），东汉时代的《说文解字》就认为，这个字是根据竹子被风吹过之后，身体夭屈像人笑得弯腰的样子来造的。虽然不符合实际情况，但说明竹子过风后的这种特征，在古人眼里是非常典型的。

总之，这诗的四句话，把风的严肃、柔和、暴烈、轻谐的方面，尽数展示出来了。全诗没有一个字涉及风，如果诗题不是“风”字，而是别的，我们可能会觉得莫名其妙，但加上这个诗题，仿佛谜语有了谜底，一下子豁然开朗，又难免暗暗赞赏作者的匠心巧思，这对我们的写作也有借鉴，它告诉我们：写作应以含蓄委曲为佳。

这首诗里有几个词语，有必要解释一下。“解落三秋叶”的“解”字，本义是用刀把牛角从牛头上割开，引申为凡是分开什么都可以说“解”，比如解开衣服，解开鞋带、解脱束缚、解放思想。搞清楚一个数学题，叫解题；讲清楚一句古文，叫解释。所以，解，就是懂得了、理解了。引申为能干、能够。唐玄宗把杨贵妃称为“解语花”，就是指“懂得说话的花朵”“能够说话的花朵”，因为一般的花朵虽然美丽，却不会说话，但杨贵妃能。这句诗里的“解”，也是“能”的意思，“解落三秋叶”，就是能吹落深秋的叶子。

另外这首诗每句都有一个字表示数目，“三秋”“二月”“千尺”“万竿”，也呈现出作者的巧思。古代人把每个季节分为三份，“三秋”就是秋天的最后一个阶段，当然是深秋。古代用农历，“二月”大致相当于现在的公历三月。公历的三月，是天气逐渐暖和、花朵开始萌生的季节。“千尺”和“万竿”都不是实指，而是一种夸张的修辞。这些表示数目的文字比较虚化，放在诗歌中，能让诗歌显得轻盈，增加诗意。

06 咏柳

这一节，我们来学习初唐诗人贺知章的《咏柳》。

碧玉妆成一树高，万条垂下绿丝绦。
不知细叶谁裁出，二月春风似剪刀。

贺知章是越州永兴（今杭州萧山）人，生于公元659年，唐太宗统治时期。37岁那年，武则天统治时期，他考中了状元，从此一直在朝中做着一些不大不小的官，约在唐玄宗统治的公元744年去世。唐太宗到唐玄宗这段时期，大概是我们最为熟知的唐代，因为魏征、武则天、李白、杜甫，都生活在这个期间。贺知章的寿命很长，活了86岁，在古代平均寿命不到30岁的状况下，他为拉高唐朝人的平均寿命做出了巨大贡献。

贺知章，晚年自号“四明狂客”。从这个号中，我们可以看出他性格旷达的特点。他喜欢喝酒，与张若虚、张旭、包融并称“吴中四士”；与李白、李适之等合称“饮中八仙”。杜甫有一首《饮中八仙歌》，头一个就是写他：“知章骑马似乘船，眼花落井水底眠。”说他喝醉了酒骑马，跟坐船一样摇摇晃晃，头晕眼花摔到井里去了。总之，他一辈子过得挺惬意的，没有什么大灾大难。贺知章写诗以绝句见长，《咏柳》是他的名作。

首句“碧玉妆成一树高”语带双关，碧玉，看上去指碧绿色的玉石。柳树是绿的，用碧绿色的玉石来比喻柳树，无疑很妥帖。

不过作者还暗含了拟人的手法。“碧玉”这个词，不仅有表面的意思，还隐含着文化内涵，指出身普通但美丽的少女，东晋诗人孙绰有两首《情人碧玉歌》，一首写道：“碧玉破瓜时，相为郎颠倒。”“破瓜”指年龄，古人认为，如果把“瓜”字分拆，好像是由两个“八”字组成，二八一十六，所以“破瓜”指十六岁。另一首的开头：“碧玉小家女，不敢攀贵德。”于是后来人就把“碧玉”当成普通民家少女的代称，还产生了“小家碧玉”这个成语，和“大家闺秀”相对。柳树不是什么高贵树种，但很美丽，所以用小家“碧玉”来形容，也很妥帖。妆成，指女性妆扮完成。古代女性出来见人，都要妆扮自己。妆，现在也写成“假装”的“装”。“碧玉妆成一树高”，就是说这棵柳树就像一位美丽的平民少女。

第二句说，碧玉身上有着万条垂下来的绿色丝绦。绦，丝线编织成的带子，古代妇女衣服上往往有很多装饰用的丝带，这种带子一般都轻而柔软，人走动的时候就迎风摇摆，这跟柳树枝条在和煦春风中摇摆的样子非常相似。

柳树品种很多，中国就有六百多种，有旱柳、垂柳、团柳等，但无疑以垂柳最为美丽，它枝条细长，缕缕下垂，刚发芽的时候，远远望去，如烟如雾。因为细长下垂，看上去风情万种、袅袅娜娜、不胜妩媚。这种温柔美丽的形象，是很符合中国传统审美的。所以，历来描写柳树的诗词非常多，它代表的文化内涵也非常丰富。比如，古人送别时经常互赠柳枝，因为垂柳的细长绵延之态，好像剪不断的情丝，叫人依依不舍。《诗经》里就这么描写：“昔我往矣，杨柳依依；今我来思，雨雪霏霏。”之所以成为千古绝唱，恐怕就是因为“杨柳依依”的描绘比较传神。

古人还把柳枝直接称为“柳腰”，比如唐朝诗人韩偓的《春尽日》里就写道：“柳腰入户风斜倚，榆荚堆墙水半淹。”大概是由此联想到了柳枝和少女的腰肢有相似之处，都是那样柔软纤细。晚唐大诗人温庭筠的词《菩萨蛮》中有一句：“玉楼明月长相忆，柳丝袅娜春无力。”意境相似。

前面两句是对柳树的远观，是一个整体的印象，接下来，我们可以看到诗人走近了一些。

第三四句，直接说柳树本身：不知道柳树这细嫩的叶子，是谁裁剪出来的？原来是像剪刀一样的二月春风啊。

诗歌写的是早春二月的柳枝，那时春寒料峭，风刮在脸上还能让人感觉刺痛，宛如剪刀。但这样的气候中，柳枝已经萌生出叶片了。最后一句是比喻的手法，把早春的风比喻为剪刀。这把剪刀非常犀利，它一下子就裁破了冬天厚重的阴霾，但它毕竟又是春风，同时也该温柔细致的，那些刚刚萌发的鹅黄细小的柳叶，都是它精巧的工作成果。于是在比喻之外，又有了拟人，和前面远远观望的“妆成一树高”连起来，呈现在我们眼前的，分明就是一位青春少女在春风中的妖娆模样。

由远观写到近看，由大的印象写到小的细节，这是写作的基本手法，可以非常清晰完整地呈现事物的样貌。大家可以细细揣摩，然后在平时的写作中运用。

07 回乡偶书

这一节，我们来学习贺知章[1]更为著名的一首诗——《回乡偶书》。

这首诗语言质朴，不加雕琢，情节非常流畅自然：

少小离家老大回，乡音无改鬓毛衰。
儿童相见不相识，笑问客从何处来。

贺知章86岁的时候，向唐玄宗提出告老还乡，唐玄宗答应了，还专门写了赠诗，又送了很多礼物。因为贺知章当过皇太子的老师，皇太子又专门带了一个仪仗队为他送行。

回到家乡后，贺知章写了《回乡偶书》两首，这是其

① 更多关于贺知章的故事，见06《咏柳》。

中的一首。偶书，就是偶然书写；心有所感，随手记下。不久后，贺知章就去世了。他 37 岁离开家乡，考中进士，一直在中央朝廷任职，没有再回过家。在那个时代，他的家乡萧山跟现在完全没法比，不算发达，没有火车飞机，没有高速公路，回一趟家很不容易。所以这次彻底告老还乡，距离当初离开家乡已经过了将近 50 年。

首句说少小离开家乡，老了才回来。老大，很大，指年老。那时候人的寿命短，像贺知章这样长寿的凤毛麟角，还乡对心灵的冲击，是可想而知的。当日在故乡的熟人，绝大多数早已去世了，甚至可能一个活着的都没有。

另外，在长安做官近 50 年，平时都是说官话，家乡话虽然不会忘掉，但不一定有官话说得那么熟练，表情达意一定有生疏之处。他说“乡音无改”，不一定真实，或许是他自己以为乡音没改，其实很可能还是变化很大。或者说没改，只是一种作诗的手法，是为了和下面的“鬓毛衰”对比，鬓发已经衰减，而乡音未变，放在一起，带来一种人世沧桑的震撼效果。衰，是减退、衰减的意思。一般认为这个字应该读为“cuī”，其实读为“shuāi”就可以，从古代字书的注音来看，表示“衰减”“减退”的义项时，这个字的读音念“shuāi”；表示由大到小有等级的递减时，念“cuī”。所以，念“shuāi”其实才是对的，甚至是更合适的。

诗的三、四句说，儿童见了他却不认识，笑着问他是从什么地方来的。这是自然的，儿童怎么可能认识他？他去长安的时候，恐怕那些儿童的爸爸都没有出生呢。但这种理所当然的不认识，在敏感的诗人心里，却掀起一阵波澜。他会想，我说家乡话呀，是他们的祖辈啊，他们怎么能不认识我，怎么能把我当外人。其实还是他自己过于敏感了，但如果我们有一定阅历，又会理解诗人这份敏感。

中国人讲究叶落归根，我们不希望被排斥在故乡之外，我们希望不管离家多久，故乡都能把自己当成亲人来接纳。可是其实思乡的本质是思人，我们对故乡的美好回忆，其实都跟人有关。如果那些人不在了，对家乡的思念起码要打九折。那些你熟悉的田园宅巷，也就丧失了生气。对于贺知章来说，正是这样，上一辈和同辈都已凋零，儿童已经不承认他，在儿童的嬉笑中，他发现自己已经不属于家乡，无家可归；也暗示他来到了不属于他的地方。那么，属于他的地方应该在哪里呢？或许在地下，在坟墓中。那幽暗的黄泉之下，才有他的熟人，在那里，他才可被重新接纳为故乡的一员。

所以，这样的诗，其实是用欢笑的语言来写悲凉的晚景。汉乐府有一首诗叫《十五从军征》，前面六句说："十五从军征，八十始得归。道逢乡里人：家中有阿谁？遥看是君家，松柏冢累累。"说的是一个老兵，15岁便被抓了丁，过了65年才能回乡。他才是真惨，一无所有，孤零零回乡，原先的家宅都已经变成了坟墓。而贺知章好歹还是衣锦还乡，还有仆人前呼后应地侍候。《十五从军征》那首诗，明显是更凄凉悲痛的，也有更强的艺术魅力。

这首诗最好的地方，是写出了人世的沧桑感。《回乡偶书》的第二首是“离别家乡岁月多，近来人事半消磨。惟有门前镜湖水，春风不改旧时波。”跟这首的意思是差不多的。对比起来看，第一首是在刚刚回乡的热闹中写就，左邻右舍都是鲜活生动的；而第二首则更接近于新鲜热闹过后，诗人独处的感叹。后两句“惟有门前镜湖水，春风不改旧时波”，显得更沉郁一些。人和人的寿命，相差至多几十岁，虽然沧桑，可是跟永恒的自然相比，几十年不过是一个瞬间。人的伤春悲秋，在一年又一年的春风湖水面前，真是微不足道。家乡熟人已都不在，否则他一定会多写几首，描述和熟人的寒暄忆旧，然而没有，所能见的只有一湖春水，仍是当年模样。好在那时基建不发达，若是现在，湖水也可能被填，那就一点回忆都找不到了，惨痛犹胜于昔。

08 凉州词 · 黄河远上白云间

这一节，我们来学习盛唐著名诗人王之涣的一首诗歌——《凉州词》。

黄河远上白云间，一片孤城万仞山。

羌笛何须怨杨柳，春风不度玉门关。

盛唐，在文学上和史学上有着不同的定义，“盛”，是后世对唐王朝的赞颂之词。明代高棅（bǐng）在《唐诗品汇·总序》中，首次将唐诗的发展分成初、盛、中、晚四个阶段，其中盛唐，就指唐玄宗开元元年（713 年）到唐代宗大历元年（766 年），大约 50 年的时间。这是唐诗的黄金时代，在这一时期，大诗人涌如喷泉，我们熟知的王维、孟浩然、李白、杜甫，都是生活在盛唐的诗人。

王之涣字季凌，祖籍晋阳（今山西太原），祖先因为做官，移居绛州（今山西新绛）。他的出身算是名门望族，家中世世代代都有人做官，但他自己在仕途上，却郁郁不得志，只做过几任小官。

王之涣的诗歌传世的不多，仅有区区六首，大部分都散佚了。这倒是很普遍的现象，那时候，没有现在这么发达的出版业，印刷技术已经出现，但远远还未普及，所有的作品，都靠手工抄写。连李白和杜甫的诗歌，都丢失了很大一部分。在唐代的大诗人当中，大概只有白居易的作品保存最全。主要因为他官做得大，家里有钱，活得也长，有充分的时间和财力，生前就整理好自己的诗集，并抄录了好几个副本，分送到几个寺庙收藏。而像我们今天讲到的王之涣，官运不佳，生活拮据，自然没有这么好运。

其实王之涣在当时也很有名气，唐代薛用弱的《集异记》记载了他的一件逸事：唐玄宗开元中期，诗人王昌龄、高适、王之涣都不得意，常在一起玩。有一日，天气寒冷，下着小雪，三人结伴到旗亭去饮酒。旗亭原本是古代市场里管理市场事务的办公机构，一般建有楼阁，上面挂着旗帜，所以称旗亭，后来也用作酒楼的代称。话说他们正在喝酒的时候，突然有在宫廷梨园唱戏的十数人，也登楼聚餐。三人就躲在一个角落，一边烤火，一边观看。

不一会儿，又有四个美貌歌姬陆续到来，穿着都很奢华艳丽，随即奏乐歌唱，水平一听就是名家。三位诗人就偷偷约定："我们几个人，都是当世的名诗人，也不知谁强谁弱。今天可以偷听一下她们所唱的歌词，谁的歌词被唱得多，谁就最厉害，如何？"

一会儿，一位歌姬拊节而唱："寒雨连江夜入吴，平明送客楚山孤。洛阳亲友如相问，一片冰心在玉壶。"[①] 这是王昌龄的诗，王昌龄很得意，伸手在壁上画了一道，说："第一首绝句，我的！"接着，另一个歌姬开唱："开箧泪沾臆，见君前日书。夜台何寂寞，犹是子云居。"高适也在墙上画了一道："这是我的，嘿嘿！"得意非凡。[②] 再接着又是一个歌姬唱："奉帚平明金殿开，且将团扇共徘徊。玉颜不及寒鸦色，犹带昭阳日影来。"王昌龄又举手画壁，欣喜道："又是我的，我两首了。"王之涣颗粒无收，但他一点也不沮丧，说："唱你们诗歌的这三个歌姬，长得都很一般，一看都没什么文化，我的阳春白雪，她们怎么欣赏得了？"他指着歌姬中长得最美貌的一个，说："待会儿这位天仙所唱，如果还不是我的诗，我给你们当奴仆！但若是我的，你们就给我磕头，拜我为师，如何？"其他两人大笑："没问题。"很快轮到最美的那个歌姬唱了，她樱桃皙

---

① 见 13《芙蓉楼送辛渐》。

② 高适的故事，见 24《别董大》。

破，唱的就是我们今天要讲到的这首《凉州词》。王之涣对王昌龄、高适嬉笑：“乡巴佬，我没说错吧？”大家乐成一团，把那些歌姬也惊动了，都站起来问：“诸位郎君，你们有什么大喜事？”王昌龄把原委一说，几位歌姬马上拜倒：“我等俗眼不识神仙，万望诸位公子能屈尊，和我们一起聚餐！”

根据靳能《王之涣墓志铭》记载，王之涣喜欢写边塞诗，诗风比较慷慨激昂，经常被配乐歌唱，非常流行。现存的六首绝句中，就有三首边塞诗。

所谓边塞诗，又称出塞诗，是描写边疆地区事务的诗，最早在汉魏六朝就已经出现了，唐代是边塞诗的黄金时代，《全唐诗》中所收的边塞诗有两千余首。唐代很多诗人都以投身疆场写边塞诗为荣，连身体瘦弱，27 岁就病死的大诗人李贺，都写过边塞诗，而他并没有去过边塞，可见那时的风气。边塞诗的内容非常丰富，有的抒发建功立业的豪情，有的描写戍边将士的乡愁，有的抒发闺中思妇的哀怨，有的表现戍边的艰辛，也有的描写边塞的风光，甚至还有反战的作品，著名诗人陈陶的“可怜无定河边骨，犹是春闺梦里人”，就是其中的名篇，可见唐代思想的活跃和氛围的宽松。

这首诗的题目是《凉州词》，又称《凉州曲》，乃是当时流行的一个曲调，配上歌词，都叫《凉州词》。唐代不少著名诗人都写过《凉州词》，著名的有孟浩然和王翰。[①]凉州，是唐朝的凉州都督府所在地（今甘肃省武威市凉州区），当时是唐朝的西北边塞，但不是我们想象的那样荒凉。据《开元天宝遗事》，唐玄宗在元宵节夜里登楼，见长安灯火辉煌，街市亮如白昼。跟身边的术士说："天下还有哪里能跟长安媲美？"术士说："还有凉州府。"于是作法术，把唐玄宗带到凉州，果然灯火盛况不亚长安，可见那时凉州的繁华。

因为我们接下来要连续学习几首边塞诗，后面还要学习一首同时期诗人王翰的《凉州词》，所以把这两个概念先作此番梳理。下面具体来看诗：

这首诗既然是名带凉州，肯定是歌咏边塞的。起句"黄河远上白云间"，写景浩瀚宏壮。黄河的发源地在青海，但笼统地讲，是在西边，和凉州一个方向，这句算是点题。茫茫大河，一眼望不到边，只见远方白云缭绕，仿佛与天相接，景况何等巨丽。李白的诗歌："君不见黄河之水天上来"，也是如此气势磅礴。"一片孤城万仞山"，是写西北边境上，一座孤零零的城池，坐卧在万仞那么高的群山包裹之中，可见其地方的隔绝和遥远，宛如童话世界，令人心壮神飞。

看到这两首诗，我们可以试着想象一下，自己如果离

① 王翰的《凉州词》，见 11《凉州词·葡萄美酒夜光杯》。

亲别友，在这样孤绝的自然环境里戍边征战，没有 Wi-Fi，没有电视，也没有现代医药，便可以大致体会那些士兵的心情。

最后两句："羌笛何须怨杨柳，春风不度玉门关。"字面意思是说，何必用羌笛去吹那哀怨的《折杨柳》呢？春风是不会度过玉门关的啊。

羌笛，是羌人发明的一种笛子。羌人是汉魏以来活跃在西北地区的游牧民族，擅长作战。何须，就是何必。杨柳，则指《折杨柳》曲。北朝乐府《鼓角横吹曲》有《折杨柳歌辞》："上马不捉鞭，反拗杨柳枝。下马吹横笛，愁杀行客儿。"柳枝柔软纤长，好像可以借它来挽留离人，又好像心里面思念的模样，所以古人常常折柳送别。

处在孤城中的将士，当初都和亲朋好友经历过离别，听到《折杨柳》的曲声，难免就勾起离愁别恨。李白的诗《春夜洛城闻笛》："谁家玉笛暗飞声，散入春风满洛城。此夜曲中闻折柳，何人不起故园情。"也是用这个典故。

玉门关，是汉武帝时代设立的边关，在今天的甘肃省敦煌市西北。那时出了玉门关便是西域，茫茫沙漠和戈壁滩上植被稀少，只有少许绿洲，人迹罕至。这样荒凉的地方，仿佛是没有春天的。汉武帝曾经征发数万大军出玉门，征讨大宛国，因为环境艰苦，又缺少食物，还没到目的地，就只剩几千人。所以《后汉书·班超传》写久居塞外的班超向皇帝上书："臣不敢望到酒泉郡，但愿生入玉门关。"可见玉门关外，中原人视为畏途。而到了诗里，不仅人不愿意出玉门关，连泽被万物的春风都不愿出玉门关。这当然是拟人的手法，但也有自然依据，玉门关之外，植被稀少，仿佛真有可能是路途辽远，春风没有办法到达。另外，我们常说即景抒情，羌人的笛子没有见过春风与杨柳，羌人的文化也与中原不同，他们不懂得中原的地区杨柳代表的离情。所以虽然离愁满怀，可没有这样的景，又何必去吹那哀怨的《折杨柳》呢？

这样的抒情，显然与乐府诗歌的《折杨柳歌辞》是不同的，在留恋与哀怨之外，更像是一种劝解。很多解说认为，跟前两句大气磅礴的景物描写结合起来，这是一种昂扬向上又慷慨的气度，反映了戍边的人对于工作岗位的坚守心态。还有一些更深层次的解读，比如杨慎在《升庵诗话》中所说的"此诗言恩泽不及于边塞，所谓君门远于万里也"，也就是说，"春风"喻指皇帝的"恩泽"，皇帝的恩泽到不了边关，则是对最高统治者的抱怨。

诗无达诂。何况已经没有办法确认王之涣写这首诗的时候，到底是怎么想的了，在前面那些宏大叙事的解说之外，我们可以试着去梳理一下自己的感受。比如在我自己看来，这样的昂扬慷慨背后，更多的大概是无奈。边塞苦寒之地连杨柳也不发芽，被禁锢在这里的人们，只好在话语上豁达一点，调侃一下：干吗吹这首不应景的曲子呢？

可是，不吹这首曲子，又如何排解心中的思念与凄凉呢？毕竟，在这首曲子里面，有亲友送别时的最后的样子，要再见，不知是何年。

09 登鹳雀楼

这一节，我们要学习的这首《登鹳雀楼》，依旧是王之涣[①]的名篇。

白日依山尽，黄河入海流。
欲穷千里目，更上一层楼。

鹳雀楼，位于山西省永济市蒲州古城西面的黄河东岸。它始建于北周，到王之涣登临时，时间已经过去了近200年。

中国古代的文人，都很喜欢登楼作文作诗。《汉书·艺文志》说："歌而诵，谓之赋；登高能赋，可以为大夫。"可见这是被当成一种才华受到认可的。古代高层建筑不

① 更多关于王之涣的故事，见08《凉州词·黄河远上白云间》。

多，登高是很难得的事情，在不同于平常视角的高度看风景，自然有很多不同的感受。所以文人登高，一定要写点什么，或是抒怀远之深情，或是发思古之幽情。

唐代诗人登鹳雀楼并写诗抒情的很多，除了王之涣这首《登鹳雀楼》，当属诗人畅当的同题诗作最为著名，这首诗说："迥临飞鸟上，高出尘世间。天势围平野，河流入断山。"（也有人认为这首诗不是畅当所作）。

历代对王之涣和畅当这两首诗的高下有过争论，不管怎么样，它们都是好诗，这是没有疑问的。

鹳雀楼在后来的漫长岁月中，屡屡毁于大自然的新陈代谢或者战乱兵祸，但因为有了这些千古绝唱，永远不会被人忘怀。1997 年，山西永济市又一次重建了鹳雀楼，显然也和王之涣这些人所作诗歌的巨大影响有关，有了这些诗歌，才有了这个民族的文化记忆。

鹳雀，是一种鸟名，据三国时期的陆玑说，它是一种比鸿鹄还大的鸟，颈长，身白，尾巴黑，筑的巢有车轮那么大，下的蛋可以当一顿饭，可见是一种神鸟，我们不要以为，它跟麻雀一样大。古人曾经说，雀是一种依人小鸟。雀的古文字写法，也是从“小”为偏旁的，但鹳雀打破了这个界定。一般的小鸟，哪有资格让人为它建一座楼呢。

下面我们来看诗的具体内容，诗歌前两句写景，说白色的太阳依偎着远山，快要到它的尽头了，也就是说，快要落山了。尽，尽头，也就是没有了。黄色的大河无穷无尽，朝向大海，缓缓流去。诗人写眼前的景色，太阳有尽，河水无穷，形成鲜明对比。黄河入海，作者的眼睛并没有看到，但知道其中的道理。这两句写景诗从最大处、从景色的全貌着手，给人的感觉是非常壮观的。

三、四句，写诗人自身的感受。他说，想要穷尽目光，看到千里之外，还要再爬上一层楼才能做到。这很白话，但和前两句结合，就蕴含着哲理。

所谓哲理，就是你可以通过这两句诗的意象，联系到类似的生活。我们做什么事，想要做得更好，更有成就，都必须更努力。爬楼就是努力，人站得高，看得就远；学的知识越多，将来找到好工作的机会就越多。除了这种显而易见的道理，你还可以想到更抽象的。比如，你思维越丰厚，人生境界就越高。总之，可以无限延伸。这就是好诗的魅力所在。

一般来说，诗歌是形象思维，最忌讳说理，因为会显得很板滞，要想知道道理，大家不如去看论文。但如果能通过纯粹描绘生活的形象画面而隐含哲理，那就不一样了。著名诗人王国维曾经把人的学问到了一定境界，突然灵光闪耀，从此一通百通的状态，借用辛弃疾的一句词来表示："蓦然回首，那人却在，灯火阑珊处。"这是很形象的比喻，只要在知识探索的道路上不断努力向前，那么偶尔回望之时，会突然发现很多问题的答案自然显现。但说实在的，辛弃疾的这句词，用来形容灵光闪耀，并不那么直白；而王之涣这首诗的后两句则不一样，登楼远望和学习开阔眼界有极强的相似度，不需要经过阐发就能联想。

从艺术上来说，这首诗也可圈可点。四个句子都是对句，也就是说，“白日依山尽”和“黄河入海流”是对仗句，“欲穷千里目”和“更上一层楼”也是对句，这在诗歌中是非常罕见的，也有很大的写作难度。因为对仗固然有整齐和谐的特点，但用多了，就显得呆板。而这首诗至少后两句，虽然对仗，却让人很难察觉，这也是诗人的极高明之处。

回过头我们看畅当的同题诗作，“迥临飞鸟上，高出尘世间。天势围平野，河流入断山。”四句也都是对句，但就略有点呆板，末两句的对仗一看便知，让人觉得诗在这里还没写完，还应该有两句才能收束。畅当的诗歌也写得气势雄浑，意境峻峭，但比王之涣那一首，除了差在哲理性意蕴之外，还差在这里。

王之涣的这首诗浅显好懂，不识字的人也能感受它的好处，而这无疑是诗歌作品最优秀的品质。隋炀帝杨广很有文才，曾经自负地说：“如果皇帝这个职位是考取的，也该我当。”他写过一首诗：“寒鸦千万点，流水绕孤村。斜阳欲落处，一望黯消魂。”前两句被北宋词人秦观借用在自己的词里，改为“斜阳外，寒鸦数点，流水绕孤村”。后人评价说，就是不识字的人，听到这两句诗，也会知道它的好。《登鹳雀楼》亦是如此。

10 春晓

这一节，我们来学习唐代著名田园诗人孟浩然的一首名篇《春晓》。

春眠不觉晓，处处闻啼鸟。
夜来风雨声，花落知多少。

孟浩然是湖北襄阳人，他出生的时候，还是武则天时期，即公元 689 年，也就是永昌元年。

孟浩然的家境算是书香门第，他自己性格也与众不同，23 岁就和朋友一起隐居山中，效仿古代的隐士。几年后又离家远行，到处游历，带着诗稿去拜访当时的名士和官吏，以求做官。但并不顺利，蹉跎了十几载，一事无成。

36 岁那年，孟浩然和李白成了朋友。李白曾经写过一首诗赠他，起首两句就是“吾爱孟夫子，风流天下闻”，诗中还歌颂了他的宁静淡泊，夸奖他天天宁愿饮酒赏月看花，也不肯侍奉君王。其实都是不实的，孟浩然很想当官，只是没有机会而已。他比李白大 12 岁，李白当时只是个小青年，写这样的诗赠他，当然是客套。

之后，孟浩然去长安参加了科举考试，可惜没有考上，但也不是一无所获，他认识了不少名人，包括出身极好的大诗人王维。王维和李白同龄，也把孟浩然当老大哥。因此孟浩然虽然落榜，却没有回家，继续租房子住在长安，给名公巨卿投稿，以求赏识。他的生活状态，跟现在很多怀抱创作梦想的“北漂”文学青年差不多。

据说孟浩然有一次险些成功，那次是他和王维正在内室聊天，谁知唐玄宗突然来了，他赶紧躲到床下去。唐代社会非常注重贵贱相隔，比如同学两个，一起进京赶考，一个高中，一个落第，那以后落第的见了高中的，就要仓皇回避，不能面见，至少在公众场合必须如此。唐玄宗还是临淄王的时候，曾手臂上架着鹰去昆明池玩，见一群富二代正在聚会，满桌的山珍海味。唐玄宗上前要求加入，富二代都翻翻眼皮：“你谁啊？报上家世官职，我们看看你够不够格。”唐玄宗说：“我爷爷是皇帝，父亲是相王（李旦），我自己被封临淄王。”富二代们一听，吓得撒腿就跑，连车马都不要了。

你可能奇怪，这是为什么呢？就是因为贵贱远隔，按常规是不许相见的。所以孟浩然一介布衣，只能赶紧躲藏。不过唐玄宗已经感觉有人，问王维，王维不敢隐瞒。玄宗很大度，说："请这位诗人出来吧，我也想见见，想听听他有什么新作的好诗。"孟浩然又惊又喜，当场吟诵了自己的诗作，但玄宗听到其中一句"不才明主弃"，生气了："是你自己不上进，没来找我要官，怎么能说我抛弃你？"言下之意，这是污蔑，人品这么差，还做什么官，还是赶紧给我回老家吧。

孟浩然很难受，只好离开长安南下，好在他很有诗名，一路都有朋友接待，玩得还算尽兴。几年后，他再次去了长安，想再搏一把，但还是失败了，从此基本死心，虽然也有大官赏识他，他也没有再花什么心思求官，终身是一个布衣。唐玄宗开元二十八年（公元 740 年）夏天，孟浩然因为背疽发作，死在家乡，享年 51 岁。

孟浩然在中国文学史上有很高的地位，是盛唐山水田园诗派代表人物，创作了很多至今仍然脍炙人口的名句。比如"微云澹河汉，疏雨滴梧桐"两句，王维都佩服得不行，时常挂在嘴边，恨不能是自己写的。他那次见到唐玄宗，念了一句"不才明主弃"，导致断了做官的希望，在这故事的另一个版本中，唐玄宗接着气哼哼地加了一句："为什么你不给我献'气蒸云梦泽，波撼岳阳城'。"这也是孟浩然的名句，唐玄宗早就背诵过，说明他对孟浩然还是有一定了解的。

具体来看诗句。这首《春晓》，是孟浩然的代表作，写的是惜春情怀，但又不直说。首句“春眠不觉晓”，点明自己在睡觉。春天是万物生长的季节，但人容易犯困，所以古诗中常有“春困”或者“春慵”这样的说法，想起来确实是美好的。春天的天气，不冷不热，尤其是梅雨季节，窗外雨声潺潺，天色阴郁，即使白天，也宛如黄昏，这个时候，如果能不上班，躺在帷幄里美美睡觉，该是多么幸福啊。

孟浩然是个率性的人，虽然他也热衷求官，但从他的诗歌来看，性格其实不适合做官，他太懒散了。曾经有一位大官叫韩朝宗的，非常欣赏他的才华，准备向朝廷推荐他做官，约好了某日在某处会面。谁知那天孟浩然在酒馆里喝得兴高采烈，根本没有赴约的意思，有人提醒他，他竟然很不屑地说：“没见我喝得这么开心吗？人生贵行乐，什么韩朝宗，去他的。”韩朝宗是什么人，那是李白都曾经上书吹捧的大人物，“生不愿逢万户侯，但愿一识韩荆州”，这个韩荆州，就是指韩朝宗。

很显然，孟浩然适合过不上班的日子，每天睡到自然醒，朝九晚五他哪里受得了，所以“春眠不觉晓”，春天睡觉睡得兴起，不知不觉就天色大亮，也就不奇怪了。躺在床上，他听见到处是叽叽喳喳的鸟叫声。悚然一惊，想起昨天晚上的事。他记得睡前是风雨大作的，现在窗外鸟儿们这么开心，肯定又是个艳阳天。于是他支起身体，问出这样一句诗眼："花落知多少？"他想知道，那些娇艳的花朵呢？它们在风雨的摧残下，到底落了多少？

这就是惜春情绪。我们现代人，和大自然亲近不够，多半已经很难理解这种心情。我们的周围看不到繁花，只是在春游时去野外看看。那些艳丽的花朵因为不开在我们面前，我们就不会关心它们。我们整天忙忙碌碌，城市又喧嚣嘈杂，我们不在意它们到底能艳丽多久，何时会衰败。只有你和花朵亲近，才会对花朵充满感情。

不过要注意，人类的惜花，其实并不仅仅是怜惜花朵本身，最终还是一种感伤流年暗换的心理投射。艳丽的花朵只繁花一霎，很容易让人联想到自己年华的老去。所以自古以来，惜春的诗歌数不胜数，但大多数人表达这种感情时，都是直接描摹。孟浩然这篇却是旁敲侧击，表面上看，他是讲春天睡得很舒服，环境很优雅，实际他想表达的，都在最后一句，于平淡中见波折，于欢快中见伤感，这种写作手法，值得我们学习。

写文学作品，一般情况下，最忌平铺直叙，最忌直白，所以好的小说，总是有一个好的切入点。

《春晓》这首诗的切入点就很好，声东击西，它被很多后世诗人模仿过，比如晚唐韩偓的《懒起》："昨夜三更雨，今朝一阵寒。海棠花在否？侧卧卷帘看。"宋代李清照的《如梦令》："昨夜雨疏风骤，浓睡不消残酒。试问卷帘人，却道海棠依旧。知否？知否？应是绿肥红瘦。"[①] 都是从风雨想到惜花，这种模仿是很明显的，但都不像孟浩然的写法，起句竟有欢快气息。我感觉，就艺术性而言，孟浩然的诗歌更胜一筹。

① 李清照的故事，见 57《夏日绝句》。

夜来风雨声，花落知多少。

【猫猫说】夜来鱼雨声

夜里的雨，居然是鱼雨。

在云上的鱼雨工厂里，黑猫负责钓鱼，钓上来的鱼，会送到处理鱼的小猫那里挤上酱汁。在工厂的另外一个地方，小猫们把一种特别的水做成雨滴。最后，它们把雨滴和鱼合在一起，做成鱼雨，然后由一只负责的猫扔到云下面去。

地上的花被鱼雨砸掉了很多花瓣，地上的小猫用这些花瓣做了一个家。

11 凉州词 · 葡萄美酒夜光杯

这一节，我们来学习另一首《凉州词》[①]，它也是一首边塞诗：

葡萄美酒夜光杯，欲饮琵琶马上催。
醉卧沙场君莫笑，古来征战几人回。

这首《凉州词》，作者是王翰，字子羽，并州晋阳（今山西太原）人。王翰的生卒年史书上没有记载，根据现代学者闻一多考证，说他生于公元 687 年，我们姑妄听之。

王翰出身富贵之家，家里养了很多骏马，还有一整套乐队班子，可见很有钱。唐睿宗景云元年（公元 710 年），

① 王之涣的另一首同名作品，见 08《凉州词 · 黄河远上白云间》。

王翰考上进士，如果闻一多的说法正确，那么他这一年才27岁。在他之后的将近百年，白居易也考上进士，并得意地写诗自我吹捧："慈恩塔下题名处，十七人中最少年。"说自己是十七个进士中最年轻的，其实当时他的年龄比王翰考中进士时还大两岁。

王翰的出身既好，科名又早，自负才华，免不了比较骄傲，得罪人不少，所以官运坎坷；但他从不吸取教训，一如故往，我行我素，最后被贬为道州司马，死在赴任的路上，享年仅仅39岁，一身的才华化为梦幻泡影，如露亦如电，这是很可惜的事。他的诗歌遗失很多，现在才剩区区14首，这首《凉州词》就是其中的代表作。

据史料记载，王翰不但擅长作诗作歌，还能自己跳舞伴奏。他比杜甫大20多岁，杜甫曾写过一首诗，其中两句是："李邕求识面，王翰愿结邻。"自称因为才华高，让王翰也非常佩服，竟想在他的屋子旁边置产，跟他做邻居，可知王翰在文学上的地位，否则不会被杜甫借来自吹。不过，王翰本人倒真的被视为当时的好邻居，有个叫杜华的诗人，老妈就常告诫他说："古代有孟母三迁的故事，我也希望你搬去和王翰做邻居，向他学习。"如果读杜甫诗的人知道这个故事，大约会更崇拜王翰。

边塞诗我们以前介绍过，就是一些文人跟随将军去边疆当幕僚，在军中写的一些诗歌。王翰当过五品的驾部员外郎，曾以这个身份跟随军队去边疆，因此写了不少边塞诗。我们以前还说过，凉州虽然地处河西走廊，四面戈壁，但在当时还是比较繁荣的地方。因为地方靠近西域，气候干燥，昼夜温差大，产的水果糖分高，非常甘甜，葡萄就是其中之一。现在中国到处有葡萄，其实它不是中国原产的水果，而是汉武帝时从西亚引进的，在当时非常稀罕，汉武帝还因此专门把一座位于上林苑中的宫殿命名为葡萄宫；与此相似的，还有武帝在韩城以荔枝命名的宫殿(当时称为“扶荔宫”)，因为荔枝也是刚从南方传来的稀罕水果。

在西域，大家习惯用葡萄酿酒，所以诗歌首句说“葡萄美酒”。夜光杯，指用白玉琢成的酒杯，夜里也会闪闪发亮。相传西周穆王时代，西域曾经向周穆王进献“夜光常满杯”，用白玉的精华雕琢而成。这里的夜光杯，当然不是实指，而是指代酒杯，而这些物品本身都和西域有关，用典十分贴切。

接下来说，正要把酒往嘴里倒的时候，琵琶声响起来了。琵琶不是中原固有的乐器，而是东汉末年从西域传来的，发展到唐代，成了乐队的不可或缺。唐代诗人们写过不少和琵琶有关的诗句，据有人统计，《全唐诗》中涉及琵琶的诗词有 60 多首。凉州城中多胡人，著名边塞诗人岑参，就写过“凉州七里十万户，胡人半解弹琵琶”的句子。敦煌壁画中，也有很多反弹琵琶的伎乐图。所以，在边塞军中，用琵琶奏乐佐酒，是很正常的事。有人说，这个琵琶不是佐酒的，而是战争中当号角用的，可能性不大。

这句是讲，将士正要饮酒，琵琶正在演奏，忽然那边催促上马了，要去征战了。诗句为了简洁，往往用几个词的意象组合，构成一组连续的画面。这里的“欲饮”，是描写将士正要饮酒的场景；“琵琶”，代表乐队正在演奏的状态；“马上催”，又是另一个画面，沙场上将军正在发令集合，准备出征。

这些很像电影的蒙太奇，把不同的镜头拼接在一起。军中的生活很琐碎，描写不可能面面俱到，也不必面面俱到，如果撷取几个典型画面拼合，反而能产生特殊效果。这些撷取的画面，肯定都是诗人最有感触的部分，最能表达诗人的微妙情绪，才有更大的感染力。从文学上来说，由于摒弃了完整的主谓宾句式，还避免了诗句的笨拙单调，因之显得灵动飞扬。

第三、四句是抒情，这些将士们说，我喝醉了倒在沙场上，你们不要笑话，古往今来去征战的，有几个人能回来呢？很多人说，这两句表现了将士们为国效力，视死如归的豪迈情怀。我不这么认为。我从这两句诗歌中，看到的是诗人心中浓重的悲凉。那个时代的人征战的目的，一方面是基于忠君的意识形态，一方面也是为了个人的前途。战胜了会有赏赐，可以改变人生的命运。但这种战功能否获得，确实是概率不高的事情。只是处在那个时代，又无可奈何，上苍只给了你这样的生活，也只能通过“醉卧沙场君莫笑，古来征战几人回”这样的话来自解了。因此，这是无奈，而不是旷达；是悲伤，而不是热血慷慨。战争对于将军可能是个利好，对于普通士兵，往往是噩梦。作为一个伟大的诗人，王翰的心灵不可能那么粗糙，虽然是描写边塞题材，但无论什么材料，都必须经过诗人心灵审美的过滤。他眼中的场景，一定是悲凉的；士兵，一定是令人怜惜的。而最好的、最伟大的战争诗歌，一定是反战的。诗人的心灵到达一定的高度，就必然会是这种看法。

王翰曾经写过一首《饮马长城窟行》的歌行体，里面有这样的句子：“归来饮马长城窟，长城道傍多白骨。问之耆老何代人，云是秦王筑城卒。”虽然是平淡不惊的描述，而阴郁惨淡之气溢出纸面。唐代最好的边塞诗，都是类似的基调，比如陈陶的《陇西行》：“可怜无定河边骨，犹是春闺梦里人。”比如曹松的《己亥岁》：“凭君莫话封侯事，一将功成万骨枯。”也都是摄人心魄的千古名句。

这首诗最好的部分，就是最后一句。有了最后一句，全诗立刻质量飞升，仿佛一个空灵的生命体，从光芒璀璨的唐诗丛中一跃而出，昭朗莹澈，夺人心魄。明代大文学家王世贞说，王翰这首诗应该列为唐人的压卷之作，超过王维那首《送元二使安西》，也是有一定道理的。

12 出塞

这一节，我们来学习盛唐时期另一位著名边塞诗人王昌龄的诗——《出塞》。

秦时明月汉时关，万里长征人未还。
但使龙城飞将在，不教胡马度阴山。

王昌龄字少伯，生于公元698年，河东晋阳（今山西太原）人。和前面讲的王翰不一样，王昌龄家境一般，年轻时曾在嵩山学道，27岁左右去过河西走廊和玉门关，他的边塞诗大概就是写于这个时期。

王昌龄在30岁左右就考上了进士，开始走入仕途。他先后做过几任小官，和绝大多数天才文人一样，虽然才华横溢，却并不发达，41岁时还被贬到岭南地区，这对任何人来说，都是重大打击。在唐代，岭南被视为可怕的落后地区，既炎热，又多毒虫，尤其空气中弥漫着瘴气。那时的官员，一旦被贬到岭南，都觉得死期将近。比如韩愈被贬潮州，曾给侄子写过一首诗，其中有两句说："知汝远来应有意，好收吾骨瘴江边。"可见其环境的残酷。

王昌龄还好，第二年就收到了赦免文件，北上回家。不过在遭贬的路途中，他也不是没有收获，在巴陵碰到李白，喝了一通酒；在襄阳和孟浩然见面，又是一通胡吃海喝，孟浩然还因此丢了性命。原来那时候孟浩然患了背疽，才好点，医生吩咐绝对不能吃鲜鱼，否则疾病复发，回天乏术。但孟浩然见了王昌龄，心情太好，加上本身就是个吃货，为了吃，连官也不做的，所以吃鲜鱼大快朵颐，果然病发死掉了，终年 51 岁。（当然，这个记载不一定科学，也许是虚构的。）

而王昌龄呢，拍拍屁股，继续他的人生长途，做他的小官。开始是江宁丞（相当于现在的副县长），一当就是八年，接着又转为龙标尉，不但没升，反而降了，原因不清楚，史书上只是说"不护细行"，看来不是什么大事，只是生活不检点。"不护细行"出自三国时期曹丕的《与吴质书》，他说："观古今文人，类不护细行，鲜能以名节自立。"就是说文人多不拘小节，其实就是说比较特立独行，不同流俗，让人嫉恨。王昌龄这么大才华，自然也会如此。江宁县在今天的南京，算是发达地区；龙标县在今天的湖南省怀化市洪江黔阳古城，山区，没人愿去。更不用说，县丞比县尉还高一两个品级了。他这么一贬到湘西山区，大诗人李白也很痛心，专门写了一首诗《闻王昌龄左迁龙标遥有此寄》，其中有两句名句："我寄愁心与明月，随风直到夜郎西。"[①] 好诗总是来源于人的不幸，王昌龄如果没有倒霉，我们是读不到这两句名句的。

王昌龄在龙标县一待又是八年，身体不错，已经 59 岁了，获准离开龙标，一路北上。但唐王朝刚刚结束了它的盛世，坠入安史之乱的黑暗，到处兵荒马乱，一路不太平。第二年王昌龄到达亳州时，被亳州刺史闾丘晓杀害。为什么这个姓闾丘的人要杀他，史书上也没有详细记载，只是怀疑他嫉妒王昌龄的才华。在乱世之中，地方官往往权力不受控制，可以为所欲为。不过第二年，安史叛军围困睢阳，河南节度使张镐令闾丘晓引兵救援，闾丘晓胆小怕死，不敢出战，导致睢阳陷落。张镐大怒，命令抓捕闾丘晓，并立即判处死刑。闾丘晓苦苦恳求："家有老母，希望饶我一命。"张镐冷笑："王昌龄也有老母呢。"闾丘晓还有点羞耻心，当即低下了罪恶的脑袋，一句话没说。

王昌龄的作品，以边塞诗最为著名；诗体方面，又以七言绝句最为擅长，在盛唐诗坛上，他写的七绝是最多

---

① 王昌龄和李白的故事，见 17《静夜思》。

的，也可以说是最好的，所以号称“七绝圣手”。他那天才的大脑，为我们生产了很多名句，比如《从军行》的第二首：“撩乱边愁听不尽，高高秋月照长城。”第四首：“黄沙百战穿金甲，不破楼兰终不还。”第五首：“前军夜战洮河北，已报生擒吐谷浑。”《长信秋词》的第三首：“玉颜不及寒鸦色，犹带昭阳日影来。”还有我们下一节要讲到的《芙蓉楼送辛渐》“洛阳亲友如相问，一片冰心在玉壶”一句，都脍炙人口。王昌龄，无疑是唐代最伟大的诗人之一。

一起来看这首《出塞》，这首诗起手不凡，“秦时明月汉时关”，一下就把读者的思绪推进了上千年的历史长河。秦汉时代，是中国开始大规模开边的时代，都在不断开边的过程中修建了长城防线。秦朝的长城，西起临洮；汉武帝更是把长城修到了玉门关，甚至连新疆都开辟了几个据点。稍微有点历史常识的人，读了王昌龄这句诗，一定会感觉震撼。诗句看似无理又有理，他看到的明月，本来是唐代的明月；他看到的关塞，也应该是唐朝新建的关塞。但他却说秦时的明月，汉代的关楼，这苍茫肃穆的历史感和悠长凝重的沧桑感一下子就击溃了我们。

我很小的时候，看见报纸上有一个集句对联比赛。所谓集句对联，就是搜寻古代的诗句拼合起来，组成一副对联，我至今还记得获得冠军的那副：“草木荣春晖，柳外春风花外雨；江山留胜迹，秦时明月汉时关。”最后一句就是我们说的这句，当时带给我幼小心灵的震撼，现在还历历在目。古往今来，很多文学家都有共识，真正的好诗，能让不识字的人也觉得好。那时我就不识几个字，但已经被这样的诗句击中，可知其伟大魅力。

接下来，“万里长征人未还”，是说在这沧桑遍地的边塞，有多少跨越万里远征的将士，再也没能回到家乡。这句诗不是写一时一地，而是写古往今来。作者不是站在凡人的角度平视，而是站在悲天悯人的高度，俯视芸芸众生。这粗粝的边塞，不知吞噬了多少人的血肉。若换了一般人，绝对不是这种写法，因为庸人的心灵境界达不到。

最后两句，一样是悲悯情怀，作者慨叹，如果当年龙城的飞将军李广还在，塞外的胡人就不可能骑着马度过阴山，到长城内来骚扰了。这两句有典故，龙城，是指汉代时匈奴大聚会的地方，相传匈奴人信奉龙神，所以把聚会处称为龙城。飞将，指西汉时的将军李广，擅长骑射，匈奴很害怕他。他当右北平郡太守时，匈奴称他为“汉之飞将军”，几年都不敢闯进右北平一步。

阴山，在今内蒙古自治区和河北省境内，是一列东西向的山脉，长度达一千多公里，是阻隔北方游牧民族南下的重要自然屏障，秦汉的长城很多就建在阴山之上，和阴山融为一体。阴山西段和中段南部牧草肥美，原为匈奴的地盘，后来被汉朝夺取，匈奴就此失去了南侵中原的重要基地，所以《汉书》上记载，匈奴人每当经过这个区域，都会掩面痛哭，我们在讲《敕勒歌》的时候就讲过[1]。失去阴山，对匈奴是个重大打击。当时的阴山，就是农耕民族和游牧民族的界线。

这里面有个问题值得一提，有很多人认为，诗歌最后一句的“飞将”，不是指李广，而是指卫青。因为李广的战功不如卫青，而且只有卫青才率军打到过龙城，只有卫青才能阻挡匈奴，李广没有这个能力。这个说法对不对呢？我认为是不对的。因为在《史记》《汉书》里，只有李广明确被称为汉朝的飞将军，而卫青没有。李广的战功，确实不如卫青，但这不一定是李广个人的原因。就个人武力值来看，李广擅长骑射，射箭是他世代相传的秘技，《汉书·艺文志》专门记载有《李将军射法》，卫青就没有这个本事。李广长年在边塞做太守，而且史书明确记载因为他在，匈奴一度不敢入关。卫青却没有做过边塞将军，他到底有没有征战才华，其实值得疑虑。然而他血统好，汉武帝前期最宠爱的皇后卫子夫，是他的姐姐，所以每次打仗，汉武帝总是拨给他和他的外甥霍去病最精锐的兵马，最充足的给养，甚至最好的作战路线，在这种情况下，想没有战功都难。

这一点，古人其实是很清楚的，王维就写过两句著名

---

① 见03《敕勒歌》。

的诗："卫青不败由天幸，李广无功缘数奇。"就是说卫青本来没有什么军事才能，之所以没有战败，是他命好；而李广之所以不能封侯，是因为命差。宋代军事家兼词人辛弃疾的词《八声甘州》里说："射虎山横一骑，裂石响惊弦……汉开边、功名万里，甚当时、健者也曾闲。"也是歌颂李广惊人的武力值，为李广鸣不平的。李广的不幸，千百年来，很多人都有同感。

另外，就文学手法来看，好的诗歌必须摄取典型意象，还要讲究声律，才能产生很好的艺术效果。而"飞将军""龙城""阴山"，都是边塞史上最著名的历史意象，也是唐代边塞诗歌中最常见的文学意象，王昌龄将三者组合在一起，仿佛碰撞出了金铁交鸣之声，瞬间爆发出强烈的艺术魅力。这正是诗人应该做的事，而不是像旧时私塾里的老先生一样，寻章摘句。我们解释诗歌，思维不能太呆板。

13 芙蓉楼送辛渐

这一节，我们来学习王昌龄[1]的另一首诗——《芙蓉楼送辛渐》。直接来看诗：

寒雨连江夜入吴，平明送客楚山孤。
洛阳亲友如相问，一片冰心在玉壶。

王昌龄天才卓迈，除了边塞诗，还以闺怨诗、送别诗闻名。这首《芙蓉楼送辛渐》就是他蜚声遐迩的送别诗。根据学者们考证，大概作于唐玄宗天宝元年（公元742年），诗人正在江宁丞任上。这是一个八品的小官，他一口气当了八年，当时他肯定想不到，这会是自己一生中最

① 更多关于王昌龄的故事，见12《出塞》。关于本诗的故事，见08《凉州词·黄河远上白云间》。

高的官阶，后来因此被称为“诗家天子王江宁”，也就是说，在人们心里，他这个小小的江宁县丞，却是诗人中的皇帝（也有的说法是“诗家夫子王江宁”）。

诗题中的辛渐，是王昌龄的朋友，因为不够著名，史书上没有记载。王昌龄总共为他写了三首诗，都是送别的。这次的送别，一连写了两首，我们要讲的这首是第一首。第二首不怎么著名：“丹阳城南秋海阴，丹阳城北楚云深。高楼送客不能醉，寂寂寒江明月心。”但交代了不少信息，比如送别的具体城市，季节，还有送别的细节活动。原来在这座芙蓉楼上，不单是空口饯行，而是在前一夜曾摆了酒宴的。

芙蓉楼所在地，是今天的江苏镇江，古称润州，当年被改称丹阳，十几年后又改回润州。史书记载，芙蓉楼原先没有名字，是晋代的王恭为润州刺史时，把城西南楼命名为万岁楼，西北楼命名为芙蓉楼。于是这座平淡无奇的城楼，因为王昌龄的诗而留名千古，以至于在湖南省怀化市洪江黔阳黔城古镇，也有一座芙蓉楼，号称是王昌龄被贬去当县尉所建，作为饮酒赋诗、送别友人的地方，旁边还有“冰心玉壶亭”，显然是因此诗附会，后人建来纪念王昌龄的。不过，在那么偏僻的地方，当年竟有那么伟大的诗人居住过，而且长达八年之久，确实容易让人发思古幽情。一个民族，正因为有这样的文化积淀，才显得厚重，才算脱离了野蛮。

通过芙蓉楼所在之地，诗中又提到洛阳，可以推测辛渐大概由润州渡江北上。王昌龄当时在江宁任职，可能是一直把辛渐送到润州，才依依不舍告别的。

首句“寒雨连江夜入吴”，点明气候。寒冷的雨，深夜潜入吴地。有雨而寒，说明这个雨是秋冬时节的雨。连江，指雨幕和江水连成一片，分不清彼此，很显然，雨下得很大。镇江是春秋时的吴国疆域范围，又是三国时孙吴的故都，属于吴地，所以说秋雨“夜入吴”。这句诗通过环境衬托出送别友人的心境，显然非常凄凉。

第二句，“平明送客楚山孤”，在清晨送别客人，两岸的青山，显得那么清冷孤独。平，初。平明，就是初明，一大早的意思。汉代计时方式，天刚刚明亮的时候，一般称为“平旦”，“旦”也是指天亮。古人没有电灯，很少有像我们今天一样的熬夜习惯，一般是早早就睡觉了，所以醒来也早。而古人旅行，又没有夜班火车，都靠徒步或者马车，赶路必须靠白天，晚上照明不便，也不安全。所以一般天色刚亮就出发，天色刚暗就歇宿，送行常在清晨很早的时段。楚山，楚地的山。前面说了芙蓉楼是古代的吴地，这里又说楚山，为什么？因为春秋时的吴国被楚国灭了，所以这个地方传统上又被称为楚地。王昌龄这里变换代称，是为了避免重复。

古代诗歌很忌讳重复，尽量会找意思相近的词语替换表达。楚山只是山，它是没有生命的，千百年来都立在那里，自己一座山，不会觉得孤独，多来几座，也不会觉得热闹。它是无知无识的，所谓的孤独，是诗人自己的心境，于是联想到楚山上去。这种表现方式，就是借景抒情，融情于写景之中。

三、四句是名句，王昌龄嘱咐朋友，如果到了洛阳，见到我那些亲朋好友，他们问起我的话，请告诉他们，我的这片光明洁净的心灵啊，仍然像以往那样，可以放在玉壶里面。冰心，像冰一样澄澈的心，表示纯洁。玉壶，指用美玉制作的壶。

古人非常重视玉石，认为玉有五种德行，摸上去温润，像仁爱；纹理清晰，像义气；敲击的声音舒扬，像智慧；可以折断但不可弯曲，像勇气；尖锐有棱角，像廉洁。世间最高尚的人，也不过如此，所以古人常说君子温润如玉，凡是用玉修饰的东西，都象征洁白、美丽、高尚、珍贵，比如《诗经》里的“有女如玉”，是说美丽；“锦衣玉食”，是说食物珍贵；称呼君王的身体为“玉体”，是说高贵。自然，用玉做的壶，当然也是很高洁的。冰在古人眼里，和玉一样，也是晶莹洁白，比如秦汉时代，齐国地区生产一种丝绸，因为鲜洁如冰，被称为“冰纨”。

总之，玉和冰都是美好洁净的东西，将冰心也放在玉壶之中，表示淡泊清亮，不夹杂功利庸俗。其实这两种象征物放在一起，形容自身的情操，也不是王昌龄首创，最早出自南北朝诗人鲍照的《代白头吟》："直如朱丝绳，清如玉壶冰。"就是说自己像朱色的丝绳一样耿直，像玉壶里的冰一样清亮。后世很多文人，都常常用这两个意象来自况，它们已经成为古典诗词中重要的文化象征。

为什么王昌龄要专门提到自己的心像冰放在玉壶中一样高洁？大概因为前两年他被贬到岭南，引起了一些议论。他为什么会贬官呢？据说是因为得罪了当朝宰相李林甫。而李林甫是什么人，稍微懂点古代历史的人都知道，那是唐代有名的奸臣，担任宰相长达19年，气势熏天，以嫉贤妒能著称，擅长面上一套背地一套，他的行径为我们创造了一个著名的成语：口蜜腹剑。王昌龄被奸臣陷害，但这种情况，别人不知道，总认为你一个公务员，突然被贬了，还是贬到岭南那个可怕地方，肯定是违反了国家法律，至少也是偷鸡摸狗，人品有污点。一般老百姓多半会这样认为，所以王昌龄告诉辛渐，自己是清白的，请代为转告洛阳的亲友。

诗歌的重点也在这最后两句，送别为什么不着重写依依不舍的友情，而着重剖析自己呢？因为诗人当时心境的凄凉，就是因为朋友远别所起，而这又易引起对自己身世的感喟。虽然是写自己，实际也是写友情，只不过是用一种比较含蓄的方式。作诗无定法，技巧也很多，但真诚描写内心，永远是作诗的不二法门；照猫画虎、人云亦云，是写不出好诗的。

14 鹿柴

这一节，我们来学习盛唐著名诗人王维的一首诗——《鹿柴》。

空山不见人，但闻人语响。
返景入深林，复照青苔上。

王维，字摩诘，生于公元699年，祖籍太原祁县，出生地是河东蒲州（今山西运城）。王家属于河东望族，王维的爸爸也是做官的，家境优渥，所以王维从小就得到良好的教育，不但擅长诗歌，还精通书画音乐，所以他写诗总是很有画面感。苏轼说他“诗中有画，画中有诗”，就是这个道理。如果换到现在写小说，王维一定是那种很擅长描写场景，很有小情调的作家。关于王维的音乐修养，有一件逸事。有个人曾经获得一张《奏乐图》，王维看了一眼，就说：“他们奏的是《霓裳》（ní cháng）曲的第三叠第一拍。”有人不信，召集乐工演奏，果然和画面上人物的手势相似，也可见画家的严谨。

同李白、杜甫不一样，王维的科举非常顺利，他 15 岁入长安，就以才华得到岐王、宁王、薛王以及一些达官贵人的赏识。王维和他的母亲都是虔诚的佛教徒，也许因为此，他十六七岁曾经有过和朋友隐居终南山的经历，这点和孟浩然比较相似。30 多岁的时候，王维在终南山建了别墅隐居，其中一处叫“辋川”，因为他的诗歌而流传后世。

关于王维考进士，也有一则逸事。说是岐王李范让他打扮为乐人的样子，将他推荐给唐玄宗的妹妹玉真公主。他弹了一首琵琶曲《郁轮袍》，震惊四座；之后又向公主献上自己的诗稿，公主读后又惊又喜：“天哪，这些诗歌我大多读过，原以为是古人写的，没想到作者竟然是你。”加之王维长得又好看，是块小鲜肉，令 30 多岁的玉真公主倾倒，二话不说，就把主考官召来，明令：“这一届的状元就这么定了，他的名字叫王维。”考官不敢不听，于是王维一举夺魁。

在今天看来，这好像是行贿，但在那时，称之为“行卷”，就是说考生在参加考试前，可以向达官贵人奉献诗赋，请求他们帮自己揄扬名声，考官以此决定名次，完全是合法的。相当于今天的某些考试，不但看卷面分，还要看平时的表现和成绩；行卷，就相当于平时的表现和成绩。而且，那时的考试，是不糊名的。

然而王维的官运并不顺，开始还好，做了个从八品下的太常丞，管理宫廷歌舞团，当时宫廷歌舞团有一个保留剧目，叫《五方狮子舞》，按规定只能表演给皇帝看。但王维和他的上司却擅自将其中的一幕《黄狮子舞》给其他贵人表演，唐玄宗听到后很不高兴，这意味着僭越。把相关人员全部治了罪，王维因此被贬为济州司仓参军。

这是王维人生中的第一次劫难，从此之后，他开始夹着尾巴做人。

这个时候，他其实已经比较想彻底归隐了，但他是长子，担负着养家的责任，曾在诗中说，妹妹日渐长大了，弟弟还没娶妻。这意味着嫁妆和聘金都压在他这个大哥肩上，他不敢率性。而且，要想改善境遇，就得把官阶做上去，所以他先后给宰相张说（yuè）和张九龄献诗，肉麻兮兮地请求提拔。还比较有效果，两位宰相都有一定回报，最后他爬上了从八品上的右拾遗，其实比他的第一个官职太常丞好不了多少，这年他已经35岁，官运实在可以算蹉跎了。

没过多久，提拔他的张九龄便被李林甫排挤出京，李林甫自己成了宰相，这家伙以嫉贤妒能著称，大诗人王昌龄就是因为得罪了他，没过上好日子；更大的诗人杜甫，也是因为参加他主持的考试落榜。其实不是杜甫一个人落榜，而是一个人都没录取，他向唐玄宗报告，说“野无遗贤”，就是说，人才早就都被朝廷吸收干净了，现在民间散落的，全是废物点心。这么一个人当总理，国家能好吗？

王维也痛苦不堪，但为了生计，还得强打精神上班。李林甫一共当了19年宰相，下台后，他的继任者杨国忠更差得令人发指，纯属如假包换的人渣。但就这样的货色，王维都硬着头皮写诗吹捧过，还吹捧得特别肉麻，可以想见他内心何等痛苦。晚年的时候，他曾经反省自己，说自己特别不要脸，人品很糟糕，但我想要是时光可以重来，他依旧会那样干，因为不要脸是天生的，那就是他的性格。

杨国忠对王维算是不错，给他升到了从五品上的文部郎中，但好景不长，唐王朝很快跌进安史之乱，唐玄宗西逃，王维没来得及跟从，被叛军俘获，押送到洛阳。他的诗名传遍天下，安禄山也很怜惜，逼迫他给自己做官，关押数日，他不得已答应了。但按照中国传统的政治规矩，这算是当伪官，就像当年抗日战争时期的伪军一样。

后来唐朝军队反攻，收复了长安，王维接受组织调查，因为他暗暗写过怀念朝廷的诗歌，还因为他帮新宰相崔圆画壁画，崔圆因此帮他说情，再加上他弟弟刑部侍郎王缙愿意免官赎他的罪，一来二去，组织终于原谅了他，给他重新授官。几年后，他死在尚书右丞的任上，这是个正四品下的官，总算超过了他爸爸的官阶。

王维活了63岁，在那个时代，算是不错了，不过远不及他弟弟，王缙足足活了81岁，当过同中书门下平章事，其实就是宰相，而且一生妻妾成群。比起王维，似乎是人生赢家。但我们今天小学生也知道王维，大学生也不知道王缙。谁是人生赢家？要视价值观而定。

王维因为信奉佛教，诗风都比较平和冲淡，三十出头妻子去世后，就一生未再娶，似乎也没有子嗣。他的诗以山水田园诗闻名，所以后来的人把他和孟浩然合称。他的文学成就，在当时就有定评。他死后，唐代宗李豫很怀念他，对王缙说："你哥哥在天宝中期诗名绝代，朕曾经在各个王府听过他的歌诗，你现在还保留了他多少文章？我很想读读。"

这首《鹿柴》，就是一首山水田园诗。天宝年间，王维在终南山下买下初唐诗人宋之问的别墅，改造成自己的住处，就是著名的辋川别业。辋川有美好的风景二十处，王维和好友裴迪一一作诗歌咏，后编为《辋川集》，这是其中第五首。诗名《鹿柴》，柴，在这里要读为"zhài"，指用木柴构造的栅栏，用来藩护，通"寨""砦"。鹿柴，指围住鹿的栅栏。

一起来看诗，首句，“空山不见人”，空荡荡的山中，看不到一个人影；而下句又说，“但闻人语响”，原来山中是有人的。这就立刻让我们能联想出一幅宏阔的画面：山体是那么庞大，人放在山中，是那么渺小，不仔细观察根本看不到。山中林木也一定郁郁葱葱，把人都遮蔽了。虽然没有一字写山的宏阔，也没有一字写山木的茂密，但境界全出。这种迂回含蓄的写法，别开生面。当然，直接描写林木蓊郁，山体浩瀚，也能达到类似效果。只是比较难，因为你要有那种笔势，那种境界，而采用这种迂回含蓄的写法，既讨巧又新鲜。我们平常写文章，如果没有掌握太多词汇，又缺乏写大场面的能力，就可以采用这种迂回的写法。另外还要注意，这两句诗除了通过人声衬托山的宏伟和山林茂密之外，还写出了深山的静谧。正因为有些人声，才更显出其静谧。南朝梁诗人王籍的《入若耶溪》：“蝉噪林逾静，鸟鸣山更幽。”就类似于此。只是王维的诗没有直说，甚至他自己可能都没有想到，但因为他像相机镜头一样，精准如实捕捉到了自己的感受，仿佛一个立体的影像，放在我们面前，所以我们完全可以从中感受更丰富的东西。

第三句，“返景入深林”，指太阳挂在西边，返照的光芒投在幽深的林木里。“景色”的“景”，在古代很早的时候是阳光的意思。因为阳光一定会带来影子，所以后来又引申出影子的意思，再后来怕大家混淆，又重新造了一个“影”字，专门用来表示影子的意思。但在唐代，这两个字分得不是很严格，依旧可以通用。杜甫的诗句“灯影照无睡。”实际上是指灯光照着我失眠的样子。“复照青苔上”，指穿透深林的阳光，照在青色的苔藓上。

这两句貌似无聊，夕阳的光照在一小片苔藓上，这有什么深意，有什么值得写？但人和人不一样，王维具有的是艺术家的眼光，在他眼中，这个场景就是非常有意思。你想，西方那么多油画家，画的那些山林的景色，甚至平淡无奇的草地、凌乱的残垣，又有什么意思？可在有诗意的人眼中，就是有意思的。

在真正诗意的灵魂看来，大自然平淡宁静的景色，和那些奇伟瑰丽、非常之观，地位是一样的。王维的与众不同，就体现在这里，中国古代的画家，会画山水，但不会画苔藓。只有他，仿佛和西方近现代的油画家息息相通。从这个角度来讲，我们可以说，王维独自创造了一个审美范式，跨越千年，和近代相接，他不愧是中国古代最伟大的诗人之一。

15 送元二使安西

这一节，我们来学习王维[①]晚年的一首作品——《送元二使安西》。

> 渭城朝雨浥轻尘，客舍青青柳色新。
> 劝君更尽一杯酒，西出阳关无故人。

这首诗因为很快被谱成曲歌唱，所以又叫《渭城曲》，也叫《阳关曲》。元二，是王维的朋友，生平经历不详。唐代家族习惯把同辈的男性兄弟和堂兄弟放在一起排行，元二，就是在家族的同辈男性中排行第二。

唐代姓元的很多，不乏大官，多是北魏皇室后裔，鲜卑族血统。北魏皇室原先姓拓跋，后来孝文帝汉化，命令

① 更多关于王维的故事，见 14《鹿柴》。

贵族都改汉姓，皇室自己也以身作则，改姓元。唐代继承隋朝，隋朝又继承北周，北周继承自北魏分化出来的西魏，隋唐皇室也都有鲜卑人血统，因此不少北魏皇室后裔在唐朝做官。

使，出使的意思。安西，指唐代在西域设置的安西都护府，统辖安西四镇，最大管辖范围包括天山南北，一直到葱岭以西，至波斯。武则天时代，又设北庭都护府，分管天山以北的西域地区，安西都护府则只管辖天山以南地区了，治所在龟兹（qiū cí）（今新疆库车县）。元二应该是奉命去安西都护府所在地出差。

首句写渭城风景，早上刚下了一通雨，把轻轻的尘土都给润湿了。浥，润湿。古代没有现在这种柏油路或者水泥路，哪怕长安城中，都是泥巴路，平时干燥，灰尘很多，大风一刮，漫天黄雾，散入皇城。渭城，就是秦代的都城咸阳，汉代在附近建立新都后，把它改称渭城，唐代属京兆府咸阳县辖区，在今陕西咸阳市东北，渭水北岸。

在当时的交通条件下，从长安到渭城是向西，几乎要走一天路程。可见王维来送别元二，或者是选在休息日，或者是请了假的。就像我们前面讲过的王昌龄送别辛渐一样，也是从江宁送到镇江，可见他们情意的深厚。

第二句说，渭城县的宾馆院内，种了很多柳树，青翠欲滴。因为刚下过雨，柳树叶子上的灰尘也冲刷干净了，好像崭新的一样。这里写到柳树，当然也暗喻离别之意。我们前面说过，古代人喜欢折柳送别，因为柳树枝条修长，叶子像能萦绕人，舍不得人走一样，加之“柳”和“留”读音很近，让人想象有劝人留下来的意思。作者写到渭城的宾馆，很显然他们昨晚在这里住了一夜，早晨送别。类似王昌龄和辛渐在芙蓉楼住了一夜，早晨才执手话别。

第三、四句是高潮。终于要正式告别了，作者直言不讳：“我劝你再干了一杯酒，一旦出了阳关，你就再也看不到老朋友了。”言下之意，没人再陪你喝酒了。阳关，位于河西走廊的敦煌市西南，汉武帝时设置，和玉门关齐名，是中国历史上西部最著名的两个关口，也是进出西域的必经之路，在历代诗歌中经常写到。

这两句情绪有点感伤，但可以理解。因为在当时，阳关以西之地人烟稀少，戈壁茫茫，不是有任务，谁也不愿去，感伤是免不了的。王维曾经在37岁时，以监察御史的身份去过河西边塞，深知那里的景况。何况阳关以西比河西边塞又要远得多，离长安足足几千千米，我们今天两天火车也就到了，半天飞机也就到了，但在当时，要走几个月之久。那时没有什么交通基础设施，饮食也不方便卫生，很多人就死在长途旅行的路上，一般都把去塞外视为畏途。王维和元二话别，恐怕那时元二的心情更差。

可能有些人看到这两句，会想起另一位擅长边塞诗的诗人高适，他的《别董大》[1]之一中说："莫愁前路无知己，天下谁人不识君。"同样是送别，情绪就要豪迈多了，但要想到两者的情况有别。高适和朋友董大离别，并不是出边塞，所以敢豪迈，敢说"天下谁人不识君"；而阳关以西已经不是传统中国的中心地区，那里多是少数民族，除了屯兵，恐怕能说汉语的都没几个，元二从首都跑去，谁也不会认识他是哪根葱，不伤感也难。

《送元二使安西》大概是中国诗歌史上最有名的诗歌之一，能和它并肩的，估计没有几首。当时的人很快就把它谱成了曲子，称为《阳关三叠》。所谓"叠"，就是折叠，是计算歌曲章节咏唱或演奏重复遍数的单位。三叠，表示接连重复演唱了三次。

不过根据宋代苏轼的看法，他所听到的这首歌曲，每句只重复两次。而且他所见的古本《阳关》曲，第一句还不重复，其他三句各重复两次。他认为唐代这首曲子，也就是这样演唱的。有什么证据呢，因为白居易的《对酒诗》中有"相逢且莫推辞醉，听唱《阳关》第四声"的句子，就是说的王维这首诗。第四声，指第四句，因为第一句不重唱，第二句重唱，则"劝君更尽一杯酒"正好是第四句。如果第一句也重叠唱，那第四声是"客舍青青柳色新"，一般劝酒不会用这句，所以可以肯定第一句不重叠。

① 见24《别董大》。

在唐代，这首歌曲非常有名，很多诗人都提到过，比如李商隐《赠歌妓》二首之一："红绽樱桃含白雪，断肠声里唱《阳关》。"唐末诗人陈陶诗："歌是《伊州》第三遍，唱着右丞征戍词。"所谓的右丞，显然指王维。有人认为这里所谓的"右丞征戍词"，就是指这首《渭城曲》，那说明它曾被收进了《伊州曲》的第三段中。《伊州曲》是唐代西域地方的歌曲，可见此诗的名气之大。

可惜的是，宋代以后，这首诗所配的乐曲已经失传，我们现在已经无法知道唐代人究竟是怎么唱的了。

16 九月九日忆山东兄弟

这一节，我们还是来学习王维[①]的一首诗——《九月九日忆山东兄弟》

> 独在异乡为异客，每逢佳节倍思亲。
> 遥知兄弟登高处，遍插茱萸少一人。

这首诗有原注："时年十七"。也就是说，这是王维17岁时的作品。

九月九日，号称重九，因为古人认为九是阳数，所以称九月九日这天为重阳节。重阳节至少在汉代就已经有雏形了，《西京杂记》中说，西汉时候，皇宫中出来的宫女贾佩兰声称，九月九日这一天，宫中人都要佩戴茱萸，沐

---

① 更多关于王维的故事，见14《鹿柴》。

浴登高，喝菊花酒，祈求长寿。三国时代的曹丕说，九是阳数，民间认为两个九重叠，象征长久。因此，发展到后来，重阳节主要变成了庆祝老人长寿的节日。

但直到唐代，重阳节才被定为正式节日，有各种各样的民俗活动。首句里的“山东”，不是今天的山东省。王维是河东人，在今天的山西，也就是长安的东面。先秦时代，秦国人称崤山、函谷关以东的地区为“山东”，长安正是秦国故地，所以诗题说“山东兄弟”。

在前面几首诗的学习中，我们知道，王维 15 岁就来了长安，结交了不少达官贵人，之后归隐过一阵，又来到长安，继续为前途努力。他是家中长子，而太原王氏又是大家族，兄弟和堂兄弟应该是不少的，当年在家乡，大家在一起肯定其乐融融。古人生活在大家族中，虽然没有什么隐私，但贵在能互相帮助，互相提携，有一种安全感。大家族中，孩子也多，小时候，他们肯定经常在一起玩游戏，尤其节日时，有很多民俗游戏，非常过瘾。

这首诗歌，就是在这样一种古代家族状况的背景下产生的。

诗的首句点题，作者是独自一个人居住在他乡，身份是一个异客。

这里比较重要的是，他连用两个“异”字，一般人会写异乡，但不会写异客。“异”就是不同的，别人的。别人的家乡，对我来说是异乡，这很好理解。而我在异乡做客，这么说，就已经意识到了自己是另类。此外，“客”字本身也隐含有“异”的意思，我们一般觉得，“客”是好的，是值得欢迎的；但古代的“客”，其实也指坏的、需要防备的人。比如说“刺客”，肯定没有人会觉得是好的。那些和我不一样的人，如果是我邀请的，可以视为好的；如果是不速之客，那多半是不好的。正因为“客”本身就隐含了“异”“外来的”“不一样”的意思，所以“异客”属于床上叠床。不过王维这里说自己是“异客”，是从他人的目光着眼，在他心中，他认为别人看他会觉得异样。连用两个“异”字，既写出了他的孤独，也写出了他内心的敏感，他觉得故乡才是温暖的，是属于他的，长安再繁华，自己也是个不速之客。

接着说，每次到了佳节，就加倍思念亲人。可见他平时也是思念的，但没有过节时浓厚。为什么？因为平时还好，大家都上班，忙得团团转，不管是外乡人还是本地人，生活节奏是差不多的。而一旦逢年过节，政府就会放假，放假时亲朋好友要聚在一起喝酒叙旧，热热闹闹，共话平生。这时候，客居异乡的人自然就难受了。

我们现在还好，城市居民都是小家庭，都不跟父母同住，何况兄弟。但那时，整个大家族都聚居在一起，很多同龄小孩可以一起玩，不晓得多开心。我小时候在乡下就有这种感觉，堂兄弟堂姐妹十多个，可以玩很多游戏，所谓的节日气氛，其实就靠这个支撑。一旦变成原子式的小家庭，和邻居都老死不相往来，哪里还能有什么过节的感觉？所以，现在的我们，很少再能想象古人在节日时思乡的感受。

第三、四句写作者在长安的寓所里，遥想家乡的节日盛况，兄弟们都佩戴茱萸，登高庆祝佳节，只少了我一个。茱萸，又名“越椒”“艾子”，是一种常绿带香的植物，具备杀虫消毒、逐寒祛风的功能。在九月九日这天，大家爬山登高，臂上都佩戴装着茱萸的布囊，古人认为茱萸能够辟邪，或者认为它气味浓烈，可以御寒。

王维这两句诗，不是直写我思念兄弟，而是说兄弟们登高时，发现只少了我一个，大概会伤感怀念。这是通过幻想对方思念自己，来暗写自己思念对方，角度很新颖，让诗歌显得更加隽永。

我们不要忘了，王维写这首诗时只有 17 岁。古人一般算虚岁，那时一个所谓 17 岁的人，其实只有我们今天说的十五六岁，还是初中生或者高一生，很多人作文仅能成篇，文采什么的，根本都谈不上，而人家王维已经写出了他的名作。尤其“每逢佳节倍思亲”一句，几乎是我们今天节日报纸上征引最多的诗句，已经是千古名句。

这不得不让人慨叹，我们现在的古典文化教育，还远远不够，我们遣词造句的能力，比古代同龄人恐怕差得远。

17 静夜思

这一节，我们将要学习唐朝大诗人李白的《静夜思》。

床前明月光，疑是地上霜。
举头望明月，低头思故乡。

李白，公元 701 年出生。他的出生地点很有意思，有的人认为是碎叶城，在今天的吉尔吉斯斯坦境内；有的人认为是四川江油，莫衷一是。不过他在四川一直生活到 25 岁，倒是确定无疑的。

李白的家族，一般认为是做生意的，效益还很不错，所以李白没吃过什么苦，但也因此不能参加科举，因为在古代，商人是受歧视的。李白写诗特别厉害，这是我们都知道的，他恐怕是中国第一有名的诗人，妇孺皆知，擅长各种体裁，每一种都可以称一流，这也是非常罕见的。

青年时代离开家乡后，李白一直在南方浪游，结交了不少诗人朋友，慢慢有了声誉。他还在湖北安陆娶了一位老宰相的孙女，就地安家。他曾经去拜见安陆的地方官，想搞个官做，谁知地方官不吃这套，没有搭理他。于是他去了长安，经人介绍，也和唐玄宗的妹妹玉真公主打得火热，因此后人说，李白曾经和王维争风吃醋。这个说法不一定可靠，但李白和王维两位大诗人，确实从来没有订交，倒真的有点不可思议，估计是性格太合不来。

李白这次在长安求官，没有成功，又离开长安，到处游荡。直到五年后，再次入长安，这回拜见了老诗人贺知章[①]，献上一卷自己的诗歌，76 岁的贺知章读后惊呼："小伙子，你绝对不是人，你是天上的仙人，是犯了点错误，被罚下人间来的吧？你叫李太白，告诉我，你是否就是天上的太白金星？"他拉着李白去酒店喝酒，喝得酩酊大醉，喝完后，贺知章发现自己没带钱包，好在这些当官的养尊处优，身上总免不了挂点值钱的装饰品，他摸到腰上挂的一个金龟，说："就用这个当酒钱。"他们俩后来就常在一块儿喝酒，还邀了另外六个伴，号称"酒中八仙"。

但李白的求官之路依旧不顺利，这样又过了七年之久，在玉真公主和贺知章的卖力宣传下，唐玄宗终于动了

---

① 贺知章的故事见 06《咏柳》。

心，下令召见李白，拜李白为翰林供奉，专门给自己写诗娱乐。有一天，皇宫中牡丹盛开，唐玄宗和杨贵妃跑去赏花，觉得应该歌颂自己一下，就下令把李白从酒馆找来，叫他写几首应景的诗歌。李白借酒装疯，要玄宗身边宠幸的太监高力士给他脱靴，甚至要杨贵妃给他捧墨。于是唐玄宗觉得他太装，也有点烦他，从此日渐疏远。

李白当然也心知肚明，不久再次离开长安，继续在外游荡，在路上认识了另外一个大诗人杜甫，教科书上一般形容为双星相遇。这一年，是公元 744 年。

十多年后，安史之乱爆发，李白带着家人向南逃难，加入了永王李璘的队伍，但永王随即被唐朝廷宣布为叛逆，李白也受牵连，被判流放夜郎，也就是今天的贵州桐梓。虽然他没吃什么苦头，在路上走走玩玩了几个月后遇赦，获得了自由。但生活从此窘迫，兵荒马乱之中，到处投靠，最后投奔族叔当涂县令李阳冰，第二年，也就是公元 762 年的冬天，病死在李阳冰家，享年 62 岁。

李白死后三十多年，也就是唐德宗贞元十五年（799 年），新晋桂冠诗人白居易[①]去探访他的墓，写诗慨叹道："采石江边李白坟，绕田无限草连云。可怜荒垄穷泉骨，曾有惊天动地文。但是诗人多薄命，就中沦落不过君。"其实白居易说得夸张了，李白确实是写出了惊天动地之

---

① 白居易的故事，见 37《赋得古原草送别》。

文，但也算不得薄命，毕竟他从小生活优裕，长大后又靠写诗结识了很多做官的朋友，积攒了很多很多的粉丝，有的粉丝迷他迷得，甚至听说他在哪儿，马上就赶去哪儿，一路追寻他的足迹，追寻上千里。还有很多人送钱给他，想看他的诗，也就是说，李白在那个时代，就靠稿费过上了舒服的日子，这实在不可想象。

总之，他比一般老百姓过得好多了，当然，如果跟白居易比的话，确实算薄命和潦倒。因为白居易活得又长，官又做得大，一般来说，像白居易这样厉害的诗人，又那么擅长做官，在古代是很少见的。

一起来看这首《静夜思》，这首诗也是中国最有名的诗之一，尤其是儿童必读，不知道写于哪年。句子意思很简单，写床前有明月的光亮，好像是地上铺了一层白霜。有人标新立异，说这个床，不是指我们睡觉用的床，而是指井边的栏杆，这恐怕是不对的。如果是指井边的栏杆，一般都会同时提到水井，这样才不会让人误会。何况人的情绪最柔软的时候，往往是在睡觉时，那时最宁静，最容易想念家乡或者亲人。在井边，恐怕想到更多的是要不要投井，而不是故乡。

另外，这个"疑"，应该不是指"怀疑"，而是指"相似"，"疑似"是两个同义词连用，用今天的话来说，就是"好像"。作者是一个成年人，他绝对不会蠢到怀疑月光是霜降。有人说，是不是他半夜醒来，神志不清，导致产生这样的怀疑。但这明显是脑补了太多情节，是不足取的。“疑”作为“似”“好像”的意思，在古诗中常见，比如宋代陆游的两句诗：“山重水复疑无路，柳暗花明又一村。”就是说，山重水复，好像没有路一样。

最后两句，作者抬起头来仰望明月，低头思念起故乡来。为什么看见明月会思念故乡呢？因为古代月亮对人的心灵塑造比现在重要得多，儿童们经常在月下嬉戏，李白就写过一首诗，其中有两句是“小时不识月，呼作白玉盘”，我们下一首就会讲到。

月亮还有个特点，不管你走到哪里，月亮似乎都能跟到哪里。地上的人，不管相隔千里万里，看到的都是同一个月亮。这让人忍不住遥想，也许就在这同一时间，家乡的亲人也在看它，它也同时在照耀着家乡的亲人。所以，宋代的文学家苏东坡才会写：“但愿人长久，千里共婵娟。”婵娟，就是代指月亮。当然，太阳也是这样，但太阳太耀眼，太炽热，它是烧灼人的，而不是抚慰人的，不能让人起深沉之思。

月亮的这种超越空间性的强大能力，很难不让人想起来就热泪盈眶。当王昌龄[①]被贬官到偏僻的龙标县时，李白和他相隔千里，又油然想起了月亮，他写了两句诗：

① 王昌龄的故事，见 12《出塞》。

“我寄愁心与明月，随风直到夜郎西。”希望月亮充当信使，把自己的情意捎给王昌龄。其实就因为它和思乡的情绪，建立在一个共同的感受上：月亮，它才是真正自由的，它想去哪儿就能去哪儿。而人类，是多么无能，多么渺小。令人伤感的是，王昌龄被贬的地方，没有遥远到传统的夜郎，而李白在以后，却真的被贬往夜郎，仿佛是给他自己的命运作预言一般。

这首诗用词浅显，明白如口语，也没有铺叙渲染自己的思乡之情，只是淡淡的一句话，“低头思故乡”，却让人在数百年之后仍为之感动，确实有不凡的艺术魅力。

顺便说一句，这首《静夜思》，我们刚才讲解的是明代版本，而宋代版本第一句和第三句，有点不同。宋本第一句作“床前看月光”，第三句作“举头望山月”，直白地说“看月光”，显得有些朴拙，但也有朴拙的味道；“举头望山月”，其中的“山月”更有意境，可以想象作者所住的地方是在山野之中，于是忆起故乡，就更合情理了，我个人认为，这是李白的最初版本。

18 古朗月行

这一节，我们来学习一首李白关于月亮的诗歌——《古朗月行》。[①]

小时不识月，呼作白玉盘。
又疑瑶台镜，飞在青云端。
仙人垂两足，桂树何团团。
白兔捣药成，问言与谁餐？

这是一首拟乐府诗，乐府我们在本书刚开始的时候就讲过，是古时候专门收集整理民间音乐的行政机关。“朗月行”是乐府古题，属于《杂曲歌辞》。杂曲是相对于雅乐来说的，雅乐是官方的规范音乐，不符合这些规范的音

① 另一首李白关于月亮的诗，见 17《静夜思》。

乐，就称为“杂曲”。南北朝时候的鲍照，也写过《朗月行》，内容是美女对着月亮弹琴唱歌。李白的这首诗题为《古朗月行》，表示拟古，也就是仿效古人的风格形式。

这首诗很有意思，作者不是写成年人对月亮的感受，而是以一个儿童的视角去观察月亮，很容易让孩子们，尤其是住在乡下的孩子们引起共鸣。工业时代以来，大城市的空气污染和光污染都比较严重，加之高楼构筑的水泥森林密密麻麻、遮天蔽日，城里的孩子很少能看见或者注意到皎洁的月亮，由是对月亮这个自然天体不够敏感。但对乡下孩子，尤其是古代的少年来讲，月亮则是对生活和心灵影响极大的自然天体。

古代没有电灯，甚至大多数人连油灯也点不起，他们都差不多在现在下午五点左右就把晚饭吃了，一般吃完饭，还要再过一到两个小时，太阳才下山。如果吃得太差，觉得身体倦怠，大概在夜色中待一会儿，就早早上床睡觉了。吃得还可以，又勤劳想挣点外快的，还得干活。很多时候，他们会就着月色干活，可以节省燃料费。尤其满月的时候，还是很有亮度的。所以，月亮对于古人有特殊的意义。大人在月光下干活的时候，儿童多半也在月下玩游戏。我记得自己小时候，大人常告诫：“千万不能用手指月亮，否则晚上它会跳下来，割掉你的耳朵。”那时我是深信不疑的，这也可见我们和月亮的亲近，很多民俗禁忌都与它有关。后来还听说月亮里有个广寒宫，嫦娥住在里面，除了嫦娥，月宫里还有一棵桂树，以及一只白兔在不停地捣药。另有一个叫吴刚的人，有事没事就拎起斧头砍伐桂树。但桂树是仙树，砍了又长，所以过了成千上万年，怎么也砍不完。

这些故事都是古书上记载的。唐代有一本笔记小说叫《酉阳杂俎》(yǒu yáng zá zǔ) 的，里面就记载月中有桂树，还有蟾蜍，月中的桂树高达五百丈，下面有一个人，一天到晚抡起斧头砍伐桂树，但是树刚被砍出创口，马上就自动愈合。这个砍树的名叫吴刚，是西河地方的人，因为学习仙家法术，犯了错误，被罚到月宫来，受命砍伐桂树。还有一本书叫《淮南子》，说后羿曾经向西王母求得了不死之药，但被嫦娥偷吃了，吃后就飞上了月宫。后羿非常难受，但也无可奈何。月宫里有兔子的说法，也见于《楚辞》和汉乐府诗歌，说有个凡间的小吏在山顶上发现了云间有宫殿，知道是天庭，于是叩请天帝赐一粒长生不老的神药，天帝大发慈悲，命令捣药的玉兔，把正在捣制的神药蛤蟆丸给了小吏一粒，小吏千恩万谢地回去了。除此之外，这类传说还有很多，不胜枚举。

所以，李白就是在这样的农耕环境下，写下了这样的诗歌。开篇就回忆起自己的童年，说自己小时候不知道那叫月亮，把它称为白玉一样皎洁的圆盘。这当然有具体语境，一定是在满月时候的感想。月缺的时候，他把月亮看成什么，没有说。大概月缺的时候，一般小孩也不在意它是什么，只在满月的时候，大人有兴致赏月，才会拿这个问题来问小孩：“你看那天上圆圆的，是什么啊？”李白大概被这样问过，他的回答就是：“像个白玉的盘子，又像瑶台宫殿里的明镜，飞了出来，悬挂在青云之间。”

但这里是有疑问的，我感觉李白这里貌似是在回忆，但其实这个回忆并不诚实，依旧带有成人的思维。因为月亮这个词简单，应该是儿童认识的第一批词汇，而白玉盘和瑶台镜之类，对儿童来说，肯定比月亮认识得晚。瑶台还是个典故，指传说中神仙们住的地方。李白没有理由不认识月亮，却知道白玉盘和瑶台镜。这个事实告诉我们，任何作家写东西，都做不到百分百客观。美国的作家福克纳和塞林格，都以儿童为视角写过小说，但从很多段落可以看出，依旧是带着成人思维的书写，不能当真。

接下来几句有典故，其实就是描绘我小时候听来的故事，“仙人垂两足”，是说仰头看月亮，看见朦朦胧胧的影子，大家就会指指点点：“看，那是仙人，他坐在那里，两个脚垂着。”其实都是遐想。“桂树何团团”，是说桂树为什么那样繁茂，也是一样的遐想，其实谁看得清那到底是桂树，还是别的什么，但大人们都说是桂树，那就只有深信不疑。“团团”，指桂树聚集枝叶繁茂的样子。“团团”

的本义是圆滚滚的，古人常用它来形容满月，也用它来形容丰满的树丛。这里说桂树团团，自然也是指桂树的枝叶聚集在一起，很丰满浓密，圆滚滚的样子。

接下来还是想象："白兔捣药成，问言与谁餐？"那月宫里的玉兔，你把药捣好后，请问是给谁去吃呢？问言，问；言，是语助词，古诗文中常见，没有实际的意思。与谁，就是给谁的意思。

这首诗的后面本来还有八句：

蟾蜍蚀圆影，大明夜已残。
羿昔落九乌，天人清且安。
阴精此沦惑，去去不足观。
忧来其如何？凄怆摧心肝。

这是借月亮的盈缺，抒发了作者内心的一些悲愤情绪，但对于小朋友来说，可能不好理解，所以课本中删去了。

这首诗用了两个比喻，把月亮比作白玉盘和瑶台镜，都是很有质感的比喻。月亮总在晚上出现，在古人的思维中，晚上一般象征阴气，所以月亮总给人很冰凉的感觉。古人写诗，也把月亮称为"凉月"或者"冷月"。而白玉摸上去也是冰凉冰凉的，镜子当然也是冰凉冰凉的。白玉盘的比喻，既体现了月亮的形状，又体现了月亮的颜色，还兼顾了想象中月亮的手感；瑶台镜的比喻，首先体现了月亮的形状特征，也同样体现了月亮的手感来说，甚至质地。月亮虽然看上去是白色的，但又不是那种浑浊的白，而是一种清亮的白，仿佛透明似的。所以，比拟为镜子，读者会觉得更妙更贴切，不管是手感还是质感，都是这样。而且这镜子是瑶台的，仙人的东西，又平添了一股缥缈之气，非凡间俗物可比。因此，瑶台镜的比喻，比白玉盘更加精妙。宋代词人辛弃疾有一句词咏月亮，说："一轮秋影转金波，飞镜又重磨。"也把月亮比作镜子，肯定是受了李白这些前辈诗人的启发。

白兔捣药成，问言与谁餐？

【猫猫说】白兔捣药成，问言谁与餐①

月亮上有做药的工场。在工场里工作的都是兔子，它们的食物是月草。

药是用星星里的“星”和蘑菇做成的。

每天一定的时候，会有星星掉下来。从星星里面制出来“星”之后，就要把星星还回宇宙，这样星星就还会长“星”。兔子们把蘑菇和“星”搅拌在一起，它们会自动变成方形药块，接着用钵把药块捣成药。药就加工好了。

加工好的药通过矿车，运送到仓库，管理员兔子负责把它们摆好。

兔子做的药很好，可以治很多病。它们用这些药，给掉下来时受伤的星星治病，也送给其他星球的兔子。

① 原诗为“问言与谁餐”。

19 望庐山瀑布

这一节，我们来学习李白的《望庐山瀑布》[①]。

日照香炉生紫烟，遥看瀑布挂前川。
飞流直下三千尺，疑是银河落九天。

在李白的诗集中，《望庐山瀑布》共有两首，一首是五言古诗，一首是七言绝句。有人认为是一时一地写的，皆作于公元725年（唐玄宗开元十三年），也就是作者第一次游览庐山之时。有人则认为两首诗写于不同时间，前一首五言古诗写得比较早，第二首的创作时间相隔起码15年以上。综合诗人的书信往来和后世学者的考证来看，两首诗写作时间不同的说法是更为准确的，也就是说，作者

① 更多关于李白的故事，见17《静夜思》。

写这首七绝的时候，已经50多岁了。

庐山，在今天江西省九江市，古称“匡庐”，传说很早的时候，有一位叫“匡俗”的人，在庐山学道，后来成仙而去，留下一座空荡荡的庐舍，后人就称这座山为“匡庐”，也叫“庐山”。庐山是中国名山，不仅风景秀丽，而且留有很多历代的名胜古迹，被列为联合国世界文化遗产，是国家5A级景区，全国重点文物保护单位，历代无数名人都对它有歌咏，李白就是其中的一个。

庐山以奇峰、怪石、岩洞和瀑布著称。“瀑”的本义是“急雨”“暴风雨”，日本人把“瀑布”称为“泷”，也是因为“泷”有“急流”的意思。从山崖上飞坠下来的水，无疑很急很暴，所以也从“暴”字分化出一个“瀑”字来表示它；又因为这种急坠的水远远望去，像一条素色的布匹，所以又称瀑布。中国古代最早的一部地理学著作《水经注》，是这么描写瀑布的：“上望之连天，若曳飞练于霄中矣。”就是说仰视瀑布，它好像和天相连，如一条白色的生丝，在空中飘荡。

庐山瀑布有22处，最著名的是三叠泉瀑布，落差达155米，导致有人认为李白这首诗里描写的瀑布就是三叠泉瀑布。但也有人指出，三叠泉瀑布是南宋绍熙二年（公元1191年）才被发现的，李白隐居在它的上源屏风叠，当时他根本不知道咫尺之地，竟然隐藏着这样壮观的瀑布；同样，南宋时代，在五老峰白鹿洞讲学的朱熹，也不知道附近有这么一挂瀑布。

所以，更普遍的看法是，李白描写的是开先瀑布，因瀑布所在地曾有南唐所建的开先寺而得名，瀑分两股，从高崖跌落，气势雄伟，其中一股就叫香炉瀑。两股瀑布汇合后，下坠龙潭。开先瀑布也非常著名，明代文学家李梦阳的《开先寺》诗说："瀑布半天上，飞响落人间。莫言此潭小，摇动匡庐山。"明代文学家袁宏道在《开先寺至黄岩寺观瀑记》里写道："庐山之面，在南康，数十里皆壁。水从壁罅出，万仞直落，势不得不森竖跃舞，故飞瀑多，而开先为绝胜。"说开先瀑布从万仞高的山壁奔出，其美在诸多瀑布中名列前茅。

可见李白看到的瀑布，到了明代还是那么瑰丽磅礴。唐代天宝年间，和李梦阳、袁宏道所处的时代，相隔千年，无数代的血肉之躯，不管是才子还是文盲，都已经化为尘土，而瀑布长存，无丝毫变化，让人感叹造物主的神奇和永恒。

诗歌的首句，点明瀑布在香炉峰，香炉峰位于庐山西北，因山峰像古代的博山香炉而得名。白日照在香炉峰上，紫色的烟雾袅袅。在中国传统文化中，紫色常用来象征尊贵。唐朝的官员，非常高级别的，才能穿紫色的袍子。成语"紫气东来"，也是表示祥瑞。李白说"生紫烟”，显然是歌颂香炉峰带有神性。

第二句“遥看瀑布挂前川”，“挂”字用得非常好。汉语用“瀑布”两个字来形容飞溅的山泉，本来就隐含比喻，把飞泉飞流比喻为急流似的布匹，布匹自然是挂着的，很有视觉冲击力。不过这句诗里的“前川”两个字不好理解，一般解释为“面前的山川”，“川”指河流，但实际上面前没有什么“川”，只有“山”。大概是为了迁就押韵，李白那个时代，“山”和“川”属于不同韵部，不能混同押韵。也可能是把瀑布比喻为一条在面前悬挂的河流，这也是比较合理的。

这首诗有一种版本，前两句是“庐山上与星斗连，日照香炉生紫烟”。就不存在这种问题，但生动性又不如“遥看瀑布挂前川”这句。

第三句直接描写瀑布的动态，一个“飞”字，写出了它的速度“急速”；“直下”，写出了它的运动轨迹，直截了当，绝不拖泥带水，其实也是暗指它的速度。“三千尺”，是对瀑布长度的夸张。

第四句则写作者的想象，他怀疑天上的银河决堤了，才有这么多水泻下来。这是诗人敏感的想象，站在瀑布这种大自然的奇景面前，心灵若敏感，就免不了会有惊恐，这么多的水，以这样的速度飞泻下来，按理说，应该一下子就倾泻完了，可是它昼夜不停轰鸣，倾泻而下，竟然永远都倾泻不完，只有天上的银河，才有这样滂湃的水量吧。

我们从这首诗中所学到的，不仅是其气势，尤其要注意诗人的用字技巧。气势不好学，因为跟一个人的心灵境界有关，你没有那种境界，永远也写不出那种诗歌和文章；但用字技巧是可以学的。“生紫烟”的“生”，仿佛香炉峰是有生命的东西，它能够自己生长出紫烟；“挂前川”的“挂”，我们前面讲了，写出了瀑布的瑰丽形态；“直下”两个字，写出了瀑布跌落的动势。

这些，只要我们有心炼字炼句，学起来并不难。

20 赠汪伦

这一节，我们来学习李白的这首留别诗——《赠汪伦》[①]。

李白乘舟将欲行，忽闻岸上踏歌声。
桃花潭水深千尺，不及汪伦送我情。

前面我们讲过，李白在当时有很多粉丝，有人甚至到处打听他的行踪，千里迢迢去拦截他，追踪他，就是想当面请偶像吃饭，表达一下仰慕之情。

汪伦算不上狂热，只是李白的一个普通粉丝。这个人的生平和教育背景，一向被认为只是一个农民，是李白在安徽泾县旅游时，偶然碰到的一个驴友或者村民。其实这

① 更多关于李白的故事，见 17《静夜思》。

么说，本来可信度就不太高。因为唐代的普通村民，念过书的可能性是微乎其微的，就算认识几个字，恐怕也远远达不到能欣赏诗歌的水平。

现在有学者考证，说汪伦其实并不是什么村民，而是当时有名的文化人。他的五世祖名叫汪华，曾做过吴王，后来归义唐朝，是唐代的开国功臣，封越国公；汪伦本人也曾做过泾县的县太爷，辞官后住在泾县的桃花潭附近，这首诗就写于李白到汪伦所居的泾县桃花潭拜访后告别之时。据说，汪伦还送了李白八匹马、十匹绸缎为礼物，算是一份重礼，但汪伦也不算吃亏，因为靠李白的这首诗，他留名千古。

从这个细节，我们还可以明白，李白当时的出游，并不是像我们今天那样，一个人买一张硬座车票，自己背着包爬上火车，熬不住瞌睡，就往座椅底下一滚。他是有仆人侍候的，否则一路上粉丝送的各种礼物，他怎么搬得动。我们要明白，凡是能在古书上留下传记的人，但凡出行，都不会是一个人。你看西方，堂吉诃德那么落魄，还得雇一个仆人，就是一样的道理。

关于这首诗的背景，清代学者袁枚讲过一个故事，说汪伦听说李白云游到了当地，就派人给李白送了一封信，说："先生喜欢旅游吗？我们这里有十里桃花。先生喜欢饮酒吗？我们这里有万家酒店。"李白一听，太好了，兴冲冲跑去，谁知根本没有桃花，也没看到那么多的酒店。汪伦说：“‘桃花’，是我们这里的水潭名，有十里那么广；‘万家’，是酒店主人姓万，并无万家酒店。”袁枚是清朝人，肯定没有什么更多的原始材料，大概是瞎编的故事。

诗歌首句写李白正要离开，是乘船而去。古人出游，能乘船的时候，绝不考虑陆路。因为那个时代，没有高速公路，船比陆路快，而且舒服，不颠簸。那时河运也比现在普及，水系纵横，走水路条件很好。

就在快要开船的时候，忽然听到岸上有唱歌的声音。诗句说的是“踏歌声”，就是一边唱歌，一边踏地打着节拍。这种唱歌的方法，在唐代很流行。晚于李白的中唐诗人刘禹锡，写过一首著名的《竹枝词》情诗：“杨柳青青江水平，闻郎江上踏歌声。东边日出西边雨，道是无晴却有晴。”第二句也是说“踏歌声”。看来汪伦起初并没有在渡口送别，汪伦的出现，是突然的。为什么没送别呢？也许汪伦本来有什么重要的事，不能来；也许前面在车站已经送别过一次，这次在渡口，没想到他又跟着来了，总之，给了诗人莫大的意外惊喜。

于是最后两句描写诗人的感动之情：桃花潭的水啊，有一千尺那么深，但还不如汪伦送别我的情意。这两句中，有夸张，有比喻。

唐代的一尺约等于今天的30厘米，一千尺，就是300

米，相当于100多层楼的高度，桃花潭的水不可能有那么深。据研究，中国最深的池子，是长白山的天池，平均深度也才204米，所以说桃花潭水深千尺，就是夸张。

潭水和友情本来不相关，但用水深来对比友情的深厚，这是比喻。而作者又用“不及”两个字，说桃花潭水的深度还不如汪伦的情意，就更进一层。这是我们应该学会的修辞方法，有这种修辞方法，就能把抽象的东西化为具象的东西，更容易打动人。

诗歌是文学，文学作品就是需要具象、生动，所以，我们碰到不好表达的东西，就要想想，是不是能通过比喻等修辞手法，把它具象化，这就是此诗的动人所在。除此之外，诗歌的亮色其实并不多。

21 黄鹤楼送孟浩然之广陵

这一节，我们来学习李白[①]的一首送别诗——《黄鹤楼送孟浩然之广陵》。

故人西辞黄鹤楼，烟花三月下扬州。
孤帆远影碧空尽，唯见长江天际流。

公元725年，25岁的李白，离开家乡四川，用他自己的话说，开始“仗剑去国，辞亲远游”。

第二年，李白到孟浩然[②]的家乡湖北襄阳一带壮游，就此认识了孟浩然，结为好友。孟浩然比李白大12岁，算是前辈。再一年的春天，孟浩然去扬州游历，李白在黄

① 更多关于李白的故事，见17《静夜思》。
② 关于孟浩然的故事，见10《春晓》。

鹤楼为他饯行，同时写下了这首著名的送别诗。

黄鹤楼位于今天的湖北省武汉市，是重要名胜，最初建于三国时期吴国的黄武二年，也就是公元223年，和我们以前讲过的芙蓉楼一样，原本都是城楼，用来瞭望守候用的。后来三国归晋，这座城楼的军事价值没有了，于是成了当地人观赏风景用的楼阁。经过历代经营，这座建筑名气越来越大，还产生了很多传说。比如道教经典就记载，说八仙之一的吕洞宾，在某年五月二十登临黄鹤楼，升天而去。于是，黄鹤楼被视为仙人到过的地方，非常神圣。

黄鹤楼的得名，也带有神话色彩。南朝著名数学家祖冲之的《述异记》里，讲了一个故事，说黄鹤楼所在，原是一个姓辛的人开设的酒楼，有个道士常去喝酒，店主都不收钱。等到一直喝够了一千杯，道士去向店主告辞，在酒店墙壁上画了一只鹤，随即鹤从墙壁上飞下来，翩翩起舞。此事传出去，酒楼顿时被顾客挤爆了，店主因此暴富。十年后，道士又来到酒楼，用笛子吹了一曲，黄鹤又从壁上飞下，偎依在道士身边，道士跨上黄鹤，冲天而去。店主辛氏于是在原地重新建了一座高楼，取名“黄鹤楼”。至于“黄鹤”，并不是指黄色的鹤，一般认为，是“鸿鹄”两个字的音转。鸿鹄是一种大雁类的鸟，也就是天鹅，古人常常把人有大志称之为鸿鹄之志，总之，那是一种很高贵的鸟。

之，是“去”的意思。广陵，是今天的江苏省扬州市，在唐代是东南部最繁华的城市，原本写作“杨州”，据说因为土地适合赤杨树的生长而得名。这种说法的可信度不高，但从现存的汉代碑刻来看，凡是“扬州”的“扬”，确实都写成“杨树”的“杨”。扬州原本是州名，汉代的州，有现在的几个省那么大，相当于现在的华东地区。秦汉时代，扬州境内有名城广陵，也称江都，唐代干脆就把这座城市改名扬州。隋朝时开凿大运河，扬州是重要地段，隋炀帝前后在扬州住了 14 年之久，曾经乘船三次南巡扬州，修建了华丽的宫殿，可见当时扬州的重要。唐代有很多诗歌颂扬州，比如：“天下三分明月夜，二分无赖是扬州。”“人生只合扬州死，禅智风光好墓田。”“广陵实佳丽，隋季此为京。八方称辐辏，五达如砥平。”“夜市千灯照碧云，高楼红袖客纷纷。”“十年一觉扬州梦，赢得青楼薄幸名。”唐代文人都爱去扬州游览，成为风尚，孟浩然也不例外。

这首诗首句点题，老朋友辞别黄鹤楼而去，其实是辞别他，而不是辞别黄鹤楼。但这样写，就好像有仙人远去的感觉，因为传说中的仙人，也是跨鹤飞走的。第二句很美，“烟花三月下扬州”。烟花，有烟有花，这是暮春季节的景色。暮春时节，江南柳枝如烟如雾，繁花似锦，总之是醉人的美景。三月，是指农历三月，大致相当于现在的公历四月。这个月份，正是一年中最美的时候。下，中国地势西高东低，江水都向东流，所以古人把东行称之为“下”。这句非常有美感，读到它，仿佛我们面前立刻出现了当时绚丽的春景，也仿佛看到了李白的艳羡之色，他应该也想去。诗句虽然是平淡描述，但又隐含情怀，也因此成为千古名句。

三、四句写作者的观感，“孤帆远影碧空尽”，他只看见一片孤独的帆影渐渐模糊，融入了碧色的天空，就此消失。碧是青绿色，或者深青色，而我们现在一般说天是蓝色的，这是为什么？因为在古代的色谱中，青色就是一种相当于蓝色，但比蓝色还要深的颜色。成语“青出于蓝”，就是这个意思。所以古人常把天空称为碧天、碧空。尽，就是完成，终结。这句诗写观感很精确，在李白的眼中，模糊的帆影在碧空中终结了，消失了。其实不是消失，而是因为地球是圆的，船到了足够远的地方，就会从视线中消失，地球的弧度遮蔽了它。当然，李白还不懂这些。

最后一句依旧是作者的观感，船没有了，只看见长江的水，依旧在天际间奔流。际，边际，交接处。天际，就是天边。作者的眼睛视力是很好的，能看见天际。船都消失了，作者的目光依旧没有回收，可知其心中的惆怅。我们以前说过，之所以古代送别诗非常多，就是因为古代交通不便，往往送别后，一生都难以再见。李白和孟浩然，后来当然不至于没有再见，但相比今人，见面的次数依旧很少，送别的心情，是可以想见的。我们不妨把那时的朋友看成今天的恋人，男女热恋之际，往往一日不见，如隔三秋。古人的朋友之间，因为交通不便的分离情感，就会因此放大，相当于现在热恋的男女。这样比附，可能对诗歌有更深的理解。

作者写送别，却没有一个字是直接抒发离别之情，而是通过写景，巧妙地衬托出来。这种写作方法，值得我们回味学习。

22 早发白帝城

这一节，我们来学习李白[①]的《早发白帝城》这首诗。

朝辞白帝彩云间，千里江陵一日还。
两岸猿声啼不住，轻舟已过万重山。

这首诗大概是中国最有名的唐诗之一，我念高中的时候，读过一个报告文学，说一个外国人去游览三峡，旁边一个看上去皮肤黝黑的年轻农民兴奋地吟道："真是千里江陵一日还啊。"这个外国人于是感慨："中国真是诗歌的国度！"其实这是误会了，中国绝大部分人并没有那么迫切地追求精神享受，相反，中国人目前平均阅读量位于世界底端，而那个农民之所以能念出李白的诗歌，只是因为

① 更多关于李白的故事，见 17《静夜思》。

这首诗被选入了小学课本，每个人都要读的，只要上过小学，就不可能不知道它。

《早发白帝城》作于唐肃宗乾元二年（公元759年）的三月，真是暮春时节，青草又绿，春水新涨，山花灿烂，杜鹃哀鸣。但当时李白的境遇并不怎么好，因为他卷入了唐朝宗室之间的政治斗争，被逮捕后判决流放夜郎。

夜郎，是一个古代的国名，位于今天的贵州省，但都城究竟位于哪里，还有争论。它最早出现在《史记》里，据记载，自从张骞出使西域之后，告知西南还有好些小国，于是汉武帝动了心思，派使者去寻访。起先使者到了滇国，我们知道，今天的云南省简称为滇，滇国也就是以现在云南省昆明市滇池为中心的一个国家。滇国国王对使者说："汉朝和我滇国，哪个的国土大？"后来到了夜郎国，夜郎国国王仿佛和滇国国王商量好了似的，也问："汉朝和我夜郎国，哪个的国土大？"汉朝使者哭笑不得，因为滇国、夜郎国虽然也不算小，但和汉朝相比，体量毕竟不值一提，尤其经济、政治和军事实力，好像一个儿童和一个巨人站在一起。但因为当时交通不便，那些小国都不知道外面的世界很大很精彩。也因为这件事，给我们留下了一个讽刺人不知天高地厚的成语"夜郎自大"。为什么不说"滇"自大呢？因为汉语的成语多半是四个字，"滇自大"没有"夜郎自大"好听，没有"夜郎自大"念起来顺口。滇国和夜郎国在汉武帝后期，都被汉朝灭掉了，由此成了中国的一部分，不过国名作为地名还保留着。但是，汉朝以后，各朝政府在其他地方也设置过叫夜郎的县，唐朝就设置过三次，两次在贵州，一次在湖南。唐太宗在贞观八年，把湖南的龙标县一分为二，新置夜郎县，著名诗人王昌龄贬谪的地点龙标县，就是这个夜郎县附近，所以李白写诗怀念他，说："我寄愁心与明月，随风直到夜郎西。"[①] 贞观十六年，朝廷在今天的贵州桐梓县置夜郎县，因此，在唐代，长期有两个夜郎县并存。但地域范围不出湘西和贵州东部一带，其实就是古代夜郎国的大致区域，那么李白被流放的，究竟是哪个夜郎县呢？一般认为是贵州桐梓县的夜郎，也有人不同意，认为乃是湖南那个夜郎。目前占主流的意见还是前者。

李白虽然被判流放，但因为他太有才华，其实是受到相当优待的。入狱后，他老婆宗氏就一直想办法对他进行营救。宗氏的祖父做过朝廷的宰相，应该还是很有一些人脉的。最后，她还在浔阳，也就是今天的江西九江送别李白。但从史料来看，李白的押送路线完全不像是囚犯。我们看《水浒传》，武松和林冲，被两个解差赶着走，颈上还戴着刑具，特别难受。每天都是晓行夜宿的，生活质量很差，还有到达时间限制。但李白不一样，春天从九江出

① 王昌龄被贬的故事，见 12《出塞》。

发，当地官吏和名流齐齐到渡口摆酒给他饯别，吃饱喝足，又簇拥着他到岸边，对着他的渡船招手；晚上到达一个地方，也早有粉丝在渡口等候，簇拥着他去酒店。就这样吃吃喝喝玩玩，一直到秋天，人还在和出发地浔阳一江之隔的武汉，跟出使当地的礼部侍郎张谓喝酒，张谓指着旁边的湖，低声下气地对这个囚犯说："这个湖没有名气，您能不能给它取个名，让它名垂千古？"

写这首诗的时候，李白正在白帝城，距离出发时间已经一年多了。白帝城在哪里？它位于重庆奉节县瞿塘峡口长江北岸的白帝山上，是三峡的著名游览胜地，乃西汉末年割据蜀地的公孙述所建，公孙述自号白帝，故名城为"白帝城"。浔阳到奉节是逆流而上，今天的轮船大概两天就可到达，但李白走了一年，肯定还是因为到处吃喝玩乐，见粉丝，我想押解他的公差简直占了很大便宜，如果他们会写文章，写个《我和诗仙一起旅游的那一年》，一定能卖得非常火。

在白帝城，李白接到了赦免的诏书，高兴得跳起来，就写了这首诗。

众所周知，长江最秀丽的景色是三峡，它西起四川奉节，东到湖北宜昌。北魏时的作家郦道元写的《水经注》里，有一篇专门写到三峡，说三峡总长七百余里。北魏的一里，和现在的一里差别不大。郦道元描述道："有时朝发白帝，暮到江陵，其间千二百里，虽乘奔御风，不以疾也。”就是说，从白帝城到江陵县，一千二百多里，顺流而下，可以朝发夕至。两岸的风景，据郦道元的书描绘，特别漂亮：“两岸连山，略无阙处。重岩叠嶂，隐天蔽日。自非亭午夜分，不见曦月……春冬之时，则素湍绿潭，回清倒影。绝巘多生怪柏，悬泉瀑布，飞漱其间，清荣峻茂，良多趣味。每至晴初霜旦，林寒涧肃，常有高猿长啸，属引凄异，空谷传响，哀转久绝。故渔者歌曰：‘巴东三峡巫峡长，猿鸣三声泪沾裳。’”就是说，三峡两岸都是高崖绝壁，只有在正午或子夜的时候，才能看见太阳或者月亮。春天和冬天的时候，到处都可见雪白的飞流和碧绿的深潭，两岸山上很多怪异的松柏，瀑布飞泉，掩映其间。每到初晴或者初次霜降时节，常能听见猿猴在哀吟，引起巨大回声，久久不绝，异常悲苦。

看过这段，我们大概可以肯定，李白这首诗歌的内容，全部出自郦道元的书。只是把郦道元的散文简化，改成了七言的韵文，如果郦道元在世，肯定很不服气：“这也叫创作？完全就是洗我的稿嘛。”（清代学者杨守敬的《水经注疏》指出，“自三峡七百里”句至“泪沾裳”句共一百八十多字，都是郦道元引自盛弘之的《荆州记》，并非郦道元的手笔，只是被郦道元引用了而已。）

整首诗都不劳具体解释了，我用白话文跟大家叙述一下，就是：早上我辞别了彩云缭绕的白帝城，顺流而下，一千里远的江陵，一天时间就可以回去。江陵，就是现在的湖北荆州，长江边上的重要城市，两千多年前就是楚国首都。两岸高山上的猿猴一刻不停地啼叫，轻快的小舟倏忽间已经闪过了一万重山峦。

当然，和郦道元不同的是，李白在诗歌中，把诗人遇赦后愉快的心情，和顺水行舟的轻快状态融为一体，涉及具体的情境，因此值得进一步咀嚼。

李白为什么这么开心？他流放途中本来就是吃喝玩乐，相当于强制性旅游嘛！遇赦不遇赦，有什么区别呢？当然还是有的，人在社会中不得不在乎各种规范对自己的评价，尤其是政府规范，因为它具有强制性，谁也不敢忽视。在路上再舒服，也是罪人，也许皇帝改个主意，中途给你一道圣旨，逼你自杀呢？这在古代社会可是屡见不鲜啊。但遇赦了，说明被杀的危险没有了，政府宽容你了。虽然有犯罪记录，但毕竟是自由身了，怎么可能毫不在乎？

这场流放真正的输家，是那个叫夜郎的地方，它本来地方偏僻，如果有了李白，至少现在可以建个李白故居换钱。当李白在途中时，它一定在焦虑地呼喊："你走快一点，走快一点。"但结果竟然是那样，如果它会说话，一定会暴一句脏话："该死的赦书！"

23 望天门山

这一节，我们来学习李白[①]的《望天门山》。

天门中断楚江开，碧水东流至此回。
两岸青山相对出，孤帆一片日边来。

天门山，位于安徽省和县与当涂县长江两岸，在江北的叫西梁山，海拔65米；在江南的叫东梁山，海拔81米，虽然不算很高，但都壁立如削，非常陡峭。两山隔江对峙，仿佛天生的大门，南北朝时宋朝的孝武帝曾经下过一道圣旨，说："两座梁山好像上天设立的双阙，所以称为天门。"

一般认为，这首诗写于唐玄宗开元十三年，也就是公

① 更多关于李白的故事，见17《静夜思》。

元725年，当时李白才24岁，刚刚离开四川家乡，乘船东下，路过安徽境内的天门山时，一时诗如泉涌，就写下了这首杰作。

首句，“天门中断楚江开”，是说天门山仿佛从中间断开，形成两道对峙的门户，于是这条楚江才正式打开。楚江，天门山在先秦时代属于楚国，所以称为楚江。先秦时代有很多诸侯国，后世诗人写诗时，提到某地，依旧会按照习惯用它们以前所属的国名作为代称。比如王昌龄的诗歌“寒雨连江夜入吴，平明送客楚山孤”，其实写的是江苏镇江，因为它曾经相继属于春秋、战国时代的吴国和楚国，所以一会儿称为吴，一会儿称为楚。[①] 天门山本来是两座，作者想象它们本来是一座，只是被咆哮的江水冲断，才一分为二，具有非凡的想象力。

次句，“碧水东流至此回”，碧绿的江水东流，到这里遇到山崖的阻碍，不得不产生回旋。回，本义是指回环往复的流水，在这里当动词用，指回旋。

三句，“两岸青山相对出”，指隔江对峙的两座山突然出现。出，出现。江水两岸本来平坦，突然两座青山平地拔起，陡然冲击眼帘。用一个“出”字，有一种突然的，让人猝不及防的感觉。这是诗人的视角。

末句，“孤帆一片日边来”，一只孤独的小船，挂着风

① 见13《芙蓉楼送辛渐》。

帆，从太阳所在的方向，遥遥驶来。这里没有写是早上还是黄昏，所以似乎不知道孤帆所在的方向，但以距离的遥远，暗写江水的辽阔，塑造出优美的意境。

这首诗很有画面感，用字非常讲究，写两山对峙，说天门中“断”，“断”字比较暴力，仿佛读到它，耳边都能响起轰隆裂开的声音。大自然的鬼斧神工，就必然和一定的暴力联系在一起。只有锋利的巨斧，才能把一座山劈断。后面写江水奔腾，遇到山的阻碍，不得不回旋往复，可以想见洪波涌起，浪击山崖的壮丽景象，“回”用得精确。至于第三句的“出”字，则写出了山势拔地而起，猛烈冲击人眼帘的瑰丽奇伟之态，我们前面已经提到过。

这首诗的作者，也就是李白，当时身居何处呢？

从最后一句看，好像他是站在山崖之上，遥望着远方一片孤帆从太阳方向驶来，但这样不但和诗题“望天门山”矛盾，也和第三句“两岸青山相对出”有冲突，因为这句的视角，显然更像在江上的舟船里。这样的话，作者开始并不能看到山，直到船行至一定的角度，两座中断的山阙仿佛突然在眼前出现，才和诗句的描写相合。那么，最后一句也就是他在船上的感受了，作者往后看，只见江水茫茫，碧天一色，身后的太阳鲜红如血，让他感觉自己仿佛是太阳的使者，来自日边。

这样一分析，我们就可以知道，他的船到达天门山的时刻，正是黄昏时分，只有这个时候，太阳才会在他的身后。

我没有去过天门山，但天门山可能真的很壮丽，因为李白在自己的诗歌中多次写到，他的《姑孰十咏》中，也有一首诗专门歌颂《天门山》：“迥出江上山，双峰自相对。岸映松色寒，石分浪花碎。参差远天际，缥缈晴霞外。落日舟去遥，回首沉青霭。”他说，江上遥望，两座山峰隔江对峙。岸上松树披拂着寒意，山崖的石头将浪花击得粉碎。远山的天际线参差不齐，飘飘渺渺，立在晴空彩霞之外。落日下舟船远去，回头一望，山已经沉没在青色的云雾之中。虽然内容有所不同，但很多意境描写相似，可见诗歌作到一定程度，要翻出新意也难。

李白天纵之才，二十四五岁的年纪，诗歌就写到了极致，没有太多进步的余地了。

24 别董大

这一节，我们要学习的是一个新诗人高适的作品。

千里黄云白日曛，北风吹雁雪纷纷。
莫愁前路无知己，天下谁人不识君？

其实我们在前面已经提到过高适，在王之涣《凉州词》的讲解中，讲到他和王昌龄、王之涣三个人去旗亭喝酒斗诗的事，最后胜出者是王之涣。在这三个人中，目前的评价最弱的是高适。但在三个人中最弱，并不表示他真的差，主要是因为这两个参照物太强，实际上，高适是当时的准一流诗人。

这首诗名字叫《别董大》。董大，一般认为就是当时的著名音乐家董庭兰，意思是庭院中的兰花，名字看上去是个女的，其实这个人是男的。

我们现在的男人，很少会用花草来做名字，但古代的男人，因为深受中国文化传统的熏陶，很喜欢用一些有高洁蕴意的香草香花来做名字。兰花一向被赋予了幽清高洁的文化内涵，所以屡屡被古代文人用来自名。

为什么又叫他董大呢？因为他在家族所有同辈男丁中排行老大。日本人喜欢学习唐朝文化，把这种称呼也学去了，所以他们的长子，经常也取名“太郎”，其实就是“大郎”。董庭兰是陇西（今甘肃省）人，擅长七弦琴，有宗师气质。

唐代诗人李颀在《听董大弹胡笳声》一诗中，对董庭兰的音乐技巧有着生动的叙述：“董夫子，通神明，深松窃听来妖精。”可惜唐代胡乐流行，董庭兰的弹琴技艺不受重视。（李颀这首诗说“弹胡笳声”，而非“奏胡笳”，是指董大把胡笳曲调翻为琴曲来弹奏。）还好，他得到后来成为宰相的房琯（fáng guǎn）的赏识，成为房琯的门客。公元 747 年，房琯被贬为宜春郡太守，董庭兰也被迫离开长安，四处游荡。同年冬天，高适在自己的户籍所在地睢阳，与董庭兰相会，两人离别时，高适写了两首《别董大》诗相赠，这是其中的一首。

起首第一句，明显是冬天的景色。“千里黄云白日曛”，冬天天气阴郁，一千里之广的天空，都被黄色的云朵覆盖，本来应该雪白耀眼的太阳也因此显得昏暗，丧失了生气。曛，本义是指黄昏时候，或者日落时的余光，还有“昏暗”和“赤黄色”的意思。这些意思都相辅相成，因为黄昏时候必然阴暗，黄昏时候的阳光必然赤黄。

我们经常说黄昏，但黄昏的“黄”字到底什么意思，没有人深究，其实在古人眼里，“昏暗”和“黄色”的意思相通。普通的黄色，一般显得黯淡，只有淡黄色或者皇帝穿的明黄色，才显得明亮，而曛是深黄、赤黄，所以显得更加黯淡。

其实“曛”就是“昏”的同源词，两字的古音相同，古代读音相同的字，很多都有相近的意思。总之，这里的“曛”，就是指昏暗。高适这句诗，“黄”字和“曛”字合用，把冬天云层遮蔽天空的暗淡景色，简练地勾勒了出来。

第二句，“北风吹雁雪纷纷”，点明天气的酷烈超出先前的认知。北风呼啸，吹得大雁也步履歪斜，雪花则纷纷而下。大雁一般是秋天离开北方，春天再回北方的，这些大雁在雪花中南迁，看来是行动迟了。也说明这个时节应该不是深冬，大概是初冬。

在这种昏暗阴郁的场景下，和人告别，总不能老说晦气的话。所以第三、四句，高适来了个逆转。他劝慰朋友，不要担心你未来的道路上没有知己，普天之下，谁会不知道您老人家的大名？写得非常骄傲，虽是劝人，也可以看成是自勉，看成自己豪情的抒发。

人类都是同声相应、同气相求的，一般来说，相同等级的人，才能互相做很好的朋友。古人也常说，朋友出名，自己也会“与有荣焉”，感到骄傲。董庭兰这么牛，作为他的好朋友的高适，能差吗？

孔子说：“无友不如己者。”这还可以给我们一个启示，如果你对你的好朋友评价很差，说明你自己可能也是差不多的货色。这两句名为捧朋友，实际上是抬高自己，最终成为千古名句。

公元747年的董大，已经有50多岁，高适大约44岁，也郁郁不得志，一直到九年后才真正发迹，而且完全是戏剧性的升迁，一年之间，从八品的掌书记，历五品的谏议大夫，升为封疆大吏淮南节度使。

为什么？就因为安史之乱这个大背景。安史之乱中死了很多名将，一时朝廷乏人，高适从而获得了机会，被授予淮南节度使，奉命讨伐被刚刚登基的唐肃宗视为反贼的永王李璘。平定李璘后，高适顺便将李璘的幕僚、同时也是13年前曾与自己同游梁园的好朋友李白打入了大牢。据说，李白在狱中曾给他写信，但没有得到他的回应。最后李白被判流放夜郎。[1]

一个人如果真正天下闻名，就可能换了性情。高适，

---

①见17《静夜思》。

是唐代一流或者准一流诗人中官职做得很高的，也是唯一封侯的，那种超一流的诗人，比如李白、杜甫，都不能望其项背。

25 绝句·两个黄鹂鸣翠柳

从这一节开始，我们来学习盛唐大诗人杜甫的四首诗。

两个黄鹂鸣翠柳，一行白鹭上青天。
窗含西岭千秋雪，门泊东吴万里船。

这首绝句是杜甫的组诗《绝句》四首中的第三首。我们知道，在安史之乱发生后，因为逃避战乱，杜甫从关中漂泊到了西南，于759年左右携家移居成都，此后几年，一直依靠严武帮忙讨生活。其实严武还比他小12岁，官却比他大多了，一直做到剑南节度使，杜甫一生中最高的官职检校工部员外郎，就是严武帮他弄到的。

安史之乱平息后，杜甫很开心，写了四首绝句，主要是描绘草堂景色。

第一首写草堂西边的竹笋长得茂盛，把门都挡住了，北边种的椒树行列整齐，隔开了邻村。梅子即将成熟，到时要把邻居老朱叫来一起品尝；堂前松树亭亭如盖，希望能和邻居小阮在树荫下畅谈。第二首写本来想筑个鱼梁，弄点鱼吃，却忽然乌云密布，下起大雨。因此怀疑这清澈的小溪里，还住着一条蛟龙，会兴风作浪，以后再也不敢惹它了。第三首是我们要讲的这首。第四首是说自家种的药草青葱可爱，从棕亭蔓延到了草亭之中。有人赠送了一个“苗满空山”的美誉，担当不起，只担心它们在这一点局促的土地上，最后难以长成。

总之，四首诗都是写草堂风景和自己对生活的经营，但写得比较有诗意的，只有第三首。我们一起来欣赏。

诗句很简单，用白话解释就是：两只黄鹂鸟在青翠的柳丝间鸣叫，一行白鹭向青色的天空飞上去。我的窗户啊，正含着西边山岭，岭上还积聚着千年的冰雪；我的门外，正停泊着一艘艘航船，它们是来自或者要驶往万里之外的东吴地界的。

这首诗好在哪里呢?

首先，在技巧上，它由两个对联构成，对仗工整。我们知道，绝句一般不要求对仗，律诗才要求必须有对仗的句子。对仗有难度，因为不但内容，包括词性都必须严格相对，也就是说名词对名词，动词对动词，虚词对虚词，而且平仄还有讲究，所以写对仗句，是很考验写诗功力的。

然而，一般来说，一首诗里不能全部用对仗句，因为在审美上，对仗代表着工整、配合、严格的纪律，但文学更重要的是参差多态，文似看山不喜平，写得太整齐，就像公文一样呆板了。一首诗中，有对句，有散句，才叫参差多态，才叫不平。

而杜甫这首诗，却全部都是对仗，但又让人完全感受不到板滞，这才是功力，和我们前面讲过的《登鹳雀楼》非常相似。

其次，这首诗的好，体现在炼句上，“鸣翠柳”的“鸣”，写出了黄鹂最重要的特点，声音的美妙。“上青天”的“上”，更为精彩，他为什么不写“飞青天”“向青天”呢，因为不够有画面感，展示不出白鹭飞翔的美好。“上”体现的是一种直线般的动态，有力量、有速度，《庄子·逍遥游》里写大鹏鸟起飞，“抟扶摇而上者九万里”，也是用一个“上”字，境界全出。下句“窗含”的“含”，仿佛窗子是一张口，含着一幅风景，也让人耳目一新。

杜甫写诗很讲究炼字，有个关于他炼字的典故，是这么说的：

宋代有个陈舍人，偶然得到一部旧的杜甫诗集，其中《送蔡都尉》一诗中有“身轻一鸟□”的句子，因为书烂，这个句子的末字模糊不清。那个时代不像现在，上网搜搜，什么版本都能搜到，那时印刷术才发明不久，很多书都是抄写的，很不好弄。于是他就苦思冥想，这是什么字呢？想了很久都没着落。

几天后，见到几个朋友，陈舍人就把这事告诉朋友，要大家群策群力，替自己把杜甫那句诗补足。众人当即来了兴致，七嘴八舌，其中一人说："这首诗赞美小蔡高强的武艺，补一'疾'字怎么样？身轻一鸟疾。"另一个人说："不好。下句是'枪急万人呼'，"疾"和"急"读音相同，意思也差不多，杜甫怎会这么差？用两个读音相同的字。依我看，补一'度'字最好，身轻一鸟度，怎么样？"陈舍人也摇头："我感觉'度'字是及物动词，不宜放在句子最后。何况'度'字意思普通，也显示不出小蔡身轻如飞鸟的特点。"其他人有的主张补"落"字，有的主张补"起"字，还有主张补"下"字，都没得到众人的赞同。

后来陈舍人终于弄到一本新的杜甫诗集，才知漏掉的是一个"过"字。陈舍人慨叹，"身轻一鸟过"，这个"过"字，真是出神入化，蔡都尉就像一只鸟在眼前倏忽而过，根本瞧不清楚，这才叫速度，这才叫炼字精湛啊。朋友们听说后也很佩服，说："杜甫自称'语不惊人死不休'！确实如此！"我认为，这首诗里的"上"和"含"两个字，也有这个功效。

总之，这首诗，由近处的柳丝黄鹂，到远处的青天白鹭，色彩艳丽；再由窗外的山岭，到门边的渡船，由动转静，仿佛四幅风景画，构成了四幅草堂静谧、春日迟迟的美好生活画卷。“窗含西岭千秋雪”，蕴含着时间的维度；“门泊东吴万里船”，则有着空间的维度。

“门泊东吴万里船”可以有两种理解。一种是，“东吴”暗含着三国时期东吴的孙权，年轻的孙权在父兄去世后，把吴国撑起来了，在三国时代就得到不少好的评价。一代雄主曹操在征伐东吴不成功之后，曾发出“生子当如孙仲谋”的感叹。辛弃疾也在《南乡子·登京口北固亭有怀》中引用了这句名言。杜甫很关心当时的朝政，对当时的最高统治者寄予厚望，也许他在内心希望统治者像孙权一样奋发有为吧。

另一种是，“门泊东吴万里船”也许隐约抒发了杜甫的思乡情怀。那些船都是万里之外的东吴来的，它们大概可以带我去那万里之外的家乡吧？几年后，杜甫果然乘舟东下，欲回家乡，可惜不顺利，最终死于湖南耒阳的一艘小船之上。

26 春夜喜雨

这一节，我们来学习杜甫的名篇——《春夜喜雨》。

好雨知时节，当春乃发生。
随风潜入夜，润物细无声。
野径云俱黑，江船火独明。
晓看红湿处，花重锦官城。

这首诗大约写于上元二年（761年）的春天。此前杜甫一直在关中逗留，还做着华州（今陕西省渭南市一带）司户参军这样的小官。乾元二年（759年），华州甚至整个陕西都发生旱灾，庄稼减产，生活艰难，杜甫干脆辞去华州司户参军这个职位，辗转去了成都。这首诗，就是他住在成都浣花溪草堂的时候写的。

这是一首五言律诗，以前我们还没学过律诗。律诗是唐代标准的诗体，因为要求格律严格而得名。律诗总共八句，一般称为四联。第一联叫首联，第二联叫颔联，第三联叫颈联，第四联叫尾联，是仿照身体的部位称呼的。每首律诗的颔联、颈联必须是对仗句，首联和尾联可对可不对。而且每句之内，句和句之间平仄调配有一定的格式，偶句押韵，而且一般只能押平声韵，不能换韵。

这首诗的前两句说，美好的雨水，真会挑选时节，在正当春天的时候发生。知，就是知道，这是一种拟人化的写法，好像雨水也知道选择时机，它特意挑选春天的时候降临。所谓发生，本义是萌发、生长，一般用来形容草木萌生，也就是开始，后来也用来指别的事物出现或开始。

接下来是颔联，是对仗句，写雨水的进行情况。它们是随着春风，在春天的夜晚偷偷潜入的，好像做贼一样。它们滋润着万物，细密无声。春夜，听起来很美好。古往今来，无数诗人描绘过自己的春夜，比如北宋宰相王安石的《春夜》诗："春色恼人眠不得，月移花影上栏干。"写春天实在太美好了，美好到让人懊恼，让人失眠，只能眼睁睁看着月亮下的花影不断移动，移上栏杆。北宋大文学家苏轼，也写过一首《春夜》诗："春宵一刻值千金，花有清香月有阴。歌管楼台声细细，秋千院落夜沉沉。"写的是春天的夜晚，花好月圆，士大夫们在华美的楼台和花园内，过着丰富的夜生活，这是王安石和苏轼的春夜。杜甫的春夜却很寒酸，他碰到了春雨，但没有浪漫情怀，只想着这春夜的雨如何滋润万物，有了春雨，才有庄稼的生长。换了别的富贵人，他所表达的纵然不是嫌雨水妨碍出门，也是借之抒发相思。比如李清照的词，是这么写雨的："伤心枕上三更雨，点滴霖霪，点滴霖霪，愁损北人，不惯起来听。"

接下去的颈联也是对仗，写春雨里的景象。只见野外的小路上，云色灰黑，天气阴沉；只有江上的舟船，隐约闪烁着孤独的灯火。径，指小路，我们经常说走捷径，就是走小路，一般都带有贬义。这是一幅静谧的江岸画面，一千多年前中国人的日常生活，仿佛非常平和美丽。

尾联不需要对仗。作者写的已经是早上了，说清晨察看那些红色湿润的花朵，因为浸润了春雨，显得很沉重。他猜想整个成都城内的花朵，都是这样沉重饱满的。"重"是个多音字，这里念"zhòng"，指沉重。按照律诗的格律，它也必须念"zhòng"，而不能念"chóng"。因为律诗有规定，假如是一句五言诗，其每个字是平声还是仄声，必须遵循"一三不论，二四分明"的原则，也就是说，第一、第三两个字，可以不管是仄声还是平声，但第二和第四两个字，必须平仄相反。在"花重锦官城"这句里，第四个字"官"是平声字，那么第二个字"重"一般来说，则必须念仄声，有些时候如果一句诗的意思比较模糊，这个规则就可以帮助我们判断多音字的读音，从而确定那句诗的意思。

杜甫写雨浸透了花，只是为花开心。换别的士大夫来写，肯定是心疼花被雨水打得残破，李清照就是这么写的："昨夜雨疏风骤，浓睡不消残酒。试问卷帘人，却道海棠依旧。知否，知否，应是绿肥红瘦。"她只关注自己的花是否凋零，和杜甫完全是两个思维方式。

最后解释一下锦官城，锦官城是成都的别称。三国蜀汉时期，成都以生产蜀锦著称，蜀锦是当时重要的出口创汇产品。秦汉以来，中央朝廷经常结合各地出产资源，设置专门的机构管理生产，这种机构称为"官"。比如，某个地方铁矿资源丰富，就设置铁官；某个地方出产橘子，就设置橘官。同样，成都出产锦，就设置锦官，后世因此用锦官城作为成都的别称。

这首诗题目叫《春夜喜雨》，但诗句本身没有一个"喜"或者相近的字眼，而是通过细腻的描绘，让读者领略。这种写作技巧，值得我们学习。我们写文章的时候，如果要表达欢乐和忧伤，最好也不要直抒胸臆，而应该通过对生活和感官的细腻铺陈去表现。只要你铺陈得到位，读者是能感受出来的。这才是上乘的文学，它给你输入精神营养的方式，就是"润物细无声"的；那种口号式的东西，不值一钱。

27 绝句·迟日江山丽

这一节，我们要学习的还是杜甫住在成都浣花溪草堂时写的一首绝句。

迟日江山丽，春风花草香。
泥融飞燕子，沙暖睡鸳鸯。

这是杜甫《绝句二首》中的第一首，一般认为作于广德二年的春天，也就是公元764年，当时杜甫住在成都浣花溪草堂。其实第二首可能更有名："江碧鸟逾白，山青花欲燃。今春看又过，何日是归年。"写的是草堂附近江边的场景。碧绿的江水，衬托出飞鸟的洁白；青翠的山，衬托出花的火红，那些花好像在燃烧一样，这个"燃"字用字精湛，比喻精妙。在这样的美景中，油然想起家乡，怅恨不知何日是归程，充满了伤痛意味。

我们要讲的这首，则看不出作者的伤感，只有温暖祥和。首句，“迟日江山丽”，迟日，指悠长的春日。“迟”的本义是“慢慢走”，后来引申为缓慢、悠长。《诗经》里的“春日迟迟”，是说春天的日子很长。我们知道，根据地球绕太阳公转的规律，以及地球自转的角度，冬季都是黑夜长，白昼短；春分之后，才开始向黑夜短、白昼长转变，所以古诗里写“春日迟迟”，就是说春天的白昼开始增长，也是杜甫这句“迟日”的由来。这整句诗是说，悠长的春日阳光下，江山看上去如此秀丽。

第二句“春风花草香”，是说春风吹来，花花草草都散发着香味。这句平淡无奇，属于纯天然白话口语。好的诗歌不能都是佳句或者警句，有时候也需要这些平淡的句子作为衬托，就像精彩的电影不能每一分钟都是高潮一样。这句诗也没有动词，如果不是诗句，而是散文，就该说“风吹花草香”，但诗歌往往省略动词，以求灵动。一句话如果主谓宾齐全，往往会显得很呆板；省略动词，则好像逃脱了规则的束缚，变成了“法外之徒”。从现实来说，这是危险的；放诸文学中，却顿时灵活生动。我们看电影，不喜欢那种循规蹈矩的主人公，就是同样的道理。

第三句“泥融飞燕子”，是说泥巴融化了，燕子飞来了。“融”的意思本来是融化，泥巴不是雪花，不可能融化，但为什么说“融”呢？这就是诗人感受的细腻了。在诗人眼里，春阳下的泥巴，也仿佛舒张了，湿润了，柔软了。这方便了燕子们，它们很轻松地衔着湿融酥软的泥巴去筑巢，多么幸福。

为什么作者不说“燕子衔泥巴”呢？因为主谓宾顺序井然的句子，也像散文，也会显得呆板，有时为了求新求奇，往往要打乱顺序，以增加诗意。比如杜甫有两句诗“香稻啄余鹦鹉粒，碧梧栖老凤凰枝”，本来是说鹦鹉吃了剩余的喷香的稻米，凤凰栖息在碧绿的梧桐树枝条上，那么按照散文的句式，诗句应该写成“鹦鹉啄余香稻粒，凤凰栖老碧梧枝”才对，但这么写，就太呆板了，所以杜甫打乱顺序重新排列，顿时让人耳目一新。

这是个很重要的技巧，我们写作文的时候，也可以借鉴。写文章不要老是平铺直叙，完完全全按事情发生的顺序来，那样往往像流水账。有时候采取倒叙、插叙的办法，绝对会有意想不到的效果，文章绝对会变得生动。

最后一句“沙暖睡鸳鸯”，是说沙子被春日的太阳晒得暖洋洋的，鸳鸯们睡在沙子上，舒舒服服。这个“暖”字，和上句的“融”字，都是精心选取的词汇，都和春天的气候对应。用这两个字，诗人即使不写春日怎么怎么好，读者也可以看出。又融又暖，这样的春日，还能不舒服吗？总之，读杜甫的诗歌，这些重要的字不可轻易掠过，要牢记诗人的用心，学习他的炼字。

诗的每一联都是对仗句，迟日对春风，江山丽对花草香。泥融对沙暖，飞燕子对睡鸳鸯，非常工整，但又很自然，感受不到是精心结构的对仗，主要因为它用词都很浅白，完全像家常口语。如果用字生僻，那很可能让人感到过分雕琢。

这首诗最重要的特点，就是像四幅描绘春日的画。第一句是全景，写江山秀丽。第二句画面缩小，画的是花花草草了。第三句是撷取捕捉，捕捉和春天关系最密切的鸟——燕子，捕捉它衔泥筑巢的样子，是一幅动图。第四句，摄取沙上鸳鸯睡觉的画面，则是静态的。所有画面给人的感觉都是祥和的、静谧的、舒畅的，而这也正是诗人当时的心境。

28 江畔独步寻花

这一节，我们来学习杜甫的《江畔独步寻花》。

黄师塔前江水东，春光懒困倚微风。
桃花一簇开无主，可爱深红爱浅红？

公元759年，诗人杜甫为了躲避安史之乱，来到了成都。在朋友的帮助下，他于成都西郊浣花溪畔建了一座草堂，这就是我们后世所称的“杜甫草堂”。

《江畔独步寻花》就作于这期间，这是一组组诗，总共有七首。

组诗的第一首写作者独步寻花的原因，他是因为看见花开得恼人，于是想去找好酒的邻居聊天，那邻居却出门喝酒去了，不在家；第二首写自己信步走到江边，看见繁花艳丽，又自负雄壮，年龄还不算老；第三首写看见江畔人家的花红白交杂，开得非常美丽，感慨应该赏花饮酒，不负韶光；第四首写自己东望成都的少城，只见烟花迷离，高楼晃眼，可惜无人唤我饮酒听歌其上；第五首就是我们今天要讲的这首，写黄师塔前的桃花深浅辉映，惹人怜爱；第六首写黄四娘家的花千朵万朵，又有蝴蝶黄莺穿插其中，祥和自在；第七首总结自己的寻花心情，希望花期延长，同时抒发惜春的伤感。

读完整组诗，我们可以看到这样一幅温婉美丽的生活画卷：在距今1300多年前某个暮春，一个年龄差不多50岁的老头，走到户外，只见阳光明媚、百鸟争鸣，到处繁花似锦，他感觉浑身舒畅，于是一路走去，想寻邻居不遇，干脆沿着锦江江畔徜徉。此刻，中原正浸在战乱之中，百姓水深火热、朝不保夕；而成都僻处一隅，平民人家犹自宁静和谐，户户庭院花枝低压。向东看成都城，也是烟花中的阳春，美景堪怜……

根据这组诗歌，我们现代人完全可以拍个写实的纪录片，重现唐朝那个暮春午后的生活场景。唐代那普通的酒人、黄四娘等小人物，因为有了杜甫的诗歌而流传千古。

不过，诗歌中的暮春那让人叹息的美艳，我们普通的少不更事的孩子们未必能有深刻理解。无论我们年老年少，见了美景总会有本能的喜爱。世界上很多国家因此都有春游的传统，日本的樱花盛开那几日，学校和公司还会放假，在那些樱花众多的公园，往往人流如织、摩肩接踵。我小时候也盼望过春游，但不过是想出去透透气，想在野外驰骋一番，并没有觉得那野外的繁花有多么美丽。春游回来写作文，也不过写些套话，然后以“依依不舍”来作结。小朋友们可以想想，你现在遇到的情况是不是这样?

那些比较深沉的情感，比如对于暮春花繁景促的怜惜和悲痛，非得到了一定年龄才会产生。杜甫这组诗的最后一首之所以会集中抒发花易衰败、人易衰老的悲凉，就是这个原因。明白了这一点，才会懂得他前面为什么花了整整六首诗的篇幅，来细腻铺陈那些花朵，那片春光。

下面具体赏析这首诗。

“黄师塔前江水东”，所谓黄师塔，其实是指僧人的墓塔。南宋大诗人陆游曾说，四川一带的人把僧人称为师，其实我们现在也这么称呼，看见德高望重的和尚，都会称师傅。不过古代的道士，也被称为师。而诗歌中“黄师”，又好像是指道士，因为和尚出家后，很少再用俗家姓氏，道士则不然。

古代地位比较高的僧人，死后都是葬在塔内的，道士也有这种情况。所以，杜甫所经过的，有可能是一座高僧的墓塔，但也可能是道士的墓塔。一般来说，这种墓塔不会带给我们普通坟地那样阴森恐怖的感觉，反而会让我们肃然起敬，仿佛能听到塔内高贵灵魂的气息。在黄师塔前，江水东去，这是写环境。“春光懒困倚微风”，这是写作者的感受，在这旖旎的春风里，人免不了犯困，从这句大概可以猜测他在江边徜徉的时候，大约正是午后时分，因为早上犯困的可能性比较小。

最后两句写在微风中，诗人蓦然看见，野地里或者是塔前，有一株无主的桃树，枝上花瓣层叠，簇簇拥拥，而且色泽不一，有的深红，有的浅红。这让诗人感到错愕，怎么办？到底是深红色的花朵可爱，还是浅红色的花朵可爱？因为都很美，所以才有选择的困难。实际上并没有人让他做出抉择，都喜欢不就行了吗？但为什么他会这样发问呢？

大概人的心中，看到美好的东西在一起，总是免不了要比较一下，分出高低来的。就像人们看《红楼梦》，总要争吵黛玉和宝钗谁更好，谁更漂亮一样。连用两个“爱”字，不仅精确描绘出了一种普遍的人性，而且这样的句式在诗句中是不常见的，也产生一种新奇的效果。文学之所以能和其他文字区别开来，标志之一就是新奇，能给人新鲜感。另外，诗歌特别提到这美好的桃花“无主”，也有更深的内涵。

你想想，这么美好的东西，竟然没有主人，竟，然，没，有，主，人。我们不必理解为桃花必须要被人占有，而应该理解为桃花缺乏知音。桃花若开在人家的院落之中，有人欣赏、有人怜惜、有人照顾；但开在野地里，却无人理会、无人欣赏、无人照顾。杜甫作为诗人拥有丰富的情感，他必然觉得那花特别可怜、孤独和寂寞。这世上凡是情感丰富的人，看到这样的景致都免不了会有类似的感受，陆游的《卜算子·咏梅》里就说："驿外断桥边，寂寞开无主。已是黄昏独自愁，更著风和雨。"何尝不是这个意思？梅花若有悲愁，都无人可以倾诉。

所以，整首诗歌貌似热烈欢快，没有一个"悲"字，但细细品味，还是能感受到一丝悲凉，也正因如此，整组诗歌的最后一首中，惜花自怜的感情才不显得那么突兀。小朋友们在学习的过程中，可以试着体会一下。

整组诗歌描摹真切，很有画面感，如果那个时代有智能手机，杜甫写好了发朋友圈，一定能得到不少赞赏，因为那精妙的句子确实会让人如临其境。

29 枫桥夜泊

这一节，我们来学习盛唐诗人张继的一首千古名作——《枫桥夜泊》。

月落乌啼霜满天，江枫渔火对愁眠。
姑苏城外寒山寺，夜半钟声到客船。

张继，湖北襄阳人，家世和生卒年都不详，目前我们只知道他是天宝十二年，也就是公元753年的进士。

但在唐代，一个人中了进士只是获得了做官资格，并不能马上被授予官职；想做官，还必须经过礼部的再次考试，既考才学，又考人品。

但这种考试其实有点不靠谱，唐代那么多人品差的官，还不是一样通过了选拔；而很多人品才华都很卓越的人，反而屡屡失利。比如著名文学家韩愈，24 岁就考上了进士，然而，三次参加吏部的考试都失败了，只能靠人推荐做个小官，33 岁时，第四次参加选拔，才获得合格证，正式被授予官职，走入仕途。[①]

张继的时代比韩愈早，但张继也经历了同样的情况，好不容易进士高中，放榜后，专为进士举办的曲江宴也参加了，骑马逛街也逛了，谁知吏部选拔失败，还得灰溜溜跑回家乡。九年后，已经是安史之乱时期，他才开始做官，但因为性格耿介，不善拍马，也就是当一些诸如检校员外郎、检校郎中、盐铁判官之类的小官，死时穷愁潦倒，他的朋友，著名诗人刘长卿曾给他作悼诗《哭张员外继》："世难愁归路，家贫缓葬期。"说他家穷得连安葬他都花不起钱，他也无法返回家乡。

张继的诗歌不算多，现存的只有四十多首，最有名的就是《枫桥夜泊》。在唐代诗人中，张继总体来说不算一流诗人，但这首《枫桥夜泊》，却是一流的诗歌，也是最有名的诗歌之一，而且有国际影响，在日本都家喻户晓，因为被选入了日本小学课本。晚清的著名学者俞樾曾说："每次日本文人来拜访我，都会谈到张继那首寒山寺诗歌，说他们国家的儿童，没有不会背诵的。"现在日本东京也建有寒山寺，专门把这首诗刻成了碑，供人瞻仰。

---

① 关于韩愈的故事，见 32《早春呈水部张十八员外》。

这首诗的题目也有写作《夜泊松江》的，从张继其他的诗作来看，他到过江浙一带。苏州城外的江叫吴江，原有吴江县，现在称吴江区，吴江的别名就叫松江。张继当时肯定是把船停在吴江上，听着寒山寺的钟声写这首诗的。枫桥，是苏州西郊的一座古桥，不知道始建于何时，现在的枫桥，是清代乾隆三十五年重建的，位于今天的苏州虎丘区。据说张继写这首诗的时候，还没有枫桥这个名称，后来诗名被改为《枫桥夜泊》，主要是后人想借这首诗来提高枫桥的知名度，显然他们的目的是达到了。

关于这首诗，还有一些传说，说是唐武宗酷爱张继这首诗，死前一个月，命令石匠把它精心刻成碑刻，并告诉臣属，这块碑他要带进坟墓，不许后人再刻它上石，否则必遭天谴。后来北宋大学士王珪、明代才子文徵明、清代学者俞樾都因书刻此诗在石上暴毙，当然这纯粹是瞎说，但也由此可见它的知名度。

接下来我们读诗。

首句写景，说月亮落下来了，乌鸦在啼叫着，天气寒凉，霜气漫天，应该是秋天夜里的场景。上弦月，在半夜就会下落。“霜满天”三个字不是实写，因为霜是降落在地上的，不会弥漫在天上。但这里的霜，实际上是代指寒意。秋天半夜的江上，诗人感觉漫天都是寒意，生活质量非常不乐观。

下句前四字仍继续写景，江边的枫树，江上的渔舟灯火，和前面的景物相合，构成一幅萧瑟的秋夜图画。这样的景况，很容易激起旅客的愁怀，所以作者写自己和忧愁相对，欲睡未睡。这里的“对”字用得特别好，好像愁是游离于作者身外的一个活物、一个实体，作者仿佛和它相对而卧，正互相凝视，相看两不厌，因此彻夜难眠。如果写成“伴愁眠”或者“倚愁眠”，愁就不像活物，就老生常谈了。

正在这时，姑苏城外寒山寺的钟敲响了，钟声在半夜传递到了作者所在的客船之上。姑苏，是苏州的一种古老称呼。寒山寺，始建于南朝梁代天监年间，也就是公元502年至519年，初名“妙利普明塔院”。唐太宗贞观年间，高僧寒山子来此静修；唐玄宗时，高僧石头希迁在此建寺，因改名寒山寺，属于禅宗中的临济宗。

历代描写寒山寺的诗歌很多，但没有一首能跟张继这首诗相比，甚至很多诗歌本身就是阐述张继这首诗的诗意，特别无趣。

这首诗到底好在哪里？就好在写景，这个写景，既可能是景色的如实描绘，也有精心选择，择取了中国古典文化的典型意象。月落、乌啼、霜、江枫、渔火，都是农业社会最典型的景色，蕴含着中国传统文人的审美趣味。比如《玉台新咏》里收《七夕》诗：“姮娥随月落，织女逐星移。”李白诗：“何许最关情，乌啼白门柳。”《楚辞·招魂》：“湛湛江水兮，上有枫。”作者把这些意象组合在一起，只要文辞优美，想不成功都难。

而在这萧瑟的景况中，半夜寺庙里的钟声又增添了作者的惆怅。因为其他景色在别处也可见，唯有这寒山寺的夜半钟声，却是枫桥附近的特色。夜半时分，四处阒寂，钟声不但不能给人增加热闹的感觉，只会令人觉得更加凄凉。南北朝的王籍有一句诗“蝉噪林逾静”，也是一样的道理。

据说唐武宗之所以喜欢这首诗，就是因为它描绘的意境，即他自己向往的生活环境。日本人一向以宁静含蓄内敛的性格而著称，他们对此诗如此热爱，可能也是因为它描写的意境和他们的民族性格契合。

关于诗中描写的寒山寺夜半钟声，还有一则趣事。说是宋朝文学家欧阳修曾对它描写的真实性提出疑问，说张继的“夜半钟声到客船”诗句虽好，但哪有三更半夜打钟的道理？可见诗人为了渲染意境，不惜造假。但后来有学者指出，唐代寺庙半夜敲钟并不鲜见，比如白居易诗：“新秋松影下，半夜钟声后。”皇甫冉诗：“秋深临水月，夜半隔山钟。”温庭筠诗：“悠然旅思频回首，无复松窗半夜钟。”都是唐诗里描写的夜半钟声，可见张继没有无聊到造假的地步，而是欧阳修还不够博学。

其实好的诗歌，往往是因为心灵受到了深刻的触动。如果张继当时没有听到钟声，他一定不会百感交集，萌发诗思。能写出这样的好诗，那夜半的钟声一定少不了的。当年那半夜爬上钟楼敲钟的和尚，万万想不到自己的一通惯例的敲击，会震动几千米外一艘客船上游子的心灵，从而让整个寒山寺名垂千载。他没有想到，大文学家欧阳修也没有想到。

30 滁州西涧

这一节，我们来学习一首盛唐诗歌——《滁州西涧》。

独怜幽草涧边生，上有黄鹂深树鸣。
春潮带雨晚来急，野渡无人舟自横。

首先介绍诗歌的作者，他叫韦应物。同学们，我们要注意，当你听到一个唐朝人姓韦，而且籍贯是关中的时候，一定不可忽视，那是当时不得了的高门大族。

《旧唐书》里就直截了当地说，唐朝开国以来，姓韦的人才灿若繁星。到底有多少？唐朝近三百年间，光韦姓宰相就有二十多个，当时有句俗语："城南韦杜，去天尺五。"意思是姓韦的和姓杜的这两家，地位高得地球快装他们不下了，离天只有一尺五了。一尺五才多宽，比最瘦的人的腰围还细。韦氏家族当时娶老婆和嫁女儿，都是选门当户对的，和皇室通婚就达三十多次。

韦应物就生活在这么一个家族，他从小上的肯定是贵族学校。还买什么学区房？以他们家族的资源，自己就可以建一个最昂贵的学区。

韦应物生于唐玄宗开元二十五年，也就是公元737年，是唐朝最繁华富足的时候。他祖父韦令仪，当过从四品上的宗正少卿；父亲韦銮，是知名画家，对做官不大在意，只做到宣州司法参军，从七品下。

总之，韦应物家世富贵，14岁就参加工作，进皇宫当了侍卫，跟着唐玄宗出入，别提多威风。这种皇宫侍卫，当时称为“左右卫千牛”，选拔条件很高，不但出身好，而且要年轻英俊，上班的工作服都绣着花，非常华丽，“左右卫千牛”，确实很牛，很贴切。

在这种氛围下，不出所料，韦应物长成了一个恶少，一贯窝藏逃犯，欺男霸女，但因为他的身世地位，官府多半不敢立案。一直到安史之乱后，唐王朝的盛世崩塌，让他的心灵受到了很大震动，他突然换了性格，开始洗心革面，专心读书，这年他23岁。他的官运也不差，爵位到扶风县男，食邑三百户，也就是说，扶风县有三百户人家的税款不是交给政府，而是交给他；官做到苏州刺史，从三品，属于高干，所以后世也称他为“韦苏州”。55岁时，死于苏州。

韦应物喜欢写些山水田园诗，善于写景，从他的诗中，我们可以看出他的恬淡志趣，和年轻时的恶少生活品位相差很大，所以说，人是复杂的动物，不可以简单加以评判。后人往往把韦应物和王维、孟浩然、柳宗元相提并论，对他的作品评价很高。

一般认为，我们今天要讲的这首诗写于唐德宗建中二年，也就是公元 781 年，当时韦应物初任滁州刺史。

滁州，在今天安徽省滁州市西边。滁州有条西涧，风景优美，韦应物经常去那里居住。涧，本义是两山之间的水沟。山间的水沟，当然是很清澈的。

诗歌的首句，“独怜幽草涧边生”，是说他唯独怜惜在溪涧边的幽谷里生长的小草。为什么怜惜？这是诗人的视角，一般人看到溪涧，都会爱那水的清澈清凉，很少会注意到溪涧旁边生长的小草。而他为什么会注意那小草呢？人心难测，但诗人往往有赤子之心，很好猜，大概率是怜惜溪涧边小草们的寂寞。小草在大自然中属于弱势群体，比不上花朵艳丽美貌，也比不上溪水沁人心脾，但世上自有一群诗人，他们心灵敏感柔弱，总免不了怜惜弱者，能设身处地想象弱者的处境。小草碰到他们，真的是非常幸运。

第二句，“上有黄鹂深树鸣”，是说在溪涧的上面有黄鹂鸟，它们在深密的树丛间鸣叫。深树，指树叶浓密幽深的树。浓密幽深，说明溪涧周边的环境非常静谧幽深。在这么静谧幽深的地方，突然响起黄鹂的叫声，只怕非但不能打破环境的幽深，反而能衬托它的寂寥。

第三句，“春潮带雨晚来急”，春天的潮水，带着雨水，在夜晚来临的时候，急匆匆到来。从这句看，他这首诗写的不是一个时间段的风光，如果下雨，就不可能有黄鹂在树丛间鸣叫。

第四句，“野渡无人舟自横”，在野外的渡口边，一个人也没有，只看见孤单的小舟，独自横卧在满是雨点砸成小坑的水上。

这里的“自”字用得好，写出了小舟孤单寂寞的神髓，也很有画面感，适合做一幅意境悠远的风景画。

这首诗写的虽然是一处无名溪涧的风景，却透露出作者的审美趣味。他没有花笔墨去描写溪涧本身的美，而是关注到幽草、深树、黄鹂、野渡、小舟这些寂寥的或者能渲染寂寥的东西，从中可以看出作者追求一种宁静寂寥生活的理想。

以前人们普遍以为，韦应物这首诗有政治寄托，写怜惜幽草是暗示小人在位，闲人遭到排挤；写野渡无人，小舟独自横卧，同样是写贤人被抛弃郊野，不被任用。这都是一些胸中没有诗意，审美能力低下之人的穿凿附会，不可信从。

31 游子吟

这一节，我们来学习一首唐朝诗人孟郊的名作——《游子吟》。

慈母手中线，游子身上衣。
临行密密缝，意恐迟迟归。
谁言寸草心，报得三春晖。

孟郊，字东野，生于唐玄宗天宝十年（751年），湖州武康（今浙江省德清县）人。和我们上一首诗讲到的韦应物不同，孟郊没有煊赫的家世，他的父亲只当过八九品的县尉，很早就去世了，他靠母亲养大成人。

孟郊年轻时曾经隐居嵩山，有人说他是想走终南捷径，引起朝廷注意，请他下山。这种方法，在唐代确实很流行。但没有人搭理孟郊，他只好下山，老实复习功课，去参加科举考试。但并不顺利，先前两次都失败了，第三次又奉母命去京城，总算考中，但他这一年已经46岁。

不过，这总归还是很高兴的，孟郊为此专门写过一首诗，表达欣喜若狂的心情："昔日龌龊不足夸，今朝放荡思无涯。春风得意马蹄疾，一日看尽长安花。"写自己考中后骑着马游街，接受路人艳羡的场景，由此还给我们留下了两个成语，走马观花和春风得意。

因此，孟郊对我们汉语文化的贡献是很大的，有几个人能创作出成语，被后世无穷代的中国人使用啊？

前面我们说过，唐代人考中进士后，并不能马上授官，还得参加吏部的选拔考试。而且经常不能马上组织考试，要等候三年，所以孟郊拿到进士及第的文凭后，干脆先回家向老妈报喜。三年后，老妈打发他再去长安，参加吏部的选拔考试，他顺利通过，被授予溧阳县尉，这年孟郊已经50岁了。

溧阳县尉是个八九品的小官，孟郊不怎么看得上。而且他本质上是个诗人，心思根本没有放在本职岗位上。溧阳城有好几处名胜古迹，比如投金濑、平陵城遗址，林木深美，还有积水的池塘，孟郊经常在上班时间跑去玩，写诗。县令气得不行，打报告给刺史，刺史就专门派个"假尉"下来，代替他办公。同时扣留他一半工资，分给那人。由此他更加穷困潦倒，三年后干脆辞了官，想找个别的饭碗。后来河南尹郑余庆赏识他，推荐他做官，孟郊才过得像样一些。他最后死于去新官职上任的路上，终年 64 岁。

孟郊一生郁郁不得志，晚年连死三个孩子，所以写诗非常悲苦，后世称他为“诗囚”。苏轼把他与贾岛并称“郊寒岛瘦”，说他的诗永远透着一股寒酸气，也真是刻薄。我想孟郊如果看到自己被这样评价，一定不会高兴。

我们讲的这首诗名为《游子吟》，吟是古代诗歌体裁的一种，孟郊这首是古体诗，只有六句，而唐代的律诗一般都要八句。古体诗的特点是没有格律，不讲平仄，没有固定字数，只要押韵就行，而且韵脚较宽，没有格律诗那么严格。

关于这首诗的写作年代，有人认为就是孟郊 50 岁刚任溧阳县尉时的作品，似乎可能性不大。诗的内容非常浅白，我们先用现在的白话翻译一遍：慈祥的母亲，她用手中的线，缝纫游子身上穿的衣服。临行前，她一针一针密密麻麻地缝，只因为担心游子不能尽早回来。然后最后两句采用比喻的意象：谁敢说一寸那么长的草，它的孝心，能够报答春天的光辉呢？虽然没有一个字写母爱，写孝心，但因为前面的铺垫，大家一看就知道，这是用小草慕恋太阳的光辉，来表达孩子对母爱的感激。这种表现手法，很多新诗都在用。

这里要解释几个字词。游子，指在外旅居远游的人，这是孟郊自指，为了事业，他不得不四处奔走。意恐，心意里恐怕，指担心。三春，指整个春天。春天总共三个月，古人分别称之为“孟春”“仲春”“季春”，所以称为三春。晖，阳光。万物生长，都要靠阳光，小草当然更要感谢阳光。

母爱的表达方式，在生活中是多种多样的。但要在文学上描写这种爱，不可能面面俱到，总要撷取其中最有感触最生动也最普遍的画面，有的人可能会撷取母亲给自己做饭的场景，有的人可能会撷取母亲教自己写字的场景，孟郊撷取的则是缝衣服，这不但普遍，而且更典型。缝好的衣服，穿在自己的身上，时时可以看见那密密麻麻的针脚，因此心中随时都可能萌发对母亲的思念，这比撷取其他画面来表达母爱，效果更好。

我们如果写作文表达对父母的爱，也可以想想选择什么生活画面比较好。肯定不能像孟郊那时候一样选择缝补衣服了，因为现在基本上大家不会穿缝补过的衣服，擅长缝补衣服的母亲也比较少。现在母亲表达自己对孩子的爱，肯定有别的手段。而且在现在的通信条件下，我们即使远在万里，对母亲的思念也不会像孟郊的时代那么深厚。如何选择生活场景来歌颂母爱，反而成了小朋友们一项艰巨的任务。

32 早春呈水部张十八员外

这一节，我们来学习韩愈的《早春呈水部张十八员外》。

天街小雨润如酥，草色遥看近却无。
最是一年春好处，绝胜烟柳满皇都。

韩愈，字退之，河南河阳（今河南孟州市）人，生于唐代宗大历三年（768年）。韩愈三岁时，父亲便去世了，由哥哥抚养。但六年后，哥哥也死在韶州官舍，只能由寡嫂照顾。

因为有这些遭遇，韩愈从小读书就很刻苦，24岁就考中进士，但在参加吏部组织的选拔考试时失利，而且失利不止一次，而是三次，在十年后第四次考试才通过，得以授予官职。不过他做官倒也还算顺利，最高做到从三品的京兆尹，唐穆宗长庆四年（824 年）去世，终年 56 岁。

韩愈最有名的不是作诗，而是写文章，他发起了古文运动。什么叫古文运动呢？原来在韩愈及其以前的时代，大家写文章喜欢写对仗工整、讲究格律的骈文，甚至政府公文都用这种文体，由于这种文章必须处处对仗，导致不得不因为凑句子而写很多华而不实的废话。韩愈很反感这一点，他号召大家学习秦汉人写的文章，要写散体的古文，要言简意赅，言之有物。

由于韩愈身体力行创作，官又做得大，他的倡议得到了文坛的广泛响应，声势一直延续到宋朝。后来明代人编唐宋期间的古文，列出了八个人，称为“唐宋八大家”，以韩愈为首。韩愈通过自己的古文创作，为我们发明了很多脍炙人口的成语，比如“业精于勤”“刮垢磨光”“贪多务得”“含英咀华”“佶屈聱牙（jí qū áo yá）”“同工异曲”“动辄得咎”“俱收并蓄”“投闲置散”等等，他为我们的汉语做出了重大贡献。

韩愈的文学创作不以诗闻名，其实他的诗写得也是很好的。很多诗评家甚至把他和杜甫并列，加上宋代的苏轼，三足鼎立。他们认为韩愈的诗歌自成一派，像华山那样陡峭，气势雄浑。但是韩愈有恐高症，有一次他爬上华山，在苍龙岭不敢下来，吓得大哭，还专门写了一封遗书，交代后事。山下华阴县的县令听说后，赶紧组织人马营救，使出浑身解数，把韩愈弄下来。所以，文章和人，不一定是统一的。

我们要讲的这首诗，是一首七言绝句。先讲诗题。

“早春呈水部张十八员外”，有几个需要解释的地方。首先解释水部，唐代工部内设水部郎中、员外郎各一人，主管渡船、桥梁、堤坝、渔业、漕运等类事情，郎中是主事官员，为正五品；员外郎是郎中的副职，是从六品。这位水部张十八员外，就是著名诗人张籍，张籍在家族同辈男性中排行十八，所以称张十八。呈，意思是恭敬地献给。诗歌作于唐穆宗长庆三年（823 年）早春，当时韩愈已经 55 岁，刚从兵部侍郎调任吏部侍郎，在唐代，吏部侍郎是正四品，其他部的侍郎是从四品，此时，正是他官运不错的时候，心情也因之不错。但很不幸，第二年他就去世了。

首句“天街小雨润如酥”，意思是天街上的小雨，像酥油一样细腻润泽。天街，指首都的街道，在古代，首都是天子居住的地方，所以街道也称为天街。酥，本义是指用牛羊乳制成的食品，像今天的奶酪，非常细腻，这里用来形容早春小雨落在身上的那种又细又密的感觉。

第二句是名句，“草色遥看近却无”，指早春已经萌生了绿草，远看好像已经很密，连成一片，近看却只有一点点，好像没有。这句诗歌写得很传神、很真实。我们来到那些生长不怎么丰茸的草地，起初会感觉远看还不错，因此走过去，想坐着休息一下，走近了才发现，哪有什么不错的草地啊，一小块一小块，稀稀疏疏，根本连不成一块，无处可以坐下。但我们都无法像韩愈一样，用最简洁的语言，把这种感觉描绘出来。

第三、四句，“最是一年春好处，绝胜烟柳满皇都”，是说这才是一年中春天最好的时光，远远胜过如烟的柳枝布满都城的时节。也有人说，这个“胜”的意思，不是指“胜过”“超过”，而是指“相称”“匹敌”，念平声。因为古代“胜”表示“相称”意思的时候，一般念平声；表示“胜过”意思的时候，才念去声。而从诗歌的平仄来看，这个字应该念平声，意思是“相称”。那么，诗的意思应该是：这个时节的春光，可以和如烟的柳枝布满都城的时节媲美。绝，超过，盖过。这种超过和盖过，是指超越全部，排行第一。成语拍案叫绝的意思是：好得无可匹敌。“绝”为什么会有超过、盖过的意思呢？这来自它本义的引申。“绝”的本义是割断，古人的思维和我们的不一样，他们往往觉得，我割断了和你的关系，就和你不是一个等级了，彻底超越你了，从此不相干了。“盖”也是一样，超越了别人，像用盖子把别人盖住了，也就是不再和别人交流，从此隔绝。

韩愈为什么说一年中最好的时光是早春这段时间呢？

这大概是他个人独特的审美。因为人一般不会喜欢春草稀疏的早春，而会更钟爱烟柳满街、鲜花绽放的暮春。只是到了暮春时节，春天马上又要过去了，会让人生出惜春的感慨。韩愈是不是因惜春而不愿见到暮春呢？也不是没有可能。此外，早春春草的嫩黄，究竟是在漫长的冬天之后的第一抹亮色，由此让人愈加振奋，这可能也是韩愈更喜欢它的一个原因。

南北朝时有一个诗人叫谢灵运，他写过两句诗："池塘生春草，园柳变鸣禽。"他也是因为看到早春池塘边生的第一簇嫩黄的青草，而激动万分。这句诗也因为在单纯的景色描写中隐含着活泼的生命力量，而成为千古名句。韩愈的心灵，大概跟谢灵运是相通的吧。

33 渔歌子

这一节，我们来学习唐朝诗人张志和的《渔歌子》。

西塞山前白鹭飞，桃花流水鳜鱼肥。
青箬（ruò）笠，绿蓑衣，斜风细雨不须归。

张志和，字子同，初名龟龄，志和这个名字，是后来唐肃宗李亨（hēng）给他取的。他生于唐玄宗开元二十年（732年），是个神童，据说3岁就能读书，6岁就能作文章，16岁明经及第。明经是唐代的一种考试项目，比进士要容易些，主要考察对经典的熟悉程度，不考察写作才华。

其实张志和也不以写作才华出名，他毕生都在研究道教，写过好几本道教专著。诗歌只是业余爱好，在《全唐诗》中仅存十来首，估计他本身写得并不多。不过他和一般文人不一样，他不爱嘴上空谈似的写诗，而是决定把生活过得像诗歌一样。

明经及第后，张志和当过几任小官，后来老妈和老婆相继死了，自己也因为案件被贬，于是干脆弃官浪游，隐居在浙江吴兴县西塞山的太湖边，每天在湖上垂钓为乐，自称“烟波钓徒”。但他其实不是想吃鱼肉，他的钓钩都不装鱼饵，玩的就是这种做派。这样一来，名声也很快传出去了，连皇帝都佩服，还特意送给他一男一女两个奴婢。他给这两个奴婢取名渔童、樵青，让他们结为夫妇，跟自己一块玩。他不是一般的隐士，皇帝都牵挂他，于是只要地方官到任，没有不跟他交游的，其中就有著名的书法家颜真卿。

张志和还擅长画山水、吹笛子，属于全能艺术人才。他死于哪年，我们不是很清楚。有人说他大历九年（774年）死于醉后溺水，终年 42 岁，但不一定可靠。

据说这首诗歌，是唐代宗大历七年（772 年），颜真卿任湖州刺史时，张志和驾舟去拜访他时写的。当时是暮春时节，颜真卿召集了好几个有名的文人一起吃饭，即兴唱和，张志和写了五首同题诗歌，这是其中之一。而且这些诗歌在七年后就传播到了日本，把日本的嵯峨（cuó é）天皇给迷得不行，还专门为此在贺茂神社开宴赋诗，亲手作了五首《渔歌子》相和，其他朝廷大臣、皇亲国戚、学者名流，自然也绞尽脑汁来附和。张志和这首诗和《枫桥夜泊》一起，被选入日本的教科书，家喻户晓。

诗的题目叫《渔歌子》，严格地说，它不是传统意义上的诗，而是词，因为它是每句都押韵的，而且第三句不是七字句，和一般的绝句不同。按照普遍的说法，《渔歌子》是词牌名，所谓词牌，就是歌词的格式名称。

众所周知，歌词是伴曲而唱的，而曲子都有一定的旋律和节奏，如果根据这种曲调填写歌词，固定一种格式，就称为词牌，以后凡是唱这个曲调，都按照这种固定的格式填歌词。起先词牌的名字和歌词的内容相同，比如《渔歌子》咏的就是钓鱼或者打鱼，《浪淘沙》咏的就是大浪淘沙，《忆江南》咏的就是江南之美。但发展到后来，词牌与歌词的内容不再相关，只要填写的歌词依旧按照这个格式，就可以用这个词牌名。比如《浪淘沙》的歌词内容可以和浪、沙毫无关系；《渔歌子》也可以和打鱼、钓鱼全不相干；《忆江南》也可以一点都不讲到江南。但我们讲的这首《渔歌子》是早期的情况，内容和词牌是一致的，据说张志和就是根据当地民间的渔歌填写的曲子。

首句，“西塞山前白鹭飞”，西塞山到底在哪里，至今还有争论。有人认为在湖北黄石，有人认为在吴兴县太湖边上。从史书上记载的张志和隐居地情况来看，在太湖边上的可能性更大。况且张志和《渔歌子》共有五首，其余四首大多是描绘太湖、松江一带的景色，他应该没去过湖北的西塞山，更别提什么隐居了。这句是说，很多的白鹭在西塞山前飞翔着。白鹭是一种外形像白鹤的鸟，常在水中寻找食物。这句描述的场景很美。

次句，“桃花流水鳜鱼肥”。古书记载，每年桃花开放的时节，也就是农历三月，春水会猛涨，民间称之为桃花水。鳜鱼，是一种肉质鲜美、没有小刺、价格相对昂贵的淡水鱼，性情凶猛，以小鱼为食物。桃花盛开的时节，也是鳜鱼特别肥美的时候。

三、四两句，“青箬（ruò）笠，绿蓑衣，斜风细雨不须归”，是说作者自己戴着青色的箬叶做的斗笠，披着绿色的蓑衣，因此，虽然刮着斜斜的风、细密的春雨，却不须打道回府。箬，是一种竹子，这种竹子的叶子也可以叫箬，农民常用来编斗笠。

这首词到底好在哪里呢？其实我个人觉得，内容一般，景色描写不算多好，它好只好在其中展露的一种冲淡闲适的生活态度。人类都向往和大自然密切拥抱，只是囿（yòu）于生活境遇或者贪欲，做不到而已。我们很多人也想这么悠闲，但财务不自由，必须朝九晚五地上班挣钱；有的人财务自由了，但贪欲无限，又想追求更多的钱财。

张志和能做到这点，是因为他有几个我们普通人不具备的条件。首先，他 16 岁考中明经，当过官，又经历过贬官，知道做官也就是那么回事。其次，他的家庭一直有人做官，能给他提供基本的物质保障。比如他在太湖边隐居的茅屋，就是他哥哥帮他修建的。最后，他认识不少官场大人物，不会受官府欺压。这些条件，我们一个都不具备。

其实，对于普通百姓来说，所谓的桃花流水、斜风细雨的打鱼生活，不但司空见惯，而且还是一种非常困苦单调的体力劳动，根本没有什么美感。所以，最向往张志和这种生活的，就只有唐肃宗李亨和日本天皇，还有那些皇亲国戚了，他们都是有资格把打鱼生活进行脑补美化的人物。

西塞山前白鹭飞，桃花流水鳜鱼肥。

【猫猫说】钓一条鳜鱼，来一只小偷

有人在钓鳜鱼，有猫看见了，就想偷吃他的鱼。

可是这个小偷被树上的小猫发现了，树上的小猫就用栗子砸了它的头。小偷猫踩到栗子壳上，被扎得哇哇叫，就被发现啦！

快下雨了，蚂蚁开始搬家了。它们爬到了树上，又爬到了在树上睡觉的小猫身上。

34 塞下曲

这一节，我们来学习卢纶的《塞下曲》。

月黑雁飞高，单于夜遁逃。
欲将轻骑逐，大雪满弓刀。

卢纶，字允言，范阳（今北京和保定一带）人。范阳卢氏，在唐朝是有名的望族，所以卢纶肯定受了良好的教育。生卒年不详，一般认为他生于唐玄宗开元二十七年，也就是公元 739 年。

根据史书记载，天宝末年，卢纶去长安参加了进士考试，没有考中，还碰上安史之乱，于是离开长安，去了江西鄱阳投奔舅舅。十多年后，唐代宗大历年间，才回到长安。他写诗很有名，和其他九个诗人合称为“大历十才子”。卢纶是十才子之首，曾得到宰相元载、王缙的赏识，被举荐为集贤学士、秘书省校书郎。不过后来元载、王缙获罪，他也受到牵连，一度沉沦，又做过几任小官。

在唐德宗时期，卢纶曾经当过河中浑瑊（jiān）元帅府判官。他当时 40 多岁，正值壮年，他的一些边塞诗就是在此期间写的。

唐德宗听说过卢纶的才名，亲自召见卢纶，将他破格提拔为从五品上的户部郎中，还想继续委以重任，但他没有那个福分，不久就去世了，大约死于唐德宗贞元十五年，也就是公元 799 年。唐文宗也很喜欢卢纶的诗，曾经问大臣：“《卢纶集》总共有几卷？他有孩子吗？”大臣李德裕回答：“卢纶有四个儿子，都考中了进士，现在的员外郎卢简能、侍御史卢简辞就是他的儿子。”文宗立刻派人去卢家，命令将卢纶的诗文集献上，可见卢纶的才气是受到时人认可的，他四个儿子都能进士及第，也从侧面说明遗传基因很棒。

《塞下曲》是一组诗，总共四首，以第二首和第三首最为有名。第二首为：“林暗草惊风，将军夜引弓。平明寻白羽，没在石棱中。”写汉代飞将军李广的故事。史书记载，李广镇守北京一带的时候，曾经晚上出去打猎，看见一块巨石，以为是猛虎，一箭射去，早上起来看，才发现箭射入了石头，连箭尾的羽毛都快看不见了。于是又射几箭，却再也射不了那么深了。为什么会这样？一般认为是再次射箭时心情轻松，很难发挥全力。但我认为这是瞎编的故事。

我们要讲的这首是这组诗的第三首。

诗歌的内容很简单，用白话翻译一遍就是：在没有月亮的夜晚，大雁飞得很高很高，敌军的首领单于，在这个漆黑的夜晚兵败逃亡。我军准备派遣轻骑兵去追逐他，此刻天上正下着大雪，很快就把弓和刀都覆盖得严严实实。

这里有几个字词需要解释一下。月黑，字面意思是月亮是黑的，实际上就是没有月亮。单于是古代匈奴族君主的称号。唐代前期曾经跟游牧民族突厥有过长期的战争，不过突厥族的首领一般称“可汗”，这里的“单于”是借用古称，代指唐代边塞外少数民族的首领。当时，卢纶在浑瑊的幕中任判官，浑瑊是游牧民族铁勒部人（铁勒部后来相继鲜卑化和突厥化），早年跟随李光弼镇压安史叛军，他虽然是少数民族，但对唐王朝忠心耿耿。浑瑊镇守在河中地区，和唐王朝的叛军作战。后来又驻扎在河西，防御吐蕃。卢纶的这首诗歌，可能不是写实，而是咏史。就如第二首诗其实是歌颂汉代飞将军李广的故事一样。

另外，诗歌提到大雁飞翔，说明是秋天，但秋天又有大雪，说明所处的地方纬度很高。著名数学家华罗庚曾经质疑过这首诗描写的内容是否真实，还写了一首诗：“北方大雪时，群雁早南归。月黑天高处，怎得见雁飞？”引起大家的纷纷响应。但文史学者指出，古代很多诗人描写过类似场景。比如高适《别董大》：“千里黄云白日曛，北风吹雁雪纷纷。”李白《千里思》：“胡雁度日边，风雪迷河洲。”大雁是候鸟，按道理说会在秋天南飞避寒，为什么还会遇到大雪呢？这主要是因为塞外气温变化快，有时八九月就突然降温降雪，让大雁都来不及反应。岑参有句诗：“胡天八月即飞雪。”就是写的这种情况。大雁还有夜飞的习惯，唐代另一位诗人李颀的《古从军行》里说：“胡雁哀鸣夜夜飞，胡儿眼泪双双落。”所以，华罗庚的指责，是靠不住的。

这首诗歌的技巧很好，它没有正面描写战争的惨烈，而是撷取轻骑兵黑夜追逐奔逃的单于这一个片段，侧面表现战争，并歌颂唐朝军队的威武，是一首不折不扣的主旋律诗歌。它告诉我们，主旋律作品写得好不好，要看写作者有没有真正的才华。

35 望洞庭

这一节，我们来学习刘禹锡的《望洞庭》。

湖光秋月两相和，潭面无风镜未磨。
遥望洞庭山水翠，白银盘里一青螺。

刘禹锡，字梦得，河南洛阳人，生于唐大历七年(772年)。他出身于一个小官吏家庭，自称是西汉中山靖王刘胜的后代，恐怕并不可信。

贞元九年，也就是公元793年，刘禹锡进士及第，时年才21岁。和他同榜的，有一个赫赫有名的人物，那便是柳宗元，且柳宗元比他还小一岁。后来，他和韩愈、柳宗元同朝为官，关系亲密。

刘禹锡的官运不好不坏，他和柳宗元都参与了权臣王叔文的政治改革活动，一时风头很盛，但不久改革失败，王叔文被杀，他和柳宗元等八人都被贬到很边远的州，他得到的官职是朗州司马，朗州也就是今天的湖南常德。

十年后，刘禹锡才被召回京城。朝廷本来要提拔他，但他写了一首诗，叫《游玄都观咏看花君子诗》："紫陌红尘拂面来，无人道是看花回。玄都观里桃千树，尽是刘郎去后栽。"诗歌很快传了出去，权贵们看到后，很不高兴，硬说这首诗是暗讽他们。说实话，这完全是罗织罪名，但当时是专制时代，并没有理可讲，于是刘禹锡又被贬为播州刺史。播州在今天的贵州遵义，在唐代，那地方十分偏远，比湖南常德还要差得多。

御史中丞裴度可怜刘禹锡，向皇帝求情："播州是猿猴的天堂，不适合人居住，刘禹锡老母已经八十多了，无法跟着儿子一起去，这等于让她和儿子生离死别，这和您以孝治天下的意识形态不合，希望能把他改派到稍微近一点的地方。"皇帝说："当儿子的，本来就该谨慎做事，以免父母担忧。像刘禹锡这样肆意谤讪朝廷，后果极其严重，怎么能够饶恕？"裴度吓得不敢说话。好在过了一会儿，皇帝脸色转为温和，说："我刚才所言，是想阐明做人儿子的道理，但不想伤他母亲的心。"随即把刘禹锡改贬为连州刺史，也就是今天的广东省连州市。

后来刘禹锡又相继做过夔(kuí)州刺史、和州刺史。

13 年后，才又回到京城，在外贬谪共 23 年之久（满打满算是 22 年）。但他性格刚直，这些遭遇没有摧折他的骨气，回京后不久，他又故态复萌，写了一首《再游玄都观》："百亩庭中半是苔，桃花净尽菜花开。种桃道士归何处，前度刘郎今又来。"意思是，你们能奈我何？我老刘还不是又回来了。朝廷当然又不高兴，虽然没有把他怎么样，但升官是很难了。

刘禹锡后来相继做过主客郎中、礼部郎中、苏州刺史、同州刺史等，品级也不算低，都在三四品上下，但都不是重要职务。很多人，包括后世学者，都认为刘禹锡才华虽高，但仗着有才华，从不约束自己的言行，性格又有点偏激和狭隘，才会混成这样。会昌二年，也就是公元 842 年，刘禹锡在东都洛阳去世，终年 70 岁。

刘禹锡的诗歌和文章都写得很好，文章与柳宗元齐名。他晚年住在洛阳，当时白居易也住在洛阳，已经是诗坛领袖，无人可与匹敌，只有刘禹锡的实力足够与其唱和。他们两人同龄，刘禹锡的科名比白居易早，但混得比白居易差，心情一定很抑郁。他的诗歌以《西塞怀古》和《金陵五题》等著名，官运虽然坎坷，但因为诗文的才华，很多大官都请求和他结交，可见才华也是可以匹敌富贵的。

我们今天要讲的这首《望洞庭》，作于唐穆宗长庆四年，也就是公元 824 年。这一年秋天，刘禹锡接到调令，从夔州刺史的职位上，改去和州当刺史。和州，是现在的安徽和县。也就是说，刘禹锡从四川奉节前往安徽和州，经过洞庭湖时，就写了这首诗。

据学者研究，刘禹锡经历了王叔文事变，被贬谪在外23年，曾经六次经过洞庭湖，但秋天这个季节路过，只有长庆四年那一次，而这首诗写的正是秋天的洞庭风景。

首句，“湖光秋月两相和”，说湖水反射的光芒和秋天的月色交相辉映。和，本义是互相唱和、谐和，这里应该指两种光芒互相映射。这句点明了时节和时间，是在秋天的傍晚，月亮的光辉澄澈。

“潭面无风镜未磨”，这句是说，湖面没有刮风，因此显得很平坦，像没有打磨的镜面。为什么这么比喻？因为洞庭湖非常广阔，一般来说，再平的水面，因为大，总会有一些涟漪，所以看上去晶莹透亮，其实仍不光滑，像还未打磨的镜面。潭，本义是深渊，很深的小湖，“渊”和“潭”本身都有很“深”的意思，这里借用来代指洞庭湖，是因为上句已经用了一个“湖”字，这句不能再用。古人写诗从来都要避免重复用字，否则参加科举考试都会减分，甚至直接不录取。

“遥望洞庭山水翠”，是说远远望去，洞庭湖的山水都很青翠。洞庭湖，一般认为就是先秦古书上常说的云梦泽，湖中矗立着君山，古称洞庭山，所以后世干脆把湖也称为洞庭湖。洞庭，字面意思是洞中的庭院，相传山中有很多神仙洞府，住着很多神仙。这种传说很广，根据古书记载，江苏太湖之中有座山，称为包山，山底也有四通八达的洞府，号称洞庭道，在山洞中潜行，无所不通。因此，包山也叫洞庭山。总之，一般叫洞庭的山都带点神话色彩。

“白银盘里一青螺”，是说远远望去，洞庭山好像白色银盘里的一枚青螺。白银，是对洞庭湖的比喻。

这首诗写得很美，好像是用一种俯瞰的目光来审视面前宏伟的风景。古代的洞庭湖号称八百里，无边无际，南宋词人张孝祥曾经写过一首词《念奴娇·过洞庭》，写洞庭月下风景：“洞庭青草，近中秋，更无一点风色。玉鉴琼田三万顷，着我扁舟一叶。素月分辉，明河共影，表里俱澄澈。”写自己驾着一叶扁舟，在三万顷的洞庭湖面上游弋，显得非常渺小。

但刘禹锡反之，在他眼中，渺小的是洞庭湖和君山，它们好像一座盆景放在自己面前，青黛色的君山，就像放置在银盘中的一枚青螺，这是一种非凡的想象。

我们从中可以学到的写作技巧是，面对远望的景色不好下笔描写时，可以充分开动自己的想象，用比喻的手法解决它，既讨巧，又更有文学性。

36 浪淘沙

这一节，我们来学习刘禹锡[①]的另一首诗——《浪淘沙》。

九曲黄河万里沙，浪淘风簸（bǒ）自天涯。
如今直上银河去，同到牵牛织女家。

《浪淘沙》是一组同名诗歌，共有九首。

最有名的是第六首："日照澄洲江雾开，淘金女伴满江隈。美人首饰侯王印，尽是沙中浪底来。"写百姓的苦难，把百姓的苦难和王侯的享受对比，抒发对人生不公的感叹。

还有第八首："莫道谗言如浪深，莫言迁客似沙沉。千淘万漉虽辛苦，吹尽狂沙始到金。"写作者自己被贬谪

① 更多关于刘禹锡的故事，见 35《望洞庭》。

的状态，以及自己的坚定信念。

九首诗就内容来看，并非写于一时一地，因为描写的地名不一致，一般认为这组诗写于刘禹锡被贬为夔州刺史的时候，大约在唐穆宗长庆二年，也就是公元 822 年的春天。我们要讲的是第一首。

“浪淘沙”这个诗名，其实原本是唐代教坊乐曲名，刘禹锡写的这九首歌词，属于格律诗的七绝。但到五代时，开始出现一种专门配这个乐曲的长短句格式，分为上下阕，也就是说，它成了一个词牌。

以这个词牌填的歌词，有不少名篇，比如南唐后主李煜的《浪淘沙》：“帘外雨潺潺，春意阑珊。罗衾不耐五更寒。梦里不知身是客，一晌贪欢。独自莫凭栏，无限江山，别时容易见时难。流水落花春去也，天上人间。”

我们要学习的这首诗歌，首句“九曲黄河万里沙”，是说黄河弯弯曲曲，一路东流，水中夹带着很多沙子。九曲，指曲折的地方很多，不是说只有九个弯曲。古代常用“三”“九”来表示“多”。万里，指黄河的长度。按照今天的精确计算，黄河全长 5464 千米，相当于一万多里。唐代的一里和现在的差别不大，刘禹锡当年虽未必知道黄河的精确长度，但概言万里却是歪打正着，总之是形容其长。

黄河发源于青海省腹地的巴颜喀拉山脉北麓的卡日曲，由高山雪水汇集而成，其实黄河水在源头是清澈的，但在流到甘肃兰州黄土高原所在地时，由于不断冲击沿岸的黄土，开始变黄，所以黄河素来以挟带泥沙而著称。

第二句，“浪淘风簸自天涯”，是说泥沙被黄河的波浪淘洗着，被沿岸的狂风簸荡着，从天边一直来到这里。簸，这里读三声“bǒ”，是指用簸箕“bò ji”这种工具上下颠动，摇荡米麦，让风吹走其中质量比较轻的灰尘和糠皮，这里指风摇荡沙尘。这两句既是写沙，又是写黄河本身。

第三、四句，“如今直上银河去，同到牵牛织女家”，意思是说如今你直接飞上银河，带着我们一起到牵牛和织女的家里去玩吧。这里没有直接写我们，但一个“同”字，暗含了这种意思。黄河来自天边，一眼看不到尽头，好像从天上来；看它东行的方向，一样似乎要往天上去，所以刘禹锡会产生这样的联想。

银河，是横跨星空的一条乳白色亮带，由无数个恒星组成，西方人称之为“牛奶之路”，因为它看上去像一条铺满白色牛奶的道路。中国古人不知道那是恒星群，称之为天河、银汉、星河、星汉或者云汉，真的想象为一条河，他们认为天河与大海相通，还为此创作了很多关于银河的故事。

比如晋代张华的《博物志》就记载，说有一个居住在海边的人，每年八月都撑着竹排去天河，准时来往。牵牛、织女，现在我们知道，是两颗像太阳那样的恒星，能够自己发光发热的，离我们很远，牵牛星离地球大概 16 光年，织女星离地球大概 27 光年。它们之间的距离也十分遥远，约为 16 光年。但古人想象他们是夫妻，说天河之东有织女，她是天帝的孙女，每天要织布，非常辛苦。天帝怜悯她孤独，把她许配给河西的牵牛，谁知她结婚后，就荒废了织布，天帝大怒，命令她回到河东，只准她和丈夫每年七月初七见面一次。

后世有很多诗歌以牛郎、织女的故事为题材，抒发对爱情的感想，不管对牵牛织女的遭遇是同情还是夸奖，都认同他们伟大的爱情。刘禹锡这首诗，当然也有这类意思，否则就不会说去他们夫妇家做客了，人们做客，是不会选择坏人家的。

这首诗歌本身没有多么深的内涵，但写景雄浑壮阔，值得我们学习。

37 赋得古原草送别

这一节，我们来学习唐朝著名诗人白居易一首流传很广的诗歌——《赋得古原草送别》。

离离原上草，一岁一枯荣。
野火烧不尽，春风吹又生。
远芳侵古道，晴翠接荒城。
又送王孙去，萋萋满别情。

白居易，字乐天，号香山居士，唐代宗大历七年（772年）正月生于河南新郑。和其他许多大诗人一样，白居易也是官吏家庭出身，祖父白温，做过巩县县令；父亲白季庚，做过彭城县令、徐州别驾、襄阳别驾。别驾是一个四五品的官职，所以在理论上，白居易的出身还不错。

但有意思的是，白居易的父母是近亲结婚，他老妈是他老爸的外甥女，两人的年龄相差26岁。不知是先天遗传还是后天刺激，白居易的妈妈有点精神疾患，一般来说，有点精神疾患的人，心灵多少有点敏感，这一点可能通过遗传造就了大诗人白居易。

据史书记载，白居易自小聪颖过人，他七个月时，就认识“之”“无”二字，想起来实在蛮可怕的，他应该算不折不扣的神童。23岁时，由于父亲死于襄阳官舍，白居易的家境开始变得窘迫，他曾经跋涉去江西浮梁，向在那里做官的兄长讨资助维持家用。

贞元十六年，也就是公元800年，白居易进士及第，时年28岁。同榜考中的一共17人，要一起骑着马游街，到曲江宴饮，在慈恩塔下刻名字。白居易曾得意地写诗道：“慈恩塔下题名处，十七人中最少年。”

其实这是横向比，如果纵向比，他这个年龄中进士并不是很厉害，我们前面讲过的柳宗元，中进士时20岁，刘禹锡21岁，韩愈24岁，都比他年轻，但在诗歌方面，都没他厉害。而比他厉害的，比如李白、杜甫，都不是进士，尤其是杜甫，考了又考，就是考不中，可谓造化弄人。

白居易的官运也不差，一度颇得领导赏识，爬升很快，做过周至县尉，授过翰林学士，当过右拾遗。但他写了一系列讽喻诗，关心百姓的苦难生活，甚至当面顶撞皇帝。

唐宪宗脾气很好，一般都接受批评，但有一次还是被他搞得非常不舒服，向大臣李绛抱怨："白居易这家伙，是我录取了他，提拔他做了官，他却代表老百姓跟我作对，实在忘恩负义。你说，这种端起碗吃肉，放下碗骂娘的人，要不要给他一个处分？"还好，李绛没有落井下石，反而劝皇帝："白居易这么做，正是为了不辜负您的提拔啊。您既然想当明君，就应该有容受直言劝谏的雅量。"唐宪宗想了想，说："你说的也有道理。"

但其他官僚还是没有放过他，有人还因此诬陷他，说他老妈在井边看花，发了精神病坠井而死，但他竟然还有心肝写《赏花》和《新井》诗，大不孝。这一招很管用，没多久，也就是公元 816 年，朝廷下了文件，贬他为江州司马。

从此，他基本转变了诗风，把全部精力投入到感伤诗和闲适诗上面，官运也就越来越好，71 岁时以正三品的刑部尚书退休，74 岁死在洛阳，这一年是唐武宗会昌六年，公元 846 年。

白居易在诗歌史上的地位，虽然比不上李白、杜甫，但有国际影响，在当时的日本和朝鲜半岛，他的诗歌被竞相传唱。日本第一部，也是世界第一部长篇小说《源氏物语》里面大量引用了他的诗歌，如果那时有诺贝尔文学奖，得奖的首先不是李、杜，而会是他。

这首诗歌，一般认为作于唐德宗贞元三年（788年），作者当时只有16岁。诗题为《赋得古原草送别》，一般认为这是一首应考习作，也就是命题作文。因为古代凡是命题作诗，题目前多加“赋得”二字，称为“赋得体”。命题方式为或咏物，或咏史，或设想一种情景，或采用前人诗歌的成句。

白居易这首诗的命题实际上是“古原草送别”，如果是正规考试，考生必须紧扣“原野”“草”和“送别”三个词，写出一首五言六韵或八韵的诗歌来。比如唐代诗人王维19岁参加京兆府试，所作诗为《赋得清如玉壶冰》，总共六韵十二句。但白居易这首诗只有四韵八句，不算正规科考诗歌，应该是他的习作。

首句“离离原上草”，是说原野上，草长得非常茂盛。离离，是浓密茂盛的样子。

“一岁一枯荣”，是说一年之中，草会经历枯萎和茂盛两个阶段。

三、四句，“野火烧不尽，春风吹又生”，是说就算野火烧起来，也不能把这些草都烧干净，只要春风一吹，它们就会重新萌发。这两句是名句，经常被人借来歌颂那种历经磨难，仍然生生不息的生命力量。

五、六句，“远芳侵古道，晴翠接荒城”，是说远处芬芳的野草，侵蚀了古老的驿道；晴天下碧绿的野草，一直延伸，连接到荒凉的城堡。这两句写景极美，宛如西方古典油画。

最后两句，“又送王孙去，萋萋满别情”，在葱绿的长满茂密野草的原野上，我又要送别王孙远行，看着青草萋萋，心中满是伤感之情。

王孙，在先秦时代指周天子的孙子，但在秦汉时代以后，一般用来作为对别人的客气称呼。萋萋，指芳草茂密。《楚辞·招隐士》里有：“王孙游兮不归，春草生兮萋萋。”是被人传诵的千古名句，白居易顺手借用其意境，尽得风流。在芳草萋萋的原野上，送别友人，联想到草无情而茂盛，人有情而憔悴，两相对比，免不了更加悲伤。

原野、草和送别，由此紧紧结合，成为中国古典文化的重要意象。南唐李煜的词：“雁来音信无凭，路遥归梦难成。离恨恰似春草，更行更远还生。”也采用了这个意象，因此增加了字面以外的力量，更加感人。

这首诗的第一句，就把诗题“古原”和“草”两个词点到了，这叫破题。中间四句细腻渲染野草的生命力，它们经历野火烧灼，依旧不屈不挠生长，那些人类都已经放弃的古驿道和城堡，它们也不会放弃占领，可见其蓬勃不息的生命活力。最后借用古诗意象，点题“送别”，圆满结束全诗。

这首诗还有个故事，说是贞元三年，16 岁的白居易去长安，带着诗稿去拜会大诗人顾况，顾况看到诗稿上“白居易”三个字，笑道：“长安米贵，居住很不容易啊。”等到翻阅诗稿，读到“野火烧不尽，春风吹又生”两句，当即肃然，说：“以这样的才华，居住长安，又有什么困难？”可见这首诗的巨大魅力。

38 池上

这一节，我们来学习白居易[1]一首很好玩的小诗——《池上》。

> 小娃撑小艇，偷采白莲回。
> 不解藏踪迹，浮萍一道开。

这首绝句是白居易《池上二绝》的第二首，据学者们研究，大概作于唐文宗大和九年（835 年），当时白居易 63 岁，在东都洛阳做太子少傅，也就是督促太子学习的官。

有一天，白居易在池边看见和尚下棋、小娃撑船，就写了两首绝句。第一首是："山僧对棋坐，局上竹阴清。映竹无人见，时闻下子声。"写山里的和尚相对而坐，正

---

① 更多关于白居易的故事，见 37《赋得古原草送别》。

在下棋。周围都是竹林，棋局上被竹荫遮蔽，非常清凉。因为他们都被竹林包裹，别人都看不见，只能听见时时有棋子落在棋盘上的声音。

不过白居易写过一首诗歌《池上篇》，诗歌有长序，写自己在洛阳建筑房子的经过，新房子总共占地十七亩，房子占三分之一，水面占五分之一，竹林占九分之一。池内有小桥，还有小船，有从江南做官时带来的太湖石，养了白鹤一对，池子里还种植着紫菱和白莲，他坐在院子里，看着眼前的妻儿，心情怡悦，其乐融融。从这个描述来看，这两首绝句里描写的场景，竹子、池、小船、白莲，无一不是他新宅子里的风景，所以，这两首绝句，描写的应该就是自己宅院的风光，下棋的山僧，应当是他请来的朋友。

我们先用白话翻译一下这首诗：一个小孩子，撑着小船，偷偷采摘了白色的莲花，然后跑回来。但他不懂得怎么隐藏自己的踪迹，他走过的水路上，本来密密麻麻的浮萍，被他撑的小船分开一道水线。

娃，本义是指眼窝深陷的样子，也有“美好”或者“美女”的意思。当成小孩子的用法，大概被认为是方言，在《汉语大字典》里都没有例句。如果白居易这首诗里的小娃，的确是指小孩子，那么就可以把这个辞例补充进去了。

诗歌的内容很简单，但撷取的画面却很生动。全诗有景物描写，有偷采白莲的动作，有想藏匿的心理刻画，一个傻乎乎自以为得计的儿童形象呼之欲出。

明朝的学者徐增说，“不解藏踪迹”这句里面，“不解”两个字很妙。白居易很高兴小娃“不解”，也就是不懂得隐藏自己的行踪，如果他知道，则不会去采莲，浮萍中又怎么看得到这道水线呢？他的意思是，小娃的天真烂漫，成就了白居易的好诗。白居易的好诗，就像小孩子的天真烂漫一样，不夹杂一点世俗之气。但如果是世俗的人，看到这样的场景，也不会觉得有什么值得写，就错过了。好的诗歌材料，还必须碰到对的人，才能相得益彰。

我个人觉得这首诗本来比较一般，不值得费太多的笔墨去加以评论，相比第一首的含蓄幽静的美学风格，它缺乏一些韵味。不过由于这个小孩子，很可能就是白居易家的孩子，和白居易有亲情，所以诗人会觉得孩子格外可爱，才有记录的冲动。

当然，我说这首诗一般，是对白居易这位大诗人而言的，对普通人来说，它依旧是一首好诗。它至少告诉我们很重要的一点：写作素材到处都是，就看你会不会撷取。也就是说，心中有诗意，才能发现生活中的诗意。

39 忆江南

这一节，我们来学习白居易[1]的一首词——《忆江南》。

江南好，
风景旧曾谙。
日出江花红胜火，
春来江水绿如蓝。
能不忆江南？

白居易的《忆江南》共有三首，都是表达对江南的怀恋。第一首是总说江南之好，第二首写杭州山里的寺庙和钱塘江的潮水之壮观，第三首写苏州风景和女孩的美好。

我们要讲的这是第一首。

① 更多关于白居易的故事，见37《赋得古原草送别》。

白居易曾在江南做官，公元822年，50岁的白居易被任命为杭州刺史，在杭州待了两年；随后被召回，担任太子左庶子，去东都洛阳工作。他秋天到达洛阳，在洛阳履道里买了房子。不过没多久又被任命为苏州刺史，也待了一年多，最后因病卸任。

这三首诗歌的创作具体时间，历来说法不同，有人说在白居易离开苏州不久之后就写了；有的说写于十多年后，这个时候白居易已经定居洛阳。刘禹锡曾作《忆江南》词数首，是和白居易唱和的，所以他在小序中说："和乐天春词，依《忆江南》曲拍为句。"刘禹锡的词写于唐文宗开成三年（838年）初夏，由此可以推出白居易所作的三首词也应在差不多的时间段内。

这三首《忆江南》和张志和的《渔歌子》一样，都不是诗歌，而是当时的曲名，白居易在诗歌下作了注释，说，这个曲子原名叫《谢秋娘》，每首都是五句。后来因为他写的这三首歌词太有名，于是曲子名字就改成《忆江南》，同时也成了新诗体，也就是词。凡是按照这个字数和格律填的词，不管内容如何，都可以叫《忆江南》。

我们要讲的，是三首中的第一首。

先说说江南，意为长江之南，但在行政区划和历史传统上，一般指长江中下游以南地区，包括湖南、江西、安徽、江苏部分地区。唐朝贞观元年，曾设立江南道的行政区划，范围就包括长江中下游地区的江西、湖南、湖北长江以南部分。后来的朝代也继承了这种行政区划，到了清朝初年，设立江南省，包括今天的江苏、安徽两省，后来虽然被拆分为二，但一直到清末，朝廷设立的两江总督，其中的两江，都指江南省与江西省。

不过，文化意义上的“江南”，大多指传统的江浙的长江以南地区。白居易这首诗，写的是杭州和苏州的风景，属于狭义上的江南。因此，诗歌的首句“江南好”，应该指白居易当过刺史的杭州和苏州。

“风景旧曾谙”，是说江南的风景是我曾经谙熟的。谙，熟悉，也有亲身经历的意思，两个意思是引申关系。从这句的“曾”字来看，这首词所写的，显然属于白居易的追忆。

其实白居易年轻时到过江南，比如他15岁那年就写过《江南送北客因凭寄徐州兄弟书》，写自己在江浙一带漂泊的经历；他父亲做过衢州别驾，他在今天的浙江衢州待过，但这时候生活漂泊不定，对江南的记忆不那么美好，估计不会触发他的诗思。只有在杭州和苏州做官，才有闲情逸致来感受江南的秀丽。

“日出江花红胜火”，太阳出来的时候，江上的花朵比火还要红艳。杜甫曾经写过一句诗“山青花欲燃”，意思差不多，但修辞上看，以杜甫的句子较佳，因为白居易是直接比喻，杜甫是暗喻，用动词“燃”来表达色彩，既尖新，又暴烈，仿佛能听见花朵噼里啪啦燃烧的声音。

“春来江水绿如蓝”，是说春天到来的时候，江水碧绿，像被蓝草染过一样。蓝，是一种草名，它的叶子可以制造青绿染料。古典诗词里写江水和湖水的色彩，喜欢用“挼(ruó)蓝”这个词，“挼”是揉搓的意思，“挼蓝”本义是浸揉蓝草来作染料，后泛指湛蓝色。比如秦观《临江仙》词：“千里潇湘挼蓝浦（pǔ）。”元代张养浩的《普天乐》曲：“水挼蓝，山横黛。”现在我们看江水，很少能看到湛蓝的颜色，估计古代的生态环境破坏没这么厉害，自然风景比现在好得多，所以能看到。

“能不忆江南”，意思是，我能够不怀念江南吗？《忆江南》词三首，每首后面都是以这样的句子结束。第二首：“江南忆，最忆是杭州。山寺月中寻桂子，郡亭枕上看潮头，何日更重游？”第三首：“江南忆，其次忆吴宫。吴酒一杯春竹叶，吴娃双舞醉芙蓉。早晚复相逢！”可见诗人对江南的眷恋之深。不过，我们读了这三首词，也不必太入戏，因为白居易在江南的生活享受，是我们一般游客乃至常住民都难以领略的，比如晚上去杭州山中的古寺庙寻桂花，恐怕就难以办到。

没有白居易那种身份，就不会有他那种清幽的心境，自然就很难写出这样清幽的诗歌。

江南好，风景旧曾谙。

【猫猫说】江南好，有很多小猫

大家都说江南很好，那里一定有很多小猫。

有一些小猫堆起来，变成了年糕猫。

有一只小猫装成了树，就变成了“猫树”。

还有一只小猫掉到水里了。

学校的小猫来春游了，它们在参观猫开的鱼店。

40 小儿垂钓

这一节，我们来学习一首中唐诗歌——《小儿垂钓》。

蓬头稚子学垂纶，侧坐莓苔草映身。
路人借问遥招手，怕得鱼惊不应人。

这首诗的作者叫胡令能，很多人可能并不熟悉，他是生活在唐代贞元、元和年间的人，这个时期也被后世称为“中唐”。中唐有名的诗人很多，比如白居易、唐宋八大家中的韩愈还有柳宗元，都生活在这个时期。

胡令能是河南郑州中牟县人，隐居在中牟县圃田（今河南郑州市中牟莆田）。他出身比较贫苦，年轻的时候，主要靠帮人修补锅碗盆缸为生，不通文墨，传说后来他梦见有人剖开他的肚子，把一卷书塞了进去，醒来后就发现自己很擅长写诗。这个故事显得比较神奇，当然不大可能是真的。通过之前的学习，我们知道古代文人群体中有很多类似的传说，大概都是为了神化自己的才华而编造的。

这首诗写的是儿童的生活，我们可以由此想想，我们自己的童年和现在孩子们的童年，有些什么游戏。住在城里的孩子，恐怕没有什么机会在野地里钓鱼，加上现在的孩子只要上了幼儿园，家长就会开始给他报各种学习班，每天几乎披星戴月，早出晚归，没有什么时间花在去野外玩上面。因为钓鱼技术再好，对升学没有帮助，也没有人会觉得它能提升人的修养。总之，孩子们现在不是上英语班，就是上奥数班，这些对升学有用；或者上钢琴、绘画等才艺班，这些好像是上流社会玩的，显得很高贵。钓鱼，肯定不上流。

其实这都是过分功利并且十分偏狭的想法。大自然能带给我们很多美好的东西，比如一个从来没有看过萤火虫的儿童，读到文学作品中写萤火虫的段落，就想象不到那种梦幻般的浪漫，很难有生动的联想。茂密的森林，布满落叶的小径，莽莽苍苍的群山，一望无际平原上的落日，这些都能丰饶我们的情感。俄国作家帕乌斯托夫斯基写过一本《金蔷薇》，是我所看过的最好的关于文艺创作的随笔，里面用大半篇幅不厌其烦地描写俄罗斯广袤的自然环境对他情感的熏陶，这些美景成就了他的作家生涯。所以，亲近自然，对提升我们的修养有很大帮助，那是坐在屋里上补习班带不来的。

诗歌的首句“蓬头稚子学垂纶”，写儿童开始学习钓鱼。蓬头，乱蓬蓬的头发。稚子，就是稚嫩的孩子。小孩子总是头发蓬散不加修饰的。垂纶，垂下钓鱼线。纶，指钓鱼的丝线，这个字其实在很早很早的象形文字里就有，大家可以看看当时的字形：

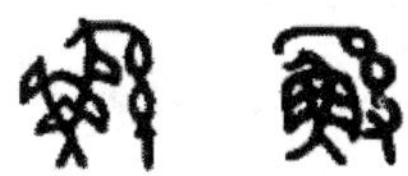

这两个字，左边画的就是“鱼”，右边画的是手握丝线，丝线的一端正连着鱼嘴，象征钓鱼的样子。这个字后来楷书一般写成“鲧（gǔn）”，其实就是表示钓鱼线的“纶”的早期写法。

第二句“侧坐莓苔草映身”，这句描述儿童钓鱼的时候，是侧着身子坐在长满青草和苔藓的地上，野草很高，遮蔽了他部分身体。莓，就是指苔藓。映，是遮蔽的意思。也可以理解为草色青葱光丽，照耀着身体，这样的理解更有诗意。

“路人借问遥招手”，这句写儿童正聚精会神垂钓，突然来了一个过路客，他大概迷失了路途，就向儿童问路。儿童马上远远地向他招手，意思是叫他不要出声。这句诗歌中间换了主语，做“遥招手”这个动作的，不是路人，而是儿童。“借问”，指请问，表示尊敬，古诗中常用。借，指请、托。

最后一句“怕得鱼惊不应人”，是解释儿童为什么向行人招手而不回答呢，是担心声音大了，把鱼儿吓跑。

这首诗和署名杜牧的那首著名诗歌《清明》后两句风格略微相似，《清明》的原诗为：“清明时节雨纷纷，路上行人欲断魂。借问酒家何处有，牧童遥指杏花村。”写清明梅雨时节的场景，古代交通设施很差，没有水泥路，雨水太多，会导致路泥泞难走，所以路上行人纷纷恼恨，似要断魂。然后作者询问一个牧童，哪里有酒馆。那牧童似乎也没说话，只用手一指远处，挂着“杏花村”三字牌匾的酒馆遥遥在望。这首诗从意境上来说，似乎比《小儿垂钓》浪漫古朴，有梅雨、有酒家，富有生活气息；但《小儿垂钓》也有优长，它充满童趣，对儿童害怕声音惊鱼这种细微生活场景的瞬间捕捉，更加生动而精彩。另外需要提到的是，《清明》这首诗以前大家都认为是唐代著名诗人杜牧所作，所以名气极大，现在基本断定它是宋代人伪造的诗歌。但不管怎样，它确实是一首好诗，后面我们还会具体讲到。①

如果仔细来看，这首诗还有点戏剧特色，诗歌的头两

---

① 见46《清明》。

句重在写儿童的外貌特征，三、四句重在写儿童的神态体态。动静结合，画面感十足，可以作为小品底本，稍加扩充，让小朋友来试着表演。比如，可以增加儿童最后还是通过用手指路，帮助了路人的情节，显得更加积极。

41 悯农 · 锄禾日当午

这一节，我们来学习唐代诗人李绅《悯农》的第一首。

锄禾日当午，汗滴禾下土。
谁知盘中餐，粒粒皆辛苦。

李绅，字公垂。我们知道，古代的人名和字意思相关，那么，“绅”和“垂”的意思相关吗？原来“绅”的本义是指古代士大夫外袍上系的腰带，一端必须下垂，所以“绅”可以对“垂”。

李绅的祖籍是亳（bó）州谯（qiáo）县（今安徽省亳州市谯城区），他生于公元772年，和白居易、刘禹锡同龄。他的家世很好，祖父李敬玄曾经当过宰相，父亲李晤也是做官的，历任金坛、乌程、晋陵（今常州）等地的县令。李绅就生于他父亲任乌程县令时。

但好景不长，李绅6岁的时候，父亲去世了，由母亲教他读书。

李绅家境困窘，曾寓居佛寺读书，因为那时很多大寺庙愿意给读书人提供住处，还供应免费餐饮。李绅身材短小，写诗很有名，大家给他取了个外号，叫“短李”。白居易曾经在诗中说：“闷劝于辛酒，闲吟短李诗。”其中的“短李”，就是指李绅，看来白居易还蛮喜欢他的诗的。

李绅参加过几次科举考试，在元和元年（806年）中进士，时年34岁。但他嫌给的官太小，就辞了官去南京客居。当地军政一把手镇海节度使李锜（qí）很赏识他，但他发现李锜有叛逆的企图，誓死不肯迎合，于是被李锜关了起来。后来李锜起兵失败，有人要给李绅写个报道，向朝廷请求嘉奖，他不肯，说：“我当时拒绝是出于激愤，不是为了扬名，你千万别写。”可见他为人本身是有点骨气的。

可惜的是，这种骨气没有能继续保持，李绅竟然逐渐以人品坏而著称。

李绅后来被唐穆宗赏识，拜为翰林学士。在唐代，翰林学士地位很尊贵，想当宰相，大多要经过这一步。他在朝做官，性格刚直，上书攻击韩愈，从此被人鄙视，因为韩愈算是他的恩人，当年他参加科举，韩愈还专门给考官写信推荐他。随即他又得罪了宰相李逢吉，被贬为端州司马。端州是现在的广东肇庆，地方还不错。他的仇人觉得对他的处罚太轻，天天上书要求判处他死刑，还好，有翰林学士韦处厚帮他喊冤，才免于一死。他后来又在其他地方当过地方官，加起来被贬的时间也不长，几年后就回到朝中，接下来，官运开始变好，但名声越来越坏，主要是以对百姓残暴著称。因为活得比较长，68 岁时，李绅竟然当上了宰相，会昌六年（846 年）在扬州淮南节度使任上去世，享年 74 岁。

李绅死后，被人揭发出一件不好的事。就是他做淮南节度使的时候，属下有个叫吴湘的人。有人告发吴湘贪污公款，还强娶自己的部下之女颜氏。李绅下令调查，判处吴湘死刑。但有人为吴湘申冤，他们说吴家曾经和当朝宰相家有仇，怀疑李绅为了讨好宰相，罗织吴湘的罪名。于是朝廷派遣官员重审，结论和李绅所审不同。宰相李德裕大怒，把重审官员贬到崖州当司户参军去了，李绅就按照自己的判决杀了吴湘。后来唐宣宗即位，李德裕失宠，有人翻起这件旧案，指责李绅非常残酷，不但冤杀了吴湘，还急不可耐，在夏天就行刑。

要知道，古代执行死刑，都在秋冬两季，夏天杀人是违法的。于是皇帝震怒，说李绅虽然死了，但死有余辜，下令把李绅的官爵全部免除，子孙都不许做官。这确实是李绅性格残酷粗暴导致的后果，在《太平御览》中，他的事迹列入“酷暴”类，可见名声确实很差。

李绅与当时著名的诗人元稹、白居易交游甚密，参加了后两人发起的新乐府运动，因此，写了不少关心百姓疾苦的诗歌。我们接连要学到的这两首《悯农》诗，是他的代表作，而且成为千古名篇。相比他所获“残酷粗暴”的评价，叫人感慨，人性真是很复杂的。

这两首诗题为《悯农二首》，其实有的版本写的是《古风二首》，根据学者考证，一般认为李绅这两首诗大概作于唐德宗贞元十五年（799 年），当时李绅 27 岁，还没有中进士，因此还有心情写这样的诗歌。

诗歌的内容很简单，用白话文翻译一下就是：太阳正居头顶的时候，农夫们还在田里锄禾，汗水一滴一滴，掉进禾苗下面的土里。谁人知道，我们吃的米饭，每一粒都浸透着农夫们的辛苦。

需要就字词做点解释，锄禾，指锄掉禾苗旁边的杂草，顺便松土，这样有助于禾苗健康成长。这种活非常辛苦，要长久弯腰，所以先秦典籍里说到农民在田里劳作，会说“蹲行田亩”，干活不是弯腰就是蹲着行走，都非常痛苦。再加上农作物生长需要太阳，所以往往正是天气最热的时候，农民要下地除草或者收割。

《水浒传》里有首诗，我觉得很能反映农民的痛苦：

“赤日炎炎似火烧，野田禾稻半枯焦。农夫心内如汤煮，公子王孙把扇摇。”可以和李绅的这首诗歌对读。在炎热的太阳下被迫劳作，肚子里真的好像有一锅煮沸的热水，积聚多了，就会变成蒸汽，就有破坏力，就可能导致农民起义。

在中唐时代，李绅和白居易、元稹等人，创造了不少这样的诗歌，帮助老百姓抒发痛苦，同时提醒朝廷官府，要多设身处地为百姓考虑。诗歌的写作方式，也是尽量追求通俗易懂，所以百姓能够传唱。但很快这场运动就被朝廷封杀了，李绅后来的诗歌都比较典雅，充满了文人气。

他可能觉得他的这些早期的诗歌都是口语，没有什么文学价值，谁知道千百年后，大家都只因为这样通俗的诗歌，才知道了他李绅。

42 悯农 · 春种一粒粟

这一节，我们来学习唐代李绅[①]《悯农》的第二首。

春种一粒粟，秋收万颗子。
四海无闲田，农夫犹饿死。

这首诗，在有些版本中排在《悯农》的第一首。从内容看，它的批判性强过第一首。因为第一首只是单纯诉说农民的痛苦，告诫大家，每颗粮食都浸透了农民的汗水。即使朝廷和官吏不高兴，但至少还可以向正能量方向去引导，说诗歌的主题，就是希望大家珍惜粮食，尊敬农民。但这首诗不一样，火药味很浓，基本上是直截了当批判朝廷了。

① 更多关于李绅的故事，见 41《悯农 · 锄禾日当午》。

同样我们首先用白话来翻译一下全诗，它的意思是说：春天种下一颗粟，秋天就可以收获一万颗种子。天下到处都没有闲着的田地，但是农夫还是大批饿死。

粟，是中国种植历史最长的农作物，俗称小米。在先秦两汉时代，粟一直是北方食用最普遍的农作物，小麦之类的作物，虽然在很早时候就从西亚引进了，但不受重视，据考古学家对先秦时代北方墓葬骨骼的分析，一直到先秦时代，男性普遍食用粟，小麦只有干轻体力活的女性才吃。但现在，小麦的重要性已经超过了粟。四海，古人以为中国四境有海环绕，各按方位为“东海”“南海”“西海”和“北海”，所以后来用四海代指全国各地。但其实“海”的意思是“边裔”，四海，指四边、四方。海内，指四边之内。

这首诗不但是触目惊心的文学作品，可能还可以当史料来用。

李绅生活的时代，农民如此勤劳，竟然还有大批饿死的，充分说明当时朝廷官府收的税收之重，以及社会救助的匮乏，简直触目惊心。诗歌不动声色，在平静的叙述中透露了唐王朝可怕的政治治理失败状况。因为正常人都能想到，一个勤劳的农民，如果不是被政府收走了自己种的粮食，是不可能饿死的。

这两首诗，属于古体诗，是李绅的成名作。他参加进士考试之前，曾拿着诗稿去拜见一个比较有名望的官吏吕温，吕温看了诗稿，对朋友的弟弟说："我看李二十秀才的诗歌，这个人一定能当宰相。"（李绅在家族男丁中排行第二十，当时人又称他为"李廿"或者"李二十"。）很快，这两首诗就在民间流传，尤其碰到朝廷征税的时候，到处能听到传唱。

不过这两首诗在文人间不受重视，当时的诗歌选本，基本都不收录它们，说明在当时，官方不把它们当成优秀诗篇。甚至李绅自编诗集《追昔游集》，都不收这两首诗歌。

直到晚唐开始，它们才受到重视，宋人编的诗歌集基本都会将其选入了。明代开国皇帝朱元璋，大概因为是苦出身，很喜欢这两首诗，一次带着妃子到皇宫后院看人割稻子，有个妃子很乖巧，马上给朱元璋唱了这两首诗，搞得朱元璋特别高兴，对那妃子大加赏赐。后来朱元璋的几个继任者，也经常提起这首诗，导致它名气越来越大，最终成为妇孺皆知的经典。但喜欢是一回事，做是一回事。高高在上、深居宫殿中的皇帝，读了这两首诗，也顶多只是心里稍微掀起一点波澜，其实并不可能真正理解百姓的痛苦。两百多年后，朱元璋创立的骄奢淫逸的明朝，也同样被农民起义推翻。

最后说一下，李绅后来虽然不再关心百姓疾苦，治理百姓也很酷暴，但还不算是特别坏的人。史书记载，他在扬州做官时，曾经下令在冬天征收蛤蜊。有个县令不肯奉命，说冬天不是捕捞蛤蜊的时候，蛤蜊躲在深水区，若不深潜水底，则抓不到蛤蜊；若深潜，则有冻死的危险。老百姓和官员虽然有贵贱之别，但贱命也是命。李绅听了之后，惭愧地取消了命令。这在当官的人里面，算是不错的，唐朝酷吏极多，换个真酷吏，不但命令不会撤消，那有良心的县令估计性命也不保。

关于李绅流传最广的一个传说，是说他特别喜欢吃鸡舌，每顿要吃一盘子，一顿就要宰杀活鸡三百多只。但实际上这是没有根据的谣传，不可相信。

43 江雪

这一节，我们来学习柳宗元的《江雪》。

千山鸟飞绝，万径人踪灭。
孤舟蓑笠翁，独钓寒江雪。

柳宗元，字子厚，生于公元773年，比白居易小一岁，河东郡人。唐代的河东，指现在的山西，因为在黄河的东面而得名。

柳宗元的家族是大姓，与河东薛氏、河东裴氏并称，号称三个著名的姓氏。因此，他的家族中，世代都有很多当官的。他的堂高伯祖柳奭（shì）曾当过宰相，曾祖父柳从裕、祖父柳察躬都做过县令，父亲柳镇当过侍御史。母亲也出身不凡，是范阳卢氏，我们以前讲过的诗人卢纶，就属于范阳卢氏。这样一位母亲当然很有文化，柳宗元的启蒙教育，就是他母亲承担的。

柳宗元的幼年在长安度过，12岁时，跟随父亲柳镇到湖北和江西待过一阵。他非常聪明，公元793年进士及第，时年才20岁。三年后，任秘书省校（jiào）书郎。25岁时，他参加吏部的博学宏词科考试，顺利通过，又过了三年，升为从六品的蓝田尉。

在外两年后，柳宗元回到了长安，和权臣王叔文一起搞革新，但不幸失败，王叔文被杀，柳宗元被贬为邵州刺史，邵州治所在今天的湖南邵阳。在赴任的途中，他又接到命令，被加贬为永州司马。永州是今天的湖南永州，比邵州还要靠南，自然更加偏僻。

柳宗元在永州生活了十年，心情抑郁，但文学创作力旺盛，写了著名的《永州八记》，十年后，突然接到诏书回京，结果权臣不喜欢他，很快又重新贬他为柳州刺史，也就是今天的广西柳州，比永州还要偏远。和他同样被贬又同时被召回的刘禹锡更惨，这回被贬为播州刺史。

柳宗元这个人特别善良，他说："播州到处是猿猴，不适合人居住，刘禹锡有老母，我不忍心看他如此困窘。如果他母亲不跟着去，从此母子各在一方，就成永别。"于是向朝廷请求，愿意和刘禹锡互换贬地，也就是让刘禹锡去自然环境相对不错的柳州，自己去可怕的播州。还好裴度帮刘禹锡说话，皇帝让刘禹锡改去连州，才解决了这个问题。[①]

四年后，朝廷大赦，召柳宗元回京。但柳宗元没有刘禹锡等人身体好，当年十一月初八，因病在柳州去世，享年只有 47 岁。

柳宗元是中唐时期著名的文学家，和韩愈一起发起了唐代的古文运动，是唐宋八大家之一。和韩愈一样，他虽然不以诗歌闻名，但也创作了不少佳作，我们要讲的这首，就是其中之一。

这首诗写的是：一个渔翁，在冬天大雪的季节，孤孤单单一个人，坐在船上垂钓。

首句"千山鸟飞绝"，一千座山，都没有鸟飞了。绝，就是消灭，没有了。一千座山，表示多，并不真正指一千座山。

"万径人踪灭"，一万条小路上，都消灭了人的踪迹。径，就是小路，这里泛指各种道路。一万条路，也是表示多，并不真正指一万条路。

这两句表面上是写山上的飞鸟和路上行人的踪迹，其实是写大雪的恶劣天气下，外面什么活的生物都没有，都躲起来了，然后引出下面两句。

"孤舟蓑笠翁，独钓寒江雪"，孤单的一条小舟上，有

① 关于刘禹锡被贬的故事，见 35《望洞庭》。

一个披着蓑衣、戴着斗笠的老头，正独自在下着大雪的寒冷的江上钓鱼。

“独钓寒江雪”，不是独自钓寒冷江上的雪，而是在下着大雪的寒冷的江上钓鱼，如果写成散文句式，这句应该是“独钓于寒江之雪中”，“寒江雪”不是宾语，而是状语，但诗歌为了简洁，往往省略介词。

这首诗好在哪里呢？好在意境。全诗塑造了一种冷清、寂寞、孤独的场面，号称是历史上最孤独的诗。这是柳宗元典型的诗歌风格，据说这首诗写于他贬谪柳州的时候，被贬远方，当然心情抑郁，加上他本人性格就比较孤傲，长期贬谪又导致愤激，诗风因此幽清峭拔。

柳宗元的散文也是这样，著名的《永州八记》，写永州附近自然风光，都悄怆幽邃，有一股清幽之气。前人也说他的这些文章得了《楚辞》的神韵，而《楚辞》就是有一种清幽味道的。柳宗元喜欢歌咏山水，所以古人又把他与王维、孟浩然、韦应物并称。

总之，在柳宗元的眼里，无论多热闹的景色，都带着一股清幽、隔绝人世的色彩。

他写过一首《渔翁》诗，也是这种特色：“渔翁夜傍西岩宿，晓汲清湘燃楚竹。烟销日出不见人，欸乃一声山水绿。回看天际下中流，岩上无心云相逐。”同样是写一个渔翁，这回不再是大雪天，但这个老头也很脱俗，晚上睡在岩石边上，早上起来打湘江水，用竹子烧了喝。太阳出来，云雾散尽，已经不见渔翁人影，突然听到摇橹的声音，从碧绿的山水中传出。回头一望，渔舟正在天际漂流，而山上的白云天真烂漫，相互快乐地追逐。一个渔翁漂流的小小场景，被他写得宛如神仙中人，场景也仿佛不在人间，从中可以充分看出他的审美趣味。

最后说一下这首诗的押韵问题。

这是一首古体诗，押的是入声韵。这种入声在北方方言中已经消失，但是南方大部分方言中还有保留。如果你是南方人，不妨用你的方言读一读，是不是有一种激越的味道，因为入声的发音特点是短促，听起来显得感情激越，像是要发泄郁闷的样子。

柳宗元喜欢写古体诗，押入声韵，包括我们上面提到的《渔翁》也是这样。唐朝还有一个诗人，叫李贺，26岁就死了。他写诗也喜欢押入声韵，而且他的命运不好，性格也非常郁闷，和柳宗元有相似之处。

44 寻隐者不遇

这一节，我们来学习贾岛的一首诗——《寻隐者不遇》。

松下问童子，言师采药去。
只在此山中，云深不知处。

贾岛，字阆（làng）仙，生于公元779年。他比白居易小了7岁，是唐朝河北道幽州范阳（今河北涿州）人。

贾岛自小家境贫寒，但依旧苦读，之后去参加科举考试，一直考不中，到了没钱吃饭的地步，就削发当了和尚，法号无本。他在洛阳当和尚，但洛阳当局对寺庙有个规定，和尚在午后不许出门。贾岛本来就因为不愿受拘束才出家，怎么受得了这个？

不久，贾岛在洛阳认识了韩愈，韩愈是古文家，就教他写文章，要他还俗，继续参加进士考试。他听从了韩愈的建议，还俗去了长安，屡次报考，依旧考不中，过得很困窘。但在唐文宗时，他竟然做了官，虽然是主簿（bù）这样一个主管文书的小官，但总算过了一把官瘾。公元840年，又调为普州司仓参军。唐武宗会昌三年，在普州去世，终年64岁。

这基本就是《新唐书·贾岛传》对贾岛的介绍，但在元代文学家辛文房的《唐才子传》里，贾岛的生活就传奇得多，好看得多了。

《唐才子传》说他在长安，住在青龙寺，一天到晚都想着写诗，面前不管有什么样的贵人，都不在意，跟人说："这世上，只有终南山紫阁峰和白阁峰上住的那些隐士理解我。"有一天，他骑着一头毛驴在京城街上走，当时正刮着强劲的秋风，满地黄叶，他当即吟了一句诗："落叶满长安。"但这只是一联诗的下句，上句应该怎么写，他还得想，想了半天，终于想到一句"秋风吹渭水"，高兴得差点跳起来，谁知这一跳就撞到一个人的车驾，那个人叫刘栖楚，比贾岛大两岁，却已经是京兆尹了，相当于今天的北京市市长。刘栖楚很生气，把贾岛关了一晚上，天亮才放了他。

还有一次，贾岛去看望一位叫李凝的隐士朋友，又突然想到两句诗："鸟宿池边树，僧推月下门。"但觉得"推"

字不好，想改成“敲”，一直拿不定主意，还伸手做推敲的动作，旁观者指指点点，觉得他可能是疯子。不想他又撞到一个人的车驾，这个人比刘栖楚更有名，叫韩愈。韩愈慈祥地问贾岛：“怎么走路不看人啊？”贾岛把自己写诗炼字的事告诉了他，韩愈想了很久，才说：“我觉得‘敲’字更好。”还把他带回家，一起谈论写诗的门道，结为布衣交。韩愈是古文大家，干脆把自己写文章的诀窍也倾囊相授，贾岛很开心，于是还俗回家，开始报名参加进士考试。

其实，《唐才子传》的这两个记载都不靠谱。韩愈当京兆尹比刘栖楚还早，但两年后就去世了。贾岛其实早就认识刘栖楚和韩愈，他的诗集中有早先写给他们的诗，所以他不可能以这两种方式和他们相识。只是这样写传记，人物就生动了，可读性就强了。“推敲”还因此成了今天常用的词汇，用来比喻做事之前，要反复斟酌，以求达到最佳的效果。

贾岛在诗人中以穷闻名，据说他在每年除夕，会把一年的诗作放在案上，焚香撒酒祝祷：“这是我终年的苦心啊。”苏轼把他和孟郊并称为“郊寒岛瘦”，我估计这两个人如果泉下有知，棺材板一定会咯吱作响，想跳出来一起打苏轼。因为我觉得，没人愿意别人给他贴个难听标签。

贾岛写诗很苦，炼字炼句比杜甫还上心，他自称“二句三年得，一吟双泪流”。两句诗要花三年时间才能写成，当然不可能，但可见他卖力的程度。

这首诗写的是作者寻找隐士，但是没有碰到。隐士到底是谁，贾岛没有说，我们也不知道。唐代人喜欢做隐士，很多人都假装隐居山中，希望引起社会和政府的注意，以博取名声。我们知道，当时不少诗人都隐居过，然后又跑出来参加科举。其实，在当时，当和尚也相当于隐居，以这个标准来看，贾岛也是隐居过的。也有很多人考上了进士，做了官，又回去隐居的，比如王维。

这首诗歌的内容很简单，我们用白话翻译扩展一下：在松树下，我问一个童子：“你师傅呢？”童子回答：“我的师傅他老人家去山中采药了，他就在这座山中，云雾深深，我不知道他所在的地方。”童子，其实就是年幼的奴仆。

这首诗告诉了我们一条很重要的信息，就是隐居者往往不是穷愁潦倒，孤身一人，而是有童子侍候的。童子名义上称呼隐者为师，实际上他们就是奴仆。古代的师徒关系，往往和主仆关系无异。这些隐士，家里多少有些资产，才有心情写诗，有劲头爬山采药。隐士一般要装出一副神仙范，才有王侯将相来结交，而神仙范必须靠一些行为来打造，采药就是其中最重要的一种行为。古代人没有多少科学素养，普遍相信服用某些草药可以长生，甚至不死，因此，想装神仙的，必须要去采药。

另外，隐士还有一个派头，是必须在房子周围种上竹子啊、松柏啊、梅花啊、香草啊等植物，因为这些植物多是经冬不凋的，或者是扛着寒气开放的，显得很高洁，象征着隐士的品格。所以，诗的首句就说“松下问童子”，如果改成“苹果树下问童子”，就没有意境了。

最后谈谈这首诗歌的艺术性。这首诗的特别之处，在于它和一般诗的写法不一样，它是问答体。第一句是提问，后面三句是回答。“言”字的意思就是说，后面是童子的回答。接下来其实还有作者的提问：“去哪里采药了？能不能帮我通知他回来？”但都省略了，只有童子的回答：“师傅在这座山中采药，但是云雾深邃，不好找。”所谓云雾深邃，实际上是指山深邃，但说云不说山，显得仙气缭绕，隐士范十足。

全诗虽然省略了很多交代，但我们一点不觉得有什么看不懂。这首诗充分体现了贾岛擅长推敲的风格。

同样，这首诗也告诉了我们一个写作方法，我们应该像鲁迅一样，在文章写好后，竭力把可有可无的字删掉。写一件事的时候，也不要把事情面面俱到地说完，要留点空白，让读者自己去补足，这样会更有诗意，更隽永。

45 山行

这一节，我们来学习杜牧的这首《山行》。

远上寒山石径斜，白云深处有人家。
停车坐爱枫林晚，霜叶红于二月花。

杜牧，字牧之，号樊川居士，京兆万年（今陕西西安）人，因为在同族兄弟中排行十三，所以又称杜十三。他生于唐德宗贞元十九年（803年）。我们以前说过，在陕西地界，如果碰到姓韦的和姓杜的，一定不能唐突，因为这是陕西最著名的两个大姓。杜牧的祖父杜佑当过宰相，父亲杜从郁，官不大，但也做过驾部员外郎。他堂兄竟然又做到宰相，小他五岁的弟弟也是进士出身，反正，这个家族基因优良。

杜牧出生的时候，韩愈已经36岁，白居易32岁，刘禹锡32岁，柳宗元31岁，元稹25岁，李贺也有14岁，从这些情况来看，杜牧已经错过了唐朝最璀璨的时代，对他这样的文人来说，这不是什么好事。

杜牧生在那样的家庭，自然从小就要准备做官的，20多岁时，他去洛阳参加科举考试。唐代的洛阳很重要，号称东都，有时朝廷在洛阳和长安同时设置科举考场，方便人们就近报考。杜牧其实早就有文名，太学博士吴武陵向当时的主考官崔郾（yǎn）推荐杜牧，说："我有一次偶然见到十多个文士聚在一起，共读一卷文章，非常激动的样子，过去一问，原来是一个叫杜牧的人写的《阿房宫赋》，文章写得确实好，他是个大才子啊。"说完，掏出《阿房宫赋》就朗诵起来，崔郾听了，也禁不住抢过文稿，大声说好。

吴武陵就趁热打铁："请您给杜牧一个状元当当如何！"崔郾说："这个不行，状元已经内定好了，不瞒您说，除了状元，还内定了好几个。"吴武陵说："我不管，杜牧怎么也不能低于前五名，您要是再推脱，就把那文章还我！"崔郾说："其实这个杜牧，我也早就听说了，他的人品好像有问题，我碰到的人都说这家伙性格豪放，生活作风不检点。行行行，我也知道有才的人，总是不守规矩，我也不是那么古板的，既然您推荐了，我一定照办，就第五名。”

唐文宗大和二年（828年），杜牧在东都洛阳参加进士考试，果然考取第五名，取得进入仕途的资格。我们以前说过，在唐代考中进士后，一般要等三年才能参加吏部的考核，获得官职，当过一任官之后，又要歇息几年，再次由吏部选拔，才能做第二任官。这种制度称为“守选”，非常耽误时间，浪费人的生命。一般的进士，即便很年轻就考上进士，但按照这个规矩循规蹈矩地走下去，可能很多人到死都升不到县令。好在朝廷有很多破格提拔的手段，就是增加各种考试，就好像现在的考证，考多了证书，总有用处。很多人等不及吏部的正式考核，就去报名参加破格提拔的考试，主要是吏部的科目考，比如博学鸿词科、书判拔萃科；还有以皇帝的名义亲自设立的制科，考上后马上就可以授官。

比如，白居易当年考完进士后，就既参加过科目考，又参加过制科，快马加鞭，所以后来才能当上二三品的大官。杜牧也一样，他在进士及第后，立刻去长安报名参加制科，获得通过，马上就被授官弘文馆校书郎。同年十月，应江西观察使沈传师之请，杜牧当上了江西团练巡官。此后几年，他就跟着沈传师到处跑，沈调到哪里，他就跟到哪里。沈调回长安后，他又去扬州，跟着淮南节度使牛僧孺混，在扬州写了不少脍炙人口的诗歌。我们随便举一首为例："娉娉袅袅十三余，豆蔻梢头二月初。春风十里扬州路，卷上珠帘总不如。"是不是很耳熟？后人歌颂扬州，总会把杜牧的诗句拎出来。

33 岁那年，杜牧回到长安，做监察御史，后来驻扎在洛阳。35 岁那年，又带着名医，请假去扬州，给在扬州的弟弟治眼病。这次假期超过一百天，按照唐代制度，杜牧只能辞官，再次到处依附人做幕僚。六年后，他才有机会回到长安，第二年，被选拔为黄州刺史，后来又做了池州刺史、睦州刺史，之后又调回京城。但京官的俸禄微薄，而他一个人的工资，既要供养眼盲的弟弟，还要照顾寡居的妹妹，深感钱不够花，于是请求去外地当刺史，后来当过不长时间的湖州刺史后，再次回京，不久就死于长安，终年 49 岁。

杜牧一生深感自己怀才不遇。他的堂兄杜悰（cóng）没什么才华，却因为娶了公主为妻，一生富贵尊荣，官做到宰相，而且很长寿，比他早出生 9 年，却比他晚死 22 年。杜牧名留千古，却官小寿短，死前他给自己写了墓志，并把很多文章烧掉，对自己的一生可谓失望之极了。可是他毕竟还是有过欢乐的，至少在扬州，还是过得很爽吧，否则不会留下"十年一觉扬州梦，换得青楼薄幸名"这样香艳的诗歌。

杜牧在诗歌创作上有盛名，擅长七言绝句，律诗也很有名，在唐代文学史上号称“小杜”，而杜甫号称“大杜”。

《山行》是一首写秋天山间的风景诗，不知道作于哪年。首句“远上寒山石径斜”，是说登上远处寒冷的山，沿着弯弯曲曲的石头路前进。寒山，表明季节至少是深秋了。

次句“白云深处有人家”，是说在白云的深处有住宿的人家。这个“深”，有一种版本写作生活的“生”，哪个版本更好呢？我认为都很好，但生活的“生”更好。白云生处，指白云发生、云起始的地方。茫茫山脉，云雾缭绕，谁能知道白云在哪里出生？这比实实在在的深浅的“深”字，更有朦胧幽深之感。古人不知道云是由水汽结成的，而认为云是高山上的石头生出来的，所以他们会把山上的石头称为“云根”。

第三、四句，“停车坐爱枫林晚，霜叶红于二月花”，是说我因为热爱这傍晚的枫树林，停下车子；枫树的叶子被霜打后更加鲜红，胜过了二月的红花。这两句画面感很强，所以有很多画家把它画成国画。湖南长沙的岳麓山，还专门建过一个亭子，取名“爱晚亭”，就是出自这两句诗。我们要注意其中一个字的意思，就是“坐”，很多人会不假思索，把它理解为“坐下”，说诗句的意思是停下车，坐在那里，看着枫林，其实这样理解是不通的。

其实这个“坐”，是“因为”的意思。为什么“坐”

会有因为的意思？因为“坐”，在古代既可以表示坐这个动作，又可以表示座位。有了座位，就好像有了凭借，有了依靠，而“因为”的“因”，其实也是凭借、依靠的意思，我们说因此，其实就是说凭借此、依靠此。由凭借、依靠的意思，又逐渐引申虚化，变成连词，表示“因为”。古代的词汇，其引申意思总是和原词的意思相通的。

整首诗歌主要写火红的枫林，通过枫林，衬托出一幅深秋的山林秋色画卷。在这幅画卷中，寒山、石径、白云、人家、车辆，都是枫林的衬托，没有火红的枫林，它们就什么都不是，就只是很普通的画面，所以最末一句“霜叶红于二月花”才会那么闻名，因为这是全诗的重点所在。

46 清明

这一节，我们来学习杜牧[①]的《清明》。

清明时节雨纷纷，路上行人欲断魂。
借问酒家何处有？牧童遥指杏花村。

这首诗大家都知道是杜牧写的，但几十年前就有人怀疑作者并不是杜牧。他们有下面两条理由。

首先，杜牧的诗集名叫《樊川集》，但在目前各种版本的《樊川集》中，都没有收录这首诗。

其次，这首诗最早出现在南宋孝宗淳熙（chún xī）十五年，也就是1189年，无名氏所编类书《锦绣万花谷后集》的卷二十六之中，诗名并不叫《清明》，而叫《杏

---

① 更多关于杜牧的故事，见45《山行》。

花村》。署名也不是杜牧，只标注是唐诗。到了南宋末年，在署名刘克庄的《分门纂（zuǎn）类唐宋时贤千家诗》，以及托名谢枋（fāng）得的《千家诗》中，才改成今天的诗题和作者名。因为《千家诗》在中国传统蒙学中具有极为崇高的地位，这首诗才天下闻名、家喻户晓。

但杜牧生活的年代，离这首诗第一次出现的时间，足足有三百多年之久，在这三百多年间，没有任何一个学者和文人提到过它，也不见它有任何记载。这是不正常的，所以现在学者多怀疑这首诗是唐代无名氏所作。

当然，由于杜牧在死前曾经烧掉了自己十分之七的诗歌，也许这首诗就在被烧掉之列，但因为早就流传了出去，且被某些人记录下来，所以后来又重见天日，也不是完全不可能。当然，这就要等将来地下出土材料来证实了。

还是来谈诗歌本身吧。这首诗非常浅显好懂。所以有学者说，这首诗的风格不像杜牧，而像白居易，因为杜牧的诗歌，一般文辞比较华丽，又喜欢用典，多少有点门槛；而白居易的诗歌，念给没念过书的老婆婆听，老婆婆也都听得懂。

这首诗也是这样通俗。我们用纯粹的白话文翻译一下：在清明节这段时间前后，小雨纷纷地下着；路上的行人像魂魄断了一样难受。我想向人打听一下，哪里有酒店可以喝酒。牧童指着遥远的方向说，那里有个杏花村酒店。这首诗写的是，一个人在清明时节出来游玩，不巧下起了雨，因为心情郁闷，就想找个酒店借酒消愁。断魂，指惆怅、情绪低落的样子。

清明是什么季节呢？它原本是二十四节气之一。据《淮南子·天文》记载，每年春分后的十五日，所刮的风被称为清明风。古人认为，这个时候，万物都非常清洁而且明净，所以这个时节被称为“清明”。后来，因为寒食节跟这个时段只差一两天，唐代宗大历十二年（777 年），朝廷下令，把清明和寒食节合并，放七天长假，给了黄金周。所以，我们在唐诗中，可以看见写清明的时候，一般就会写到寒食，两者如胶似漆、难分彼此。

清明这个黄金周，是一年中最美的时节，它占据了天时，相当于现在的阳历四月，南方早已花红柳绿、鸟啭莺啼；北方也杨柳依依，桃、李、杏差不多开花了，到处是欣欣向荣的景色。在屋里蛰居了一冬天，谁不想出外游玩？所以在这七天，郊外的风景区是人来人往的。人们称之为踏青，还会玩画鸡蛋、斗鸡蛋、插柳、戴柳、蹴鞠（cù jū）（也就是踢球）、荡秋千等游戏。总之，有很多好玩的事情，千载之后都让人神往。因此，也有人说，《清明》这首诗，是讲杜牧去郊外扫墓的。但也有人反对，说扫墓一般会自己带着酒肉去上坟，不该在路上还问酒家在哪里。这种反驳也是有道理的。

有一点值得注意，唐代的人在清明节去扫墓，老老小小一家人齐齐整整出门，主要是为了春游，心情是很愉快的。唐朝政府曾经为此感到不安，还专门下了诏令，说不许在扫墓的时候顺便春游，因为祭祀祖先是悲伤的事，不要趁机玩乐，搞得没心没肺的样子。

但朝廷的诏令斗不过人性，大家都阳奉阴违，风头一过，又故态复萌。你想，古代的贵族妇女，平时很少有机会出门，突然有这样春游的机会，谁能悲伤得起来？所以，快乐是必然的。不过如果碰上天公不作美，下起雨来，也免不了忧伤。

诗歌里写“路上行人欲断魂”，倒也是有道理的，在这种时候，就只好去找个酒店喝酒消愁了。作者问了一个下雨天还在外放牛的牧童，牧童快活地给他指路：“喏，那边有个好酒店，叫杏花村。”作为一个牧童，他大概是下不起馆子的，对有人打听酒店，一定饱含艳羡。

这首诗里虽然说到“断魂”，但没有断魂的气息，没有悲伤的气息，反而显得挺浪漫的，这主要归功于这个没心没肺的牧童。牧童其实也是中国古典文学的一个重要意象，他总是和天真、稚嫩、可爱、无忧无虑联系在一起，在这首诗中，他成功消解了作者在前两句中渲染的悲伤情绪，使整首诗歌洋溢着淳朴的欢快。

对于这首诗，最大的赢家大概是“杏花村”。后人多用“杏花村”作酒店名，都是受这首诗的影响。至于它是不是杜牧所写的，实在无所谓了。

47 江南春

这一节，我们来学习杜牧[①]的《江南春》。

千里莺啼绿映红，水村山郭酒旗风。
南朝四百八十寺，多少楼台烟雨中。

这首诗是写江南风景的。杜牧在扬州生活过相当长一段时间，又做过池州刺史、睦州刺史、湖州刺史，这几地分别位于安徽南部、浙江淳安和浙江湖州，都是江南地界。诗歌里提到的南朝，是指东晋之后的宋、齐、梁、陈四个朝代，都是以建康（也就是今天的南京）为首都的偏安政权，因为和北方的北魏、东魏、西魏、北齐、北周相对峙，所以称为南朝，两者合称为南北朝，年代范围为公

① 更多关于杜牧的故事，见 45《山行》。

元 420 年到 589 年，延续 169 年之久。

接下来我们欣赏诗歌。

首两句，“千里莺啼绿映红，水村山郭酒旗风”，是说在方圆一千里的广阔地方，都能听见黄莺的鸣叫，翠绿的树叶映衬着红色的花朵，到处鸟语花香，春光烂漫。那傍水的村庄中，那依山的城郭上，挂着卖酒的旗帜。这两句诗色彩浓艳，仿佛电影院里，正在放新闻纪录片《祖国新貌》，在银幕上，江南的秀丽一幕幕呈现在观众眼前，洋溢着欢快的主旋律，不管什么人看了，都会心花怒放。

但明朝有个大诗人叫杨慎（shèn），竟然大煞风景地说：“一千里的广阔地方，黄莺都在鸣叫，绿叶都映衬着红花，这也太夸张了，谁的眼睛能看那么远？谁的耳朵能听那么远？荒唐，如果改成十里，还说得过去。”说实话，这番话真好像是文盲说的。杨慎本身就是诗人，难道不知道写诗讲究想象，讲究浓缩，不可拘泥于字句吗？

他的话简直是抬杠，所以清朝的文学家何文焕忍不住驳斥他：“你说改成十里，十里也不算小，你的眼睛是望远镜？能看到十里那么远？能听到十里那么远？”确实，这是写诗，不是做数学题。这首诗就是以拍摄纪录片的眼光来总写江南春色，所以诗名才叫《江南春》，杜牧的时代虽然没有摄像这个概念，但艺术各个门类之间是相通的。

接下来两句，“南朝四百八十寺，多少楼台烟雨中”，是说南朝当年建造了480座寺庙，至今犹存，寺庙的楼台殿阁，都矗立在烟雾蒙蒙的细雨之中。言下之意，仿佛在沉思自己当年经历的繁华。这两句诗明显有点“发思古之幽情”，角度也有点像一部纪录片的后续。影片开头是鸟语花香，百姓安居乐业，风景秀丽，天气晴朗。这时突然下起了毛毛细雨，换了一个角度来表现江南。

这也正常，和北方相比，江南最大的特点就是烟花柳巷，细雨绵绵，非常柔媚。所以写江南，不写细雨就不地道，而细雨的背景是什么呢？以村庄、小桥、流水为背景，固然好，但未免太普通。杜牧选取的背景是江南遍地可见的寺庙，这些寺庙就算不是南朝的原建筑，至少也有传承，它们距离杜牧的时代已经有三四百年，足以让人“发思古之幽情”。

南北朝的很多君主都特别信仰佛教，在自己管辖的区域，建了很多很多的寺庙。据统计，北魏孝文帝太和初年，也就是公元5世纪末期，北魏境内有寺院6 748座，僧尼77 258人，可见北朝佛教之盛况。南朝其实要差些，据学者考证，梁代整个国家的寺庙有2 846座，其中首都建康占700多座。梁武帝萧衍还曾经亲自到同泰寺做和尚。之后，又多次入寺庙做和尚，然后让群臣假装用金钱将他赎回。

寺庙的建筑和普通人家比，一般比较稳定，即使遭遇战乱兵燹，但因为名气大，也会很快重建，所以，寺庙最能代表历史。它们的存在，使得江南不仅自然风景秀丽，还有历史的积淀。杜牧不是文盲，他是学富五车、才华横溢的文人，他看到风景所产生的感受，和普通人的是不一样的。

晚唐的诗人钱珝（xǔ）曾写过一首攀登庐山的绝句："咫尺愁风雨，匡庐不可登。只疑云雾窟，犹有六朝僧。"也是一样的情况。一般人爬庐山，哪里知道庐山曾经是六朝僧人最喜欢的名山之一呢？杜牧很了解佛教在南朝的地位，看到寺庙的楼台，是免不了会联想的。如果这首诗不以寺庙为背景，内涵就没有那么丰富了。

但也因为如此，导致有很多学者认为，杜牧之所以写这首诗，是因为想起当年南朝大建寺庙，误国害民，于是生发感慨。比如，梁武帝萧衍就因信仰佛教而荒废朝政，在他的晚年，国家发生内乱，他自己也被叛将侯景囚禁，活活饿死于台城。

南北朝时期寺庙有很多产业，非常富足，大多是皇帝、王公贵戚，或者有钱人捐赠的。这也带来了很大的社会问题，因为寺庙的势力越来越大，很多贫苦百姓都去依附，导致劳动力缺乏，国家政权的税收不足。北魏太武帝和北周武帝的两次灭佛运动，就是由这些因素引发的。

非常巧的是，杜牧生活的时代，佛教也很兴盛，也同样削减了国库收入，带来了一系列社会问题，由此引发了唐武宗的灭佛运动。不过从诗句本身来看，杜牧似乎没有讽刺佛教、讽刺朝廷的意思，是有些学者求之过深了。

48 蜂

这一节，我们来学习罗隐的一首诗——《蜂》。

不论平地与山尖，无限风光尽被占。
采得百花成蜜后，为谁辛苦为谁甜？

罗隐，字昭（zhāo）谏，杭州人，生于833年，也就是唐文宗太和七年。他小时候的经历不详，26岁时，高高兴兴迈开双脚，载着自己的满腹才华来到京师，参加进士考试，但没考上。他不甘心，留在长安断断续续参加了十多次报考，都名落孙山。

史书上说，其实他才华很够，主要因为他喜欢写些负能量的诗文，让当时的领导们不喜欢。再加上他相貌也不好，这在唐代也是一个吃亏的地方，因为当时选拔官员多少会考察一下相貌。

关于这一点，还有个故事。说是宰相郑畋（tián）有个女儿，很漂亮，文学修养很高，特别喜欢罗隐的诗歌，曾经读到罗隐诗歌中的“张华谩出如丹语，不及刘侯一纸书”两句，差点灵魂出窍，崇拜得不行。郑畋以为女儿爱才，于是召罗隐来家做客，郑畋的女儿隔着帘子偷看，发现自己的男神竟然是一只丑八怪，于是大失所望，从此再也不读罗隐诗。这一年，罗隐大概40出头，竟然因为长得不好丢掉了富贵的机会；当然，郑畋的女儿也属于叶公好龙。

后来黄巢起义爆发，势头越来越大，很快要攻占长安，罗隐也快50岁了，眼看也没有什么考中进士的指望了，有个看相的对他说：“你啊，死心眼，就算考上进士又怎样？也不过给你个八九品的小官当当，就你这个年纪，要混到五品以上，得猴年马月去；现在天下将乱，诸侯坐大，不如回你的故乡，给诸侯当个辅佐，没准立刻就能富贵。”罗隐还有点不甘心，几天都犹豫不决，邻居老太婆听说了，也数落他：“你傻啊，考什么进士？你的诗文早就天下闻名，区区进士，能给你增添什么光彩？赶紧听相士的，回家谋取富贵吧，你看天下要乱了。”罗隐这才下了决心，回到家乡，投奔后来被封为吴王的钱镠（liú），果然得到了重用。

关于罗隐被钱镠重用的事，有一个传说，说罗隐之前去见过魏博节度使、邺王罗绍威，写了一封书信，号称查过族谱，自己该是罗绍威的叔叔。罗绍威的部下大怒：“一个没有任何功名的布衣、老书生，竟敢把我们大王当侄子，简直岂有此理。”谁知罗绍威说：“罗隐虽然是布衣，但名满天下，听说王公贵人在他眼里都不值一钱，今天竟然肯来认我为侄子，这是我的荣幸，我应该高兴，你们不要再说啦。”他不但隆重招待罗隐，临别时还送了两百万钱的财物，又给钱镠写了一封书信，要求钱镠照顾这位叔叔。

当然，这个故事是虚构的，因为《旧五代史》里说，罗绍威这个人虽是武将，却酷爱文艺，经常召集文人在府中开文艺沙龙。是他主动派人去给罗隐送钱送物，要求认叔叔的；罗隐当然也不吃亏，把自己的诗集回赠。罗绍威如获至宝，每天诵读，还偷偷学写。因为罗隐自号“江东生”，罗绍威把自己的诗集命名为《偷江东集》。另外，罗绍威当魏博节度使的时候，罗隐已经快 70 岁，投奔钱镠很久了，钱镠不可能是听了他的推荐才重用罗隐的。罗隐虽然前半辈子坎坷，但晚年还是过得蛮舒服的，也很长寿，后梁开平三年才去世，享年 76 岁。

和其他诗人一样，罗隐也有很多风流逸事，最著名的一个，是说他年轻时去长安赶考，路上碰到一个妓女叫云英；十二年后，他落榜回家，又见到云英，云英说：“罗秀才您还没有搞到个一官半职啊？”罗隐很郁闷，当即写了一首诗回赠：“醉别钟林十余春，重见云英掌上身。我未成名卿未嫁，可能俱是不如人。”意思是，我虽然没有成名，但你也没嫁出去呀。可能我们俩是一路货，卖相都不大好吧。罗隐以毒舌著称，通过这件事可见一斑。

罗隐不仅以诗闻名，他的讽刺散文的成就更高，鲁迅说他的小品文和皮日休、陆龟蒙的小品文，都是一塌糊涂的泥塘里的光彩和锋芒，评价极高。他的诗歌有很多警句脍炙人口，比如“时来天地皆同力，运去英雄不自由”“今朝有酒今朝醉”“任是无情也动人”等等。对于中国古典文学，他有着极大的贡献。

这首诗不知道明确作于哪年，但应该是罗隐在长安屡次报考屡次失败后写的，因为一般来说，考上进士当上官的人，都会很快忘记贫民疾苦，进入另外一个世界，就像写“锄禾日当午”的李绅那样。很少有例外。

首两句“不论平地与山尖，无限风光尽被占”，是说不管在平地上，还是在山尖尖那么高的地方，数不尽的风光，都被蜜蜂们占领了。

后两句“采得百花成蜜后，为谁辛苦为谁甜”，是说蜜蜂们采花成蜜后，自己又享受不到，到底是为了谁这么辛苦呢？到底是为了给谁送去甜味呢？

诗歌表面写的是蜜蜂，实际上是慨叹养蜂人的辛苦，讽刺达官贵人的不劳而获。首两句说蜜蜂几乎占领了平地和山尖，其实也是暗指养蜂人无处不在的辛劳。蜜蜂是不知道辛苦的，采花酿蜜，是蜜蜂的本能，但养蜂，却需要农民的辛勤劳动。

在古代，有类似寓意的诗歌很多。比如张俞写养蚕人："遍身罗绮者，不是养蚕人。"梅尧臣写制作陶器的："陶尽门前土，屋上无片瓦。"都是揭示劳动者无法享受自己的劳动成果，因为社会不公平，倚强凌弱，致使老百姓辛勤一生，却屋无片瓦，身无缕丝，口中也从没有尝过一勺蜜糖。

有很多解说者指出，罗隐生活的时代，已经到了唐末，社会矛盾极端剧烈。但张俞和梅尧臣都是宋代初年人，当时天下比较太平，没有战乱。可见即使在盛世，老百姓一样过得很苦。他们的写法，很可能就是受了罗隐的影响。

读了罗隐这首诗，我们要感谢现代科技，正是因为科技的发达，老百姓才能摆脱艰苦繁重而且产出量低的劳动，从而过上还算不错的日子。

还有一个问题我们要注意到，这首诗是近体诗，应该都是押平声韵的，但第二句"无限风光尽被占"的"占"，现在一般念去声，但其实在当时，它有平声的读法，在这里应该读成平声。

49 江上渔者

从这一节开始，我们进入宋朝诗词的世界。这节课我们要讲的是宋代诗人、政治家范仲淹的《江上渔者》。

> 江上往来人，但爱鲈鱼美。
> 君看一叶舟，出没风波里。

范仲淹，字希文，吴县人，也就是今天的江苏苏州人。据说他是唐朝宰相范履冰的后代，安史之乱后，范氏避难南下，有一支迁居到苏州。五代时，他的曾祖、祖父和父亲范墉都在吴越国做官，吴越国投降宋朝后，范墉任武宁军节度掌书记。宋太宗端拱二年（989 年）秋天，范仲淹生于父亲的官舍。

但很不幸，范仲淹两岁时，父亲就病故了，后来母亲带着她改嫁给平江府推官（法官）朱文翰，范仲淹这个拖油瓶因此改名为朱说（yuè）。

朱文翰后来弃官回家，范仲淹也跟着继父搬到长山县（今山东邹平县长山镇），7岁时，母亲谢氏教他认字，没有钱买纸笔，就用树枝在地上写字。后经人介绍，去了当地的醴（lǐ）泉寺读书，因为太穷，每天用两升小米煮粥，隔夜粥凝固后，用刀切为四块，早晚各食两块，以腌菜下饭。

长大后，范仲淹知道了自己的家世，非常伤感。于是跑到南京（今河南商丘）的应天府书院，跟随著名教育家戚同文学习。他刻苦攻读，冬天疲惫了，就以冷水洗脸解乏。宋真宗大中祥符八年（1015年）一举进士及第，时年26岁。

当然，宋代的进士考试，和唐代有些不同。唐代每年举行考试，每届录取进士名额很少，只有十几到二三十人，宋代名额大增，三年一届，平均每届上千人，录取人数是唐代的十倍。而且，在唐代考中进士后，依旧要穿麻布衣服，只有通过吏部的选拔考试，才能脱掉麻衣，换上官服，这被称为“释褐（hè）”。“褐”的本义是粗麻衣袜，后来用为颜色，是因为粗麻就是褐色的。我们前面讲过的韩愈，24岁就考上进士，但吏部的选拔考试他考了三次都没通过，就只能穿麻衣。

而在宋代，考上进士后，则马上发绿袍、靴子和笏

(hù) 板，即刻授官。最终范仲淹因为中乙科第九十七名，被授为广德军司理参军，如果在唐代，他这个成绩，是考不中的，更别提马上做官了，生于宋，是赶上了文人的好时代。到任之后，他立刻把老妈接来；两年后，天禧元年(1017 年)，他因为治狱廉平、刚正不阿（ē)，升为文林郎，任集庆军节度推官，于是归了范氏的宗，恢复了范仲淹的名字。

范仲淹后来又做了好几任地方官，都做得不错，应天府知府晏殊很欣赏他，请他执掌应天书院，也就是他的母校。这年，他 38 岁，年届不惑，回到母校，肯定非常感慨。不过他在应天书院只干了一年，就调回京城，却因为上疏得罪皇太后，自己请求出为地方官。直到皇太后驾崩，仁宗亲政后，才召范仲淹入京，拜为右司谏。但不久，他又得罪宰相吕夷简，被贬为睦（mù）州知州。

接下来，范仲淹的官运还是不错的，当过苏州知州、吏部员外郎、权知开封府。但好景不长，他再次得罪宰相吕夷简，被贬出京，竟无人敢送别。好友梅尧臣写了一首《灵乌赋》给他，劝他以后少管闲事，少说话，闷声发财。范仲淹当即写了一首同题《灵乌赋》回复，说自己“宁鸣而死，不默而生”，绝不尸位素餐。这两句话给了胡适深深的触动，曾亲笔写成条幅。中国的传统文化虽然有一些糟粕，但其中的很多道德资源，能不断激励后人。这些资源，如果用得好，可以成为帮助中国更加文明的力量。

宋仁宗宝元元年（1038 年），党项人李元昊称帝，建国号大夏，史称西夏，定都兴庆，也就是今天的宁夏银川，西夏与宋朝的外交关系正式破裂。随即，两国发生战争。宋仁宗紧急召回范仲淹，拜为陕西经略安抚副使、延州知州，对抗西夏。范仲淹在边疆做得很好，拉拢了很多少数民族倒向宋朝，削弱了西夏的力量，使西夏军队不敢轻易侵犯他的辖地。

宋和西夏议和之后，宋仁宗召范仲淹回京，授枢密副使，不久拜为宰相。但他因为施行政改，得罪了官僚集团，遭到诽谤。为了避开诽谤，他请求再次出任边职，被任命为陕西、河东宣抚使，邠（bīn）州知州，兼陕西四路缘边安抚使。庆历六年（1046 年），57 岁的范仲淹因为不堪边塞严寒，请求改任邓州知州。他在邓州共计三年，百姓安居乐业，传世名篇《岳阳楼记》就是写于邓州，其中“先天下之忧而忧，后天下之乐而乐”名传千古。

皇祐元年（1049 年），范仲淹调任杭州知州，两年后升为户部侍郎，又调为颍州知州，行至徐州时病逝，享年 63 岁。这好像有点巧合，63 年前，他正是在父亲任职的徐州官舍里出生的。

范仲淹在宋代有非常重大的影响，他不但擅长文章和诗词，而且擅长地方行政，甚至放到边疆也是合格的将军，这种通才是非常罕见的。所以南宋学者罗大经说，宋朝的人物以范仲淹为第一。

范仲淹流传下来的诗歌有三百多首，这首《江上渔者》，不知作于何时，但体现了他一贯的风格，就是关心老百姓的生活。诗歌很短，也很简单，我们先用白话串讲一下：江边来来往往的，都是人群，他们都非常喜爱鲈鱼的美味。你看看，江面上那一叶扁舟，在浪涛中忽隐忽现。

再解释几个字词的意思。“江上”的“上”，不是指江的上面，而是指江边。古代“上”有“旁边”的意思。鲈鱼，是一种身体黄褐色、鳞片退化、生活在近岸浅海中的鱼，夏季会进入淡水河川，此时是肉味最美的时候。鲈鱼在中国古代诗文中常常被提到，以松江一代所产最为味美。晋代的张翰，是吴江（苏州）人，在洛阳做官，看见秋风刮起，想念家乡的莼菜羹和鲈鱼脍，就说：“做人呢，最重要的是开心，我怎么能为了一个小小的官，跑到数千里外来受罪呢？”当即写了辞呈，驾着马车就打道回了家乡，可见松江鲈鱼的魅力。范仲淹正是苏州人，后来又当过苏州知州，也许这首诗，就是他在苏州知州的任上所作，当时范仲淹已经 50 多岁了。

光读诗歌的表面意思，还不够显豁。上两句写江边热爱鲈鱼的人群，下两句忽然叫人看江面波浪中出没的小舟，什么意思呢？其实他的意思是，那些小舟上的渔民，是冒着生命危险在打鱼啊。原来诗歌描写的，是对渔夫危险辛勤工作的关注。这是一种艺术表现手法，把两种情况列举出来，形成对比，言外之意，让读者自己脑补。这种手法，比较简约而有诗意，比絮絮叨叨把自己那点意思全部阐述出来，要显得更为意味深长。我们写作时，在有些情况下，应该有意识地借鉴这种手法。

我们知道，在范仲淹之前，已经有不少这类短小隽永的诗歌，为劳苦百姓代言。比如李绅的《悯农》："春种一粒粟，秋收万颗子。四海无闲田，农夫犹饿死。"范仲淹的朋友梅尧臣也写过："陶尽门前土，屋上无片瓦。十指不沾泥，鳞鳞居大厦。"农夫和建筑工人，虽然分别是粮食的产出者和高楼的建设者，但本身竟然或者饿死，或者屋无片瓦。打鱼的人也相似，他们每天冒着生命危险去打渔，却舍不得吃一条鱼，因为苛捐杂税太重，而对这种可怜可悲的职业又没有选择。这样的社会，是何等残酷。

所以，宋代虽然被认为是中国历史上商业经济最发达，对商业最宽容，也是最富裕的朝代，但是，仍有很多人过着贫困无告的生活，没有范仲淹他们的记录，我们不会知道。

50 元日

这一节，我们来学习宋代诗人、政治家王安石的《元日》。

爆竹声中一岁除，春风送暖入屠苏。
千门万户曈曈日，总把新桃换旧符。

王安石，字介甫，晚年号半山，临川（今江西省抚州市临川区）人，生于宋真宗天禧五年（1021 年）。宋仁宗庆历二年（1042 年）进士第四名及第，时年才 21 岁。

王安石生于官宦家庭，他的父亲王益做过临川军判官。据史书记载，他自幼聪颖，只要他看过一眼的书，终身不忘；写文章不假思索，提笔就写，文采斐然。考进士还是第四名，名次比范仲淹高多了。当然，他的政治抱负也很远大，一个人有远大志向，有时是好事，有时是坏事。如果有太强的政治抱负，加上本身才华横溢，有时就免不了会一意孤行，按照自己的意愿来改造社会，而经验告诉我们，这往往会造成悲剧。

前面我们说过，宋代考上进士，只要名次不是后五分之一，都直接授官。王安石立授淮南节度判官，任满后调鄞（yín）县知县，又调舒州通判。宰相文彦博很赏识他，向仁宗皇帝举荐他升职，王安石竟然拒绝。嘉祐三年（1058 年），王安石进京述职，向仁宗皇帝上书，提出自己系统的变法主张，要求朝廷想办法把富人的钱收归国有，充实国库，加强边防，但宋仁宗是宋朝乃至整个古代最仁慈的君主，没有搭理他。王安石很灰心丧气，后来干脆借口要为母亲守孝，辞官回家。

直到宋神宗即位，开始器重王安石，拜他为江宁知府，随即又拜为翰林学士兼侍讲。王安石又向神宗提出自己的变法主张，得到全力支持。很快，宋神宗把王安石擢（zhuó）拔为宰相，开始推行新法。王安石很崇拜秦国的改革者商鞅，认为朝廷就应该向商鞅学习，富国强兵。甚至改革科举考试，废除诗赋、词章科目，加强经义的内容。他的种种举措，遭到很多官员的反对，包括欧阳修、苏轼、司马光，甚至王安石的亲弟弟王安国。

不过什么都阻挡不了王安石，他自负才华，刚愎自用，只要他认定的事，九头牛都拉不回来，因此被称为

“拗相公”。他向神宗建议，凡是不赞同新法的，全部打成奸佞（nìng），赶出朝廷。但变法效果并不很好，开封的百姓为逃避保甲法，竟然出现自断手腕的现象，搞得神宗皇帝也因此犹豫。接着又碰上旱灾，百姓流离失所。神宗只好罢免了王安石的宰相职位，中间王安石还重新回到过朝廷，第二次出任宰相，但很快又被罢免，从此直到宋神宗死去，都没有再被召见。

元丰八年（1085 年），神宗去世，宋哲宗赵煦（xù）即位，改元元祐，起用司马光为相，全面废除新法。第二年四月，王安石病逝，享年 65 岁 。

在现在的中学历史课本上，王安石的形象很正面，但在当时乃至后世很长一段时间，士大夫对他的看法都不大好。北宋、南宋之交的杨时甚至以为，北宋的灭亡就是王安石种下的恶果。南宋大儒朱熹说，王安石虽然文章好，人品佳，但一天到晚就知道搜刮百姓，一门心思想着打仗，专门任用奸佞小人，排斥忠良，导致百姓悲观失望。当然也有夸奖他的，比如晚清大学者梁启超，就说他是古代罕见的伟人。

不管王安石的新政对百姓是否好，但他这个人的人品确实无可挑剔。他非常节俭，衣食方面很不讲究，有什么吃什么。心地也很善良，他的妻子给他买了个小妾，他不但不要，还送钱让女子回家。罢相后，他住在江宁，也就是今天的南京，出门只骑个驴子。有人劝他：“骑驴很不舒服，还是坐轿子比较爽，您不如试试。”王安石正色道：“我怎么能把人当畜生用，这是古代的坏蛋都不好意思做的啊。”可见他天性是很善良的，但不知道如果施行商鞅的政策，却是天下百姓之灾。

王安石一生以政治为主要使命，因此反对在科举考试中考察诗赋，但他的诗词其实写得很不错，诗和词都留下了名篇，古文尤其厉害，名列“唐宋八大家”。

一般认为，这首诗是作者初次拜相时所作，当时作者权倾天下，开始推行新政。时值新年，即兴写了这首诗，表达对美好未来的无限憧憬。

诗歌的首句“爆竹声中一岁除”，是说在爆竹的响声中，一年又结束了。按照古代风俗，除夕夜家家户户都要守夜，迎接新年。人们围坐在火炉边谈天说地，看着计时器具，当除夕刚到尽头的时候，也就是午夜时分，开始燃放爆竹，迎接新年的第一秒钟。这个传统至今在农村保留，城里因为不许放爆竹，这个风俗已经销声匿迹了。除，本义是“多余”的意思，引申为“尽头”“结束”。除日，就是农历年三十，是一年的尽头，所以称为除日。唐宋的诗人们，写过不少《除日》的诗。王安石这首诗，应该就是午夜时分，新年刚至的时候写的。

次句“春风送暖入屠苏”，是说春风把暖气送来了，进入了屠苏酒中。屠苏，是一种药酒名。新年时喝屠苏酒，这种风俗最晚在南北朝时期就盛行了，目的是为了驱邪、避瘟疫、求长寿。当然，这种酒不可能有那样的功效，但是古人相信。另外，因为古代“屠苏”两个字还有“草庵”的意思，所以有人认为，这句诗里的“屠苏”应该指“草庵”，代指“房屋”，前面一个“入”字，正好指春风送来暖气，进入房屋；如果是酒，这个“入”字就无着落了。我觉得这种解释是胡搅蛮缠。诗歌的写法往往和散文不同，遣词造句更加灵活。这个“入”字，似乎和“屠苏”不能搭配，但诗歌就是要不循常理表达。春风送来的暖气，也就是新年之气，融入了屠苏酒中，被人饮下去，有什么不可以理解的呢？而且古书记载屠苏酒和新年往往是标配，王安石岂能不循常理，把屠苏用作房屋？有些人解读诗歌，喜欢标新立异，不顾事实，这种做法是不对的，我们不要学他们。

第三句“千门万户曈曈日”，是说千家万户被太阳照耀的时候，也就是清晨时候。曈曈，指太阳将明未明的样子，就是太阳刚出来，天渐渐明亮的时候。古书上又写作“曈昽（tóng lóng）”。

第四句，“总把新桃换旧符”。桃，指桃符，人们都把旧的桃符摘下来，把新的桃符换上去。这也是古代的一种民俗。因为“桃”和“逃”音近，所以古人认为，鬼怕桃树，用桃木棒敲击鬼，能让鬼“逃”走。相传远古有神荼（tú）、郁垒两位神仙，就住在大桃树底下，他们是专门负责捉鬼的。后来人们就把桃木截成木板，在上面书画神荼、郁垒二位捉鬼的神仙，正月初一挂在门上，以避百鬼，以求好运。再后来又逐渐改成在门上面写对仗的诗句，称为春联，一直传承至今。

这首诗应该就是诗人在除夕夜刚尽，新年刚到的那一刻写的，所以前两句写晚上的情景，又是燃放爆竹，又是饮用屠苏酒；后两句则是想象太阳出来后的景象，在新春稚嫩的阳光下，家家户户都换下旧桃符，挂上新桃符，全诗充满了喜悦气氛，我们能想见王安石当时的快乐心情，当然，还有踌躇（chóu chú）满志。

根据这首诗的描写，我们还可以追溯宋代的新年风俗，和现在对照，看看有什么区别。燃放爆竹，至今犹存；饮屠苏酒，大概就很少有地方保留了；挂桃符，现在改为贴春联，在大部分地区应该还有。我年少时在南昌，家家户户都要贴春联，但不是在大年初一贴，而是在除夕那天的下午或者傍晚贴。后来我去了北京，发现北京人并不怎么贴春联，这大概说明，这个风俗也在逐渐消亡。

通过这首诗，我们还可以提一下所谓的“年味”。我们现在过春节，老有人说年味很淡，为什么呢？其实主要是因为这些风俗消失了。我们小时候觉得很有年味，其实就是因为有这些风俗存在。但这也是没有办法的事。燃放爆竹确实不安全，每年都有因此炸伤眼睛摘除眼球的事例；饮屠苏酒也不一定健康；贴春联按说是最好保留的，我们小时候，春联都是自己写，或者全村找一个字写得好的人集中写，大家围观。写春联的场合，就充满节日气氛。但现在大家都特别忙，谁也不会有那个兴致，这些适合农业时代的古老节日风俗，注定要随风而逝，不管有些人对它们是多么难以割舍。

爆竹声中一岁除，春风送暖入屠苏。

【猫猫说】小猫玩爆竹，变成了爆竹

过年了，大家都在换桃符。猫家的桃符，是真正的桃子。

风送来了太阳，很暖和。有的猫坐在风上喝酒，有的猫坐在上面睡觉。

小猫们在放爆竹，爆竹把它们都喷到了天上，变成了猫爆竹。

“年”被吓跑了。它想：“怎么会有这么多猫的爆竹，太恐怖了！”

有一只小猫正在睡觉，它的尾巴被爆竹烧到了。它痛得大哭。其他的小猫就用它的眼泪帮它灭火。

51 泊船瓜洲

这一节，我们来学习王安石[①]的另一首诗——《泊船瓜洲》。

京口瓜洲一水间，钟山只隔数重山。
春风又绿江南岸，明月何时照我还。

这首诗是王安石的名作，创作时间不详，但有多种推测，有的说作于宋神宗熙宁元年（1068 年），王安石被朝廷征召，从江宁府赴京，任翰林学士，途经瓜洲。有的说作于宋神宗熙宁七年（1074 年），王安石第一次罢相，从京城返回金陵，途经瓜洲。有的说作于神宗熙宁八年（1075 年），王安石第二次拜相，从江宁再次去京城，途经

① 更多关于王安石的故事，见 50《元日》。

瓜洲。总之，都是根据王安石的行踪来推测的。

其实从诗句的内容看，作者写的是离开金陵的惆怅心情，所以上述第二种说法首先可以排除。诗歌反映的情绪比较低落，也不像是作者首次拜相进京的样子，上述第一种说法也应该可以排除，那么，就剩下第三种说法了。而且从史料来看，王安石前两次路过瓜洲，都在是阴历四月，四月的江南，早就鸟语花香了，不大像诗人所描述的春景。另有学者据《景定建康志》卷十二所载“熙宁七年四月王安石知江宁府，八年三月一日赴阙”，认为这首诗当作于熙宁八年，当时正是三月初一，江南大地开始转绿，但还不到烟花三月绿色已浓的状态，所以诗人会发出“春风又绿”的感慨，这个看法是很有说服力的。王安石写这首诗时 54 岁，离最终走完生命旅程还有 11 年。

要讲述这首诗，首先必须解释诗题的“瓜洲”这个地名。瓜洲位于今天的江苏省扬州市，是历史悠久的文化名镇，位于京杭大运河与长江交汇处，唐宋以来，就一直是古代航运交通的重要渡口。唐代高僧鉴真，就是从这里起航东渡日本的。由于瓜洲的历史地位，唐代诗人提到瓜洲的很多，比如白居易的《长相思》：“汴水流，泗水流，流到瓜洲古渡头，吴山点点愁。”张祜 (hù) 的《题金陵渡》：“潮落夜江斜月里，两三星火是瓜洲。”高蟾（chán）的《瓜洲夜泊》：“偶为芳草无情客，况是青山有事身。一夕瓜洲渡头宿，天风吹尽广陵尘。”

但我们要注意，要把瓜洲和没有三点水的“瓜州”区别开来。唐代的“瓜州”也很有名，是河西走廊丝绸之路上的重镇，属于边塞，现在归甘肃酒泉市，它也经常被边塞诗人写入诗中。比如唐代诗人岑参就有“君从万里使，闻已到瓜州”的诗句，就是指河西走廊上的瓜州，这个“州”字，没有三点水。

这首诗歌的首句，“京口瓜洲一水间”，是说京口和瓜洲，只隔着一条江水。京口，是江苏省镇江市的古称。三国时代，孙吴政权建都京口，后迁到建康，也就是从镇江迁都到南京。唐代时，设置了润州，以京口为治所。我们以前学过王昌龄的《芙蓉楼送辛渐》，芙蓉楼就是润州京口的城楼之一，现在属于镇江市京口区。京口和瓜洲，隔着长江相望，所以说是“一水间”。京口在长江南岸，瓜洲在长江北岸。当年王昌龄送别辛渐，就是从南京一直送到京口，看到朋友渡江，才原路返回。

第二句，“钟山只隔数重山”，是说钟山只隔着几重山脉。这首诗的诗题叫《泊船瓜洲》，说明作者当时位于长江北岸的扬州，他望着一水之隔的京口，想到南京也不过隔着几重山，大概是感叹离开家也不太远。作者虽然是江西人，但一直把家安置在南京。钟山，是南京附近的山名，古名金陵山，汉代称作钟山，三国孙吴时改称蒋山。

在后世文人的诗文中，这些名称都交互使用。

第三句是名句，“春风又绿江南岸”，是说春风又把长江南岸吹成了绿色。为什么这句是名句呢？是因为这里出现了一个形容词活用。“绿”本来是形容词，形容一种颜色，但在这里被活用为动词，是“使什么变绿”的意思。

当然，我们所谓的活用，是立足现代汉语的习惯来说的。在现代汉语中，一个词的词性用法比较固定；古汉语则比较灵活，一个词经常既可以当名词，又可以当意思相近的动词或者形容词来用。比如说《左传》里面有一句话：“丹桓（huán）宫之楹。”就是指把厅堂的前柱漆成红色。这句中的“丹”，既有“红色”之意，又有“涂成红色”的意思。只不过在后来，这种用法越来越少，唐宋时代的人，都觉得奇怪了。

韩愈、柳宗元发起古文运动，率先仿古，经常学习先秦古文的活用词汇，比如韩愈写“烧掉他们的书”，他不按照常理写“烧其书”，而是写“火其书”，也是说，把“火”这个名词活用为动词，指用火烧书。同样，王安石的“绿”字活用，在先秦时代也是很常见的，但由于在宋代不流行，因此给人带来了一种文字上的陌生感觉，就显得很生动，很有文学性。据说王安石为这个字也推敲了很久，开始是用“到”字，觉得很平庸，圈掉，改成“过”；似乎好一些，但还不满意，又圈掉，改成“入”“满”，改了十多次，最后才敲定了“绿”字，可见其作诗的认真。

不过这整句诗还有另外一个版本，叫“春风自绿江南岸”，我认为，这个“自”字比“又”字好。“又”字，说的只是春风一年一度，又来了江南，抒发的顶多是岁月的沧桑，固然悲凉，但也太常见了。而“自”字说的却是春风不理会人的悲欢离合，它闷着头自己玩自己的，按时来，按时去，你作为人类，觉得春回大地，绿遍江南，因此欢呼雀跃，其实人家根本不搭理你。春风把人间催绿，并不为了你，也不为了任何人，不需要你自作多情。人间繁华富庶，它不喜；血流成河，它不悲。诗句抒发的是大自然的无情，和人的有情相对照，显得更加悲凉。这就和王维的诗“春草年年绿，王孙归不归”的意思相似，春草无情，年年自绿，王孙不归，我独神伤。王安石饱读诗书，自己写作也必然会不由自主地“路径依赖”，因为他的下句正好也是写归来与否的。

第四句，“明月何时照我还”，是说明月什么时候能照着我回家。写诗歌的时候，肯定是白天，所以王安石会慨叹“春风又绿江南岸”，怎么一下又转到明月了呢？因为明月在传统文化的意象中，总和温暖、家乡有关。李白的“举头望明月，低头思故乡”，大家都知道。王安石忽然想到明月，因为他知道，一看到明月，读者心中就有温情，而回归家乡，就是一种对拥抱温情的渴望。

这首诗的主题，貌似怀乡，实质是对事业无成的伤感。按照一般人的想法，被朝廷征召，去当宰相，这是天大的好事，巴不得日夜兼程。王安石也是有大志向的人，为什么刚渡过江，就会如此伤感呢？我觉得，他肯定是对事业不再抱有憧憬，预感进京也不会有什么好的结果。果然，他回京后，新法遭到很大的抵制。第二年（1076年），他才华横溢的长子王雱（pāng）也因为协助自己变法，积劳身亡，反对派还纷纷说闲话，对他们进行诋毁。在这种情况下，这一年十月，王安石再次辞职，返回南京的家中。这次拜相，只有短短的一年多时间。当他回到瓜洲渡口时，想起一年前写的这首诗，一定会觉得恍如隔世吧。

52 书湖阴先生壁

这一节，我们来学习王安石[①]的一首诗——《书湖阴先生壁》。

茅檐长扫净无苔，花木成畦手自栽。
一水护田将绿绕，两山排闼送青来。

《书湖阴先生壁》共有两首，是王安石题在湖阴先生房子墙壁上的一组诗。

古人喜欢在墙壁上题诗题字，如果墙壁在室外，就会引来很多人观赏。我们以前说过，唐代的进士录取后，都会跑到大雁塔下的墙壁上题名题诗；没考上进士的，也可以过把瘾。我们熟知的颜真卿、李商隐、孟郊的手迹，在

① 更多关于王安石的故事，见 50《元日》。

五代和北宋重修大雁塔时，都被发现过。剥掉一层墙皮后，这些诗词携带着沧桑，沐浴着灰尘，望着眼前新奇的世界。

有些失意文人，没有考取任何功名，或者由于其他原因，在历史上湮没不见，但因为他们偶然在墙壁上题过一两首好诗，让后人读后不胜感慨，于是在文学史上留下了名字。

比如，大雁塔墙壁上，宋人剥掉墙皮后，发现的一首五言绝句："汉国山河在，秦陵草树深。暮云千里色，无处不伤心。"题名为"荆叔偶题"。这位荆叔，大概就是一位失意书生。总之，把诗歌题在壁上，是古代文人非常风行的习俗，也一直流传到今天。我们去名胜古迹游玩，往往会看见"某某到此一游"的题词，这就相当于古代的题壁，只是没有实质内容和文采罢了。

诗题中的湖阴先生，叫杨德逢，是王安石退居金陵时的邻居，也是王安石经常往来的朋友。王安石给他写过很多诗，不止这两首。从那些诗来看，杨德逢是个家境不错的人。

这首诗首句"茅檐长扫净无苔"，是说茅草铺的屋檐经常打扫，干干净净，没有一点青苔黏在上面。

一般认为，这个"茅檐"指代院子，原因是：屋檐是无法打扫的，也不可能长青苔；屋内和房间内，也不大可能长青苔。只有庭院是会长青苔的，所以只能用来借代庭院。

什么是借代呢？借代就是指说话或写文章时，不直接说出所要表达的人或事物，而是借用与它密切相关的人或事物来代替的一种修辞方法。

比如我们前面学过李白的《望天门山》："两岸青山相对出，孤帆一片日边来。"就是用"孤帆"来借代船，帆是船的一部分，而且是很醒目很有代表性的一部分，所以可以这样借代。王安石这首诗的这个例子，其实不算典型借代，因为屋檐并非庭院的一部分，而是整栋房子的一部分。所以，评论家们说它是借代，可能有点牵强。

我认为王安石之所以不写"院庭长扫净无苔"，而写"茅檐长扫净无苔"，主要是为了突出这家主人是个素朴高洁的人。他虽然不穷，屋顶却用茅草覆盖，有点隐士风范。因为一般有钱的粗俗人，房子都是雕梁画栋的。也就是说，"茅檐"是个独立成分，和后面的"长扫净无苔"不一定必须连在一起理解，也许中间省略了"庭院"这个词。

第二句"花木成畦手自栽"，是说花草和树木界限分明，都是主人亲手栽种的。畦，是指田园中分成的小块土地。这句诗进一步渲染主人公高洁的隐士风格，他亲自参与栽树等体力劳动。这些事情，一般的有钱人是不屑干的。

三、四两句，"一水护田将绿绕，两山排闼送青来"，依旧是继续写屋子的景况：一条溪水环护着田垄，把水田里的绿色给绕了起来；两座山气势逼人，仿佛径直粗暴地推开门，将青色送给主人。这两句是名句，王安石采取了拟人的修辞手法，把溪水写得像温情的保姆，保护着稻田；青山则像远道而来的客人，而且非常熟络，才会“排闼”而入。

闼，就是大门；排闼，就是略显急躁地推开门。这个词出自《史记》，说是汉高祖刘邦生了重病，但只和贴身太监躲在深宫，不肯见群臣，群臣也不敢进去。拖到十多天，樊哙（kuài）忍不住了，直接“排闼直入”，其他大臣才跟着他进入。樊哙为什么敢这么做？一则因为他跟刘邦是连襟，刘邦的皇后吕雉（zhì）和樊哙的妻子吕媭（xū）是姐妹。二则因为樊哙的性格本来就比较鲁莽直率。当年刘邦打天下的时候，和项羽在鸿门举行宴会，项羽的谋士范增派项庄在宴席上舞剑，想趁机干掉刘邦。樊哙在门口忍不住，径直闯进去，向项羽进言。

王安石在这句诗里用“排闼”两个字，实际上隐约告诉我们，青山非常近而突兀，屋内的人仿佛一打开门就会撞到它的身上。它浑身绿油油的，好像还会跟你道歉：“对不起，我是送免费礼品的，送给您我身上最美丽的青色。”所以，这一句尤其被后人视为杰出的诗句。

整首诗写出了湖阴先生家的幽深宁静。我们前面说了，同题诗共有两首，另外一首是："桑条索漠楝（liàn）花繁，风敛余香暗度垣（yuán）。黄鸟数声残午梦，尚疑身属半山园。"

其实这首景象更清幽，意思是，湖阴先生家周围桑树萧索、楝花繁盛，风吹着楝花余下的香气，偷偷越过院墙。黄鸟时时鸣叫几声，惊醒了作者残梦，搞得作者还以为住在半山园自己的家中。王安石的家叫半山园，他把湖阴先生的家比作半山园，当然是一种赞赏。

53 六月二十七日望湖楼醉书

这一节，我们来学习苏轼的一首诗——《六月二十七日望湖楼醉书》。

黑云翻墨未遮山，白雨跳珠乱入船。
卷地风来忽吹散，望湖楼下水如天。

苏轼，字子瞻（zhān），号东坡居士，世称苏东坡。宋仁宗景祐三年（1037年），生于四川眉山，是北宋时期著名的文学家、书法家、画家。

苏轼出生在一个知识分子家庭，父亲苏洵也是文学家，加上苏轼的弟弟苏辙，三个人都因为古文写得优美，而被列入“唐宋八大家”，这在整个中国文学史上，都是非常罕见的，大概只有三国时代的曹操、曹丕、曹植父子可以与他们相比。

苏轼天生聪颖，嘉祐二年（1057 年），首次进京和弟弟苏辙一起参加进士考试，因为得到欧阳修的赏识，顺利考中，虽然名次不高，但也足以立即授官。他的弟弟苏辙名次更加靠后，只能等待守选。但不巧的是，他们碰上母亲去世，于是两人都回家守孝。

嘉祐六年（1061 年），苏轼又参加了制科考试，顺利通过，被授为大理评事、签书凤翔府判官。这时父亲苏洵又去世了，苏轼只好又回家守孝三年。三年还朝后，碰上王安石变法。苏轼反对新法，让王安石不满，他指使御史弹劾苏轼。苏轼于是请求到外地做官，被派到了杭州。三年后转密州（山东诸城）知州，再转徐州知州、湖州知州，这时他已经 42 岁。

在湖州知州任上，苏轼给宋神宗写了一封《湖州谢表》，因为在谢表中说了一些对新法不满的话，被反对派抓住把柄，说他讽刺皇帝、包藏祸心。他们还从苏轼出版的诗集中挑出一些句子，上纲上线，甚至说苏轼本无才华，滥竽充数，考中进士不过是命好，请求皇帝把苏轼杀掉。

宋神宗下令将苏轼从湖州知州任上抓捕，押往京师受审。这就是北宋著名的“乌台诗案”。

什么叫乌台？乌台是当时对御史台的旧称，因汉朝时御史府种了很多柏树，上面栖息了数千只乌鸦而得名，唐诗中经常用乌台指代御史台。

那什么叫御史台呢？御史台是中国古代的官署名，秦汉时代就出现了，当时御史所居的官署称为御史府，又称兰台，南北朝时改称御史台，职责是监察官吏的不法行径，御史台的官员称为御史，虽然号称独立，只对皇帝负责，但权臣经常可以暗示御史弹劾自己看不惯的官员。

苏轼的案件，就是御史告发弹劾的，他后来被关到御史府的狱中，罪状主要是他的诗歌中有不满情绪。神宗皇帝虽然将苏轼下狱，但他究竟不是昏君，很欣赏苏轼的才华，命令对苏轼不许虐待，也不肯下决心杀苏轼，加之连当时已经罢相的王安石都给神宗紧急上书，说哪有盛世杀才子的道理？于是在坐牢 103 天后，苏轼出狱，被贬为黄州（今湖北黄冈）团练副使。

其实这是个不管事的闲职，还受到当地官员监视。苏轼乐得一身清闲，干脆到处游玩。黄州有个地名叫赤壁，相传是三国时赤壁大战的地方，苏轼多次去游览，写下了《赤壁赋》《后赤壁赋》和《念奴娇·赤壁怀古》等名作。因为薪水微薄，苏轼还带领家人垦荒种地，贴补家用。不过他粉丝多，人人都知道苏学士的大名，老有人登门拜访，送酒送肉的，所以日子过得还算不错。

苏轼在黄州生活了五年，才得到诏书，赴汝州就任，但在路上他的小儿子夭折了，他请求到常州暂住。不久，宋神宗去世。新君宋哲宗即位，高太后临朝听政，她是个保守派，一上台就废弃新法，苏轼被起用为登州知州，随后很快被召回朝廷重用，拜翰林学士。但他对朝廷尽废新法也有看法，认为新法中也有一些好的成分，于是又为保守势力不喜。苏轼再次自请调为杭州知州，但很快又被贬为颍州知州、扬州知州、定州知州。

不久，高太后去世，哲宗执政，重用新党，苏轼就更倒霉了，被贬到惠州，到了今天的广东地界。谁知连在遥远的广东，人们也久闻苏学士大名，听说苏轼要来，纷纷用箪(dān)盛着食物，用壶装着酒水来热情迎接。

但这并不算完，几年后，苏轼又被贬到海南岛的儋(dān)州。在当时，那是非常蛮荒的地方，从未有人在科举中考取过什么功名。然而在海南，苏轼继续展示他巨大的人格魅力，有一个叫姜唐佐的琼州人，知道苏轼来了海南，兴奋得不行，早早就来拜访，朝夕在苏轼身边请教。后来姜唐佐去广东参加考试，果然考上了举人，这在海南是破天荒的事。除了姜唐佐之外，十多年后，曾跟随过苏轼求学的儋州人还有考上进士的，可见苏轼的影响。

苏轼虽然年少进士及第，但他最初不擅长诗赋，当时进士考试共有四科，诗赋是其中一科，苏轼这份试卷被主考官打了不及格。如果在唐朝，苏轼肯定会落榜。因为唐代的科举考试实行单科不及格淘汰制，但宋代算总分。因为他的策论科很受主考官欧阳修赏识，给他打了几乎满分。

但我们知道，苏轼是个多面手，诗词赋都留下了千古名篇，那些科考名次在他之上的，也许当时的诗赋成绩很高，却几乎都湮没在历史之中。苏轼这样的才子，可能并非不擅长诗赋，只是不擅长命题作文而已。

苏轼的作品在当时就闻名国内外，辽国、高丽等地的人都知道他的大名。北宋末年，朝廷一度禁止苏轼作品的流传，但才华是禁不住的，禁得愈严，流传愈广。他为后世创造了很多成语，比如雪泥鸿爪、河东狮吼、胸有成竹、出人头地、水落石出、明日黄花、沧海一粟等等，丰富了汉语的表现力。他坎坷的一生告诉我们，那些刚直不阿、不肯屈从于流俗的人，往往是最值得珍惜的文化瑰宝。

这首诗歌本来是一组绝句，共有五首，作于北宋神宗熙宁五年（1072 年），作者在杭州任通判的时候。这年六月二十七，他游览西湖，在船上看到奇妙的湖光山色，再到望湖楼上喝酒，就写下五首绝句，这是其中的第一首。

通判，是宋代开始设置的官职，当时为了防止州郡官有不轨行径，于是在各州郡设通判，作为副职，与地方最高长官知府、知州共同处理政事，同时负责监察，可以直接向皇帝奏报包括州郡官、县官在内的一切官员的情况。

望湖楼，原名看经楼，吴越王钱俶（chù）所建，宋时改名为望湖楼。

首句“黑云翻墨未遮山”，是说黑云像打翻的墨汁一样，在空中飘荡，但是没有遮住山峦，这句诗是写云朵非常黑，但周围景色的能见度还不错，群山一览无余。杭州的西湖举世闻名，是现今《世界遗产名录》中少数几个湖泊类文化遗产，也是中国唯一一个湖泊类文化遗产。西湖最显著的特点是三面环山，周围的山属于天目山余脉，有北高峰、天马山、天竺山、五云山、飞来峰、南高峰、玉皇山、凤凰山、吴山、葛岭、宝石山等等，峰峦挺秀、溪涧纵横、流水清冽。中国很多地方也有美丽的湖泊，但有湖无山，就很难有西湖这样的秀丽。

次句“白雨跳珠乱入船”，是说雨珠像白色的珍珠一样，杂乱跳跃，蹦进船舱。

最后两句“卷地风来忽吹散，望湖楼下水如天”，是说突然一阵狂风卷地吹来，把雨吹散了。这时眺望楼下，湖面宁静，和天色融为一体。原来这是一场阵雨，来得快，去得也快。

这首诗歌所描写的观察角度不一，开始作者身处船舱之中，望见乌云翻滚，随即急雨下落，雨珠溅进船舱；然后他上了望湖楼，霎时间风平雨停，遥望湖面，那密密麻麻的雨坑自然也没有了，天朗气清，水面像镜子一样平滑。

我们前面说了这组诗共有五首，后面四首分别是写在湖上游玩的悠闲快乐，看着荷花，吃着菱角，看着湖上流连的女子，感到心满意足。其实诗歌本身并没有那么神奇，但因为作者是苏轼，总不免被过深解读。

54 饮湖上初晴后雨

这一节，我们来学习苏轼[1]的另一首诗——《饮湖上初晴后雨》。

水光潋滟（liàn yàn）晴方好，山色空蒙雨亦奇。
欲把西湖比西子，淡妆浓抹总相宜。

这首诗也是写于作者任杭州通判期间。原作有两首，这是第二首。

第一首不太有名，是这样写的："朝曦（xī）迎客艳重冈，晚雨留人入醉乡。此意自佳君不会，一杯当属水仙王。"是说早上太阳刚出的时候，作者去迎接客人，重重的山岗都被太阳的光芒渲染得无比艳丽；晚上下起雨来，

① 更多关于苏轼的故事，见53《六月二十七日望湖楼醉书》。

客人走不了，于是大家喝得酩酊大醉，相继进入梦乡。西湖之美，客人未必能全部领略，应该举酒和西湖的守护神“水仙王”一起，才能尽情赏鉴。这首确实写得一般，所以不入诗词鉴赏家法眼。

而我们今天要讲的这首却非同凡响，尤其最后两句，读起来只觉口舌生香。我很小的时候，从爸爸的教科书上读到，就禁不住心情摇曳，特别想去西湖看看。但那个时代太穷，从江西南昌去杭州游玩，是个幻想。所以，现在的孩子幸福，祖国的大好河山，基本可以想去就去。

诗题叫《饮湖上初晴后雨》，就是说，作者在西湖边和朋友饮酒作乐，开始是晴天，后来转为雨天。这和上面我们讲的那首诗正好相反，那首里开始是下雨，后来突然狂风刮过，雨过天晴。

接下来我们逐句讲解。

首句“水光潋滟晴方好”，是说西湖的水面波光闪烁，这是晴天最佳最美的景致。潋滟，指水波晃荡，重重叠叠的样子。这句说西湖晴天的美景，也就是作者饮酒刚开始的场景。

次句“山色空蒙雨亦奇”，说的是西湖周围的群山，在细雨迷蒙之中，显得非常奇丽。空蒙，也写作带三点水的濛，指细雨迷蒙的样子。这句写雨天的西湖，但不是大雨，而是小雨、细雨。在这种细雨之中，西湖周围群山如洗，才最为奇丽。

最后两句是名句，“欲把西湖比西子，淡妆浓抹总相宜”，意思是说，我想把西湖比作古代的美女西施，不管是淡妆还是浓妆，都是很合适的。西子，据说名叫西施，浙江诸暨（jì）人，春秋末年的著名美女，曾经帮助越王勾践施展美人计，导致吴王夫差（chāi）不理朝政，最后被越国灭国。她已经成为汉语中美女的代称。

古人的诗文中，一旦提到美女，多半以西施来借代。但其实她不一定是真实的历史人物，因为虽然先秦古书曾经好几次提到西施，也只是说这个人很美，其他《左传》《国语》乃至《史记》的正经史料，却都没有记载她的任何事迹。从西施这个名字的古音来看，它可能是表示“美丽”这个意思的联绵词，后来被附会为美女的名字。西施在先秦时代就又被称为西子，大概是因为“西施”和“西子”读音较近，也可能因为“子”是当时的尊称。

苏轼这句诗歌，把西湖比作西施，一则因为从读音上来讲，很协调。西湖和西子，都以“西”字打头。二则西湖风姿绰约的美，大概只有用美女来形容，才能得到大众的认同。古代和美貌有关的词，基本都是从“女”的，比如“好”，古代就是美貌的意思；“美丽”的“美”字，在先秦时代，其实多写成“女”字旁和一个微笑的“微”组成的“媺(měi)”。可见在表达“美”这个概念的时候，女性比男性更有优势。第三，西施也是传说中的浙江人，江南湖泊的美，用江南的美女来形容，也能让人在心理上更容易接受。总之，这两句诗大众接受度极高，早已成为千古名句。

正因为这首诗，后世很多人都把杭州的西湖称为西子湖，就连小学生写作文，也是一开口就说“西子湖畔”，非常熟练。但我们写文章，最好避免熟滥，尽量改掉这个毛病。

55 惠崇春江晓景

这一节，我们来学习苏轼[①]的第三首诗——《惠崇春江晓景》。

竹外桃花三两枝，春江水暖鸭先知。
蒌蒿（lóu hāo）满地芦芽短，正是河豚欲上时。

这是一首题画诗，是苏轼为惠崇的画所题的诗。

惠崇是北宋的僧人，生于965年，死于1017年，福建建阳人。他还是个画家，动物画擅长画鹅、雁、鹭鸶（lù sī）等水鸟，风景画则喜欢画凄清的水边沙丘、水中小岛，注重旷远的意境。

我们知道，苏轼有些朋友是僧人，比如著名的佛印和

---

① 更多关于苏轼的故事，见53《六月二十七日望湖楼醉书》。

尚，但我们千万不要想当然，认为惠崇也是苏轼的朋友。苏轼出生时，惠崇已经去世二十年了。

这首诗，有的版本叫《惠崇春江晚景》，钱锺书在他的《宋诗选注》中，定为“晓景”，但《东坡全集》及清以前的注本大多用“晚景”。到底是晚景还是晓景，从诗歌的内容来看不好辨别，我们也不必为此纠结，总之我们知道这首诗是写晚春的风景，就足够了。

诗歌作于宋神宗元丰八年（1085 年），当时作者身在汴京（今河南开封），也有人说此诗作于江阴。由于这一年苏轼几乎马不停蹄在路上走动，逗留的地方很多，所以不大好确定。

苏轼所题惠崇的画总共两幅，一幅叫《鸭戏图》，一幅是《飞雁图》，所以原诗一共两首，这是第一首。第二首为：“两两归鸿欲破群，依依还似北归人。遥知朔漠多风雪，更待江南半月春。”是讲早春时分，鸿雁们聚集在一起玩，但有几只想离开群体，早日飞回日思夜想的北方，但是它们又知道，北方的大漠依旧在下雪，现在飞过去不切实际，于是最后也只好怏怏地留在温暖的南方，打算再等待半个月。

至于这第一首，是以水上的鸭子们为主角。首句“竹外桃花三两枝”，描述的是画面上的竹子和桃花，桃花开得不多，只有几枝，可见春天还不够深，桃花只是初开。

次句“春江水暖鸭先知”，画面上有几只野鸭在水上游泳，只有它们能率先感受到江水的寒暖。

第三句“蒌蒿满地芦芽短”，描绘的是画面上满地的蒌蒿草，以及芦苇刚刚抽出的短短的嫩芽。最后一句“正是河豚欲上时”，则是作者的脑补，他猜测这个时节，应该是河豚逆流而上的时节。

蒌蒿，是一种草名，又叫芦蒿，我们南昌人又叫它藜（lí）蒿，藜蒿炒腊肉号称江西菜一绝，南昌人都喜欢说藜蒿是江西特有的，但其实它遍布于江南很多水乡。

芦芽，是芦苇的嫩芽，可以当菜。

河豚，是一种鱼名，以肉味鲜美著称，但是其卵巢和肝脏有剧毒，所以要非常专业的厨师才能烧制。这种鱼一般活跃在沿海和一些内河，每年春天则会逆江而上，在淡水中产卵。上，指逆江而上。

在当时，江南人喜欢用蒌蒿、芦芽、菘菜三种东西烹煮河豚，据说这样烹煮，味道最为鲜美。苏轼这个吃货，大概一看见画面上的蒌蒿和芦芽，就马上脑补了热腾腾的煮河豚，所以大笔一挥，蹦出一句“正是河豚欲上时”。这两句诗也有点名气，元代乔吉《满庭芳·渔父词》曲里的“蒌蒿香脆芦芽嫩，烂煮河豚”，很显然就是借用苏轼的。

通过这两首诗，我们可以复盘惠崇的画。比如从这首诗中可以看出，画面的主体是一条江，江岸上有蒌蒿、初生的芦苇，近景还有竹林和桃花，江上则游弋着鸭子，怡然自得。至于脑补的河豚，则使这一切活色生香，充满了热腾腾的生活情趣。

全诗最有名的句子是“春江水暖鸭先知”，写出了哲学的况味，经常被后世人引来说教，告诫大家：如果想知道事情的真相，必须自己先去尝试。很多人指出，唐代人已经有类似的写作思路，比如孟郊的诗歌《春雨后》：“何物最先知，虚庭草争出。”杜牧的诗歌《初春舟次》：“蒲根水暖雁初浴，梅径香寒蜂未知。”前者讲春草能率先感知春雨；后者讲大雁能率先感知水暖。但苏轼的这句更浅白好懂，因此流传更广。

关于这句诗，还有个笑话。清代有个学者叫毛奇龄，有才但非常狂妄，谁都瞧不起，有一次别人说苏轼这句诗特别好，毛奇龄不服，梗着脖子说：“鹅也先知，凭什么一定要说鸭子？”搞得大家张口结舌。这完全就是抬杠了，写诗歌，选择说哪种动物，并无一定之规，要按他的意思，最好说“春江水暖鱼先知”才最好，鹅也不是时时在水里，鱼可是一刻不离水，随时感知水温变化的。况且人家惠崇的画里画的本来就是鸭，不是鹅。毛奇龄自己也是诗人，他不会不知道这个道理，他大概只是素来不喜欢宋代的诗歌，故意抬杠而已。

56 题西林壁

这一节，我们来学习苏轼[①]的《题西林壁》。

横看成岭侧成峰，远近高低各不同。
不识庐山真面目，只缘身在此山中。

这首诗写于宋神宗元丰七年（1084 年）的四月底或者五月初，这一年作者 48 岁。

苏轼先前被贬为黄州团练副使，黄州的治所在今湖北黄冈。这年开始，他改任汝州团练副使，汝州的治所在今河南临汝。在去汝州的路上，要经过九江，而九江有著名的庐山。

四月，苏轼跟着友人同游庐山，庐山的绮丽景色让他

① 更多关于苏轼的故事，见 53《六月二十七日望湖楼醉书》。

应接不暇，让他没有作诗的闲暇。好在庐山有很多寺庙，和尚们也都久闻苏轼大名，奔走相告：“苏子瞻来了。”盛情要求他题咏，于是不得已，他写了好几首游庐山的诗。

《题西林壁》这首诗，基本是整个庐山游玩活动的总结。

西林寺，位于庐山北麓，始建于东晋太和二年（公元366年），早期有个叫竺昙的僧人在此建造草舍，到后来江州刺史陶范为之立庙，命名为西林寺，将高僧慧永留下，主持寺庙事务。从唐至宋，西林寺一直香火旺盛，寺庙在元代的战火中毁坏后，变得破落不堪，直到20世纪80年代末才获得重修。

这首诗题目为《题西林壁》，顾名思义，自然是写在寺庙的墙壁上。

首句“横看成岭侧成峰”，是总括对庐山的观感，如果直译，就是说庐山横着看，像山岭；侧着看，像山峰。

那么“岭”和“峰”有什么区别呢？如果概念粗一点，两者之间就没有什么区别，岭就是峰，峰就是岭。但如果细分，则有一定区别。岭主要指比较宽的山体和山坡，可以借代山峰；峰则是典型的山尖尖，也就是山的锋芒所在，所以才会称为峰。

苏轼在这首诗歌中，也许并没有特意分别“岭”和“峰”的不同，但他毕竟饱读诗歌，也许又有分别。因为他说的是横看成“岭”，横看山，当然比较宽些，所以说是“岭”；侧看，山比较细而尖锐，所以说是“峰”。总之，这句是说，庐山从不同角度看，形态都不同，变幻万端。

次句“远近高低各不同”，是说从远处看，从近处看，从高处看，从低处看，山的形状各异，非常奇诡。古人说“匡庐奇秀甲天下”，也就是这个意思。

最后两句，“不识庐山真面目，只缘身在此山中”，是说如果你不能掌握庐山真正的面目，只是因为自己身处在这个山中，容易迷惑。这两句诗歌，以蕴含哲理而知名。一般的解读认为，由于人们所处的位置不一样，看问题的角度不一样，对同一事物的认识和看法，就难免有一定的片面性，不够全面。如果一个人想知道一个事物的真相与全貌，必须从那件事物中跳出来，对其全面观察，这样才能抛弃主观成见，这也就是我们常说的“当局者迷，旁观者清”。

总之，这两句诗脍炙人口，几乎妇孺皆知。和唐代诗歌相比，宋诗的特色就是喜欢阐述哲理。苏轼这首诗歌的写法，也有较为典型的宋代特色。这样的写法既有缺点，也有一定的优势。缺点就是，诗歌不够灵动飘逸，显得板滞沉重；优点则是，诗歌内涵丰富，经得起细细品味。我们读唐宋诗歌的时候，可以有意识地观察这一点。

57 夏日绝句

这一节，我们来学习宋朝著名女诗人李清照的《夏日绝句》。

生当作人杰，死亦为鬼雄。
至今思项羽，不肯过江东。

李清照，字易安，山东济南人。她是中国古代最伟大的女诗人，没有之一。

李清照出生于宋神宗元丰七年，这一年是公元1084年，司马光完成了他的《资治通鉴》，苏轼游览庐山写下了著名的《题西林壁》，同时迈入了自己的晚年。这意味着，北宋最好的时代过去了。

李清照生在这个时代，注定要遭受不幸。

李清照出身高知家庭，父亲叫李格非，是宋神宗年间的进士，当过几任小官，性格耿介，因为反对新法遭到排挤，被罢官，从此立志于著书立说。

李清照从小受到家庭影响，特别好学，多才多艺，尤其擅长音律诗歌。18岁那年，她和太学生赵明诚结婚。赵明诚喜欢搜集金石古董，两人志同道合，这是她一生最幸福的时段。

然而不幸的是，李清照的公公赵挺之依附大奸臣蔡京，当过宰相，和李清照父亲李格非政见不同，势同水火。所以，李清照青年时期，就感受到了思想分歧的可怕、政治斗争的险恶。而赵挺之后来又和蔡京反目成仇，死后，蔡京派人搜罗他的罪状，险些酿成大狱。李清照夫妇为了避祸，一度跑回老家隐居。

后来，赵明诚重新出来做官，李清照跟着丈夫赴任，帮助搜集金石。不过她经常会感到压抑，恨自己生为女性，在那个时代空有才华，不能尽情驰骋。她曾填过一首《渔家傲》词："天接云涛连晓雾，星河欲转千帆舞。彷佛梦魂归帝所，闻天语，殷勤问我归何处？我报路长嗟（jiē）日暮，学诗谩有惊人句。九万里风鹏正举，风休住，蓬舟吹取三山去。"

意思是说，我诗歌写得再好，惊人的句子到处都是，又有什么意义？在这种郁闷之下，她梦魂飞扬，想去询问天帝，但世上哪里真有天帝呢？

这并不算最惨的，李清照碰到了中国人最恐惧，但很多时候又最无法避免的事情——战乱。

1127 年，金兵攻陷汴京，李清照随着难民仓皇南渡，往日节衣缩食搜集的金石古董，除了少数之外，皆毁于乱兵之中。

南渡之后，她跟着丈夫到处奔波。有一天，赵明诚突然得到诏书，要奔赴湖州，李清照问他：“你走了，万一碰到乱兵怎么办？”赵明诚说：“跟着别人行事，不得已的话，先把辎重扔掉；再不行，扔掉衣被；还不行，扔掉书册卷轴；依旧不得已，扔掉古董。但是，那些价值连城的宗器，绝对不能扔，除非你死了。”

李清照听到这句话，是非常痛苦的。她料不到在丈夫心中，她的生命价值也不过尔尔。

而且不幸的是，赵明诚因为赶路过于劳累，到了南京很快就病死了。这对李清照来说，肯定又比听到上述那番话时还要痛苦。毕竟在那个时代，家里没个男人不行。李清照成了寡妇，还有人落井下石，诬陷她和她的死鬼老公通敌，吓得她魂飞魄散，通过关系找到宋高宗赵构辩冤，才侥幸昭雪。那一年，她 46 岁。

此后的几年，李清照带着剩余的书画四处奔逃，几乎无有宁日，有一次在绍兴借住在别人家，又被盗窃，藏品几乎荡然无存。

1132 年，李清照 48 岁，不得已，再嫁张汝舟。张汝舟是浙江人，北宋徽宗年间进士。这人开始对她还行，后来听说她的收藏品都没了，就变了脸色，经常搞家暴。李清照一怒之下，就去告发张汝舟考试作弊，借此获准离婚。

此后，她又独身活了二十多年，最后死去。这期间，李清照完成了大量诗词作品，以及赵明诚的学术著作《金石录》的整理。

李清照的词所存不多，但她是唯一一个几乎每篇作品都好的词人，我甚至怀疑，她是否在生前就把所有写得不好的词都烧掉了。但我最敬佩她的是，作为一个女人，在绵延数千年的男权社会中脱颖而出，可以想象她有多高的才华。这一点是现在一般的男性很难想象的。

这首诗的写作背景，有一个非常具有吸引力且很解气的说法：说是靖康二年（1127 年），金兵南下，宋徽宗和儿子宋钦宗都被金兵俘虏，押往北方。李清照也跟着老公赵明诚南逃，新成立的南宋政府任命赵明诚为建康（今江苏南京）知府，但在赵明诚任职期间，发生了兵变事件，好在事先被江东转运副使李谟（mó）得知，赶紧去报告赵明诚，赵明诚却不闻不问，李谟只好自己组织人马防御。兵变叛乱平息后，李谟兴致勃勃去找赵明诚，报告已经成功挫败兵变的消息，谁知赵明诚早些时候听到兵变，惊慌失措，已经逃跑了。朝廷很生气，就免去赵明诚的官职。

李清照也对丈夫非常失望，而且深感耻辱，在路过乌江时，想起了秦末起义军将军项羽，写了这首诗，用来暗讽自己的老公。

这种说法有没有道理呢？我想有一定道理，但多少还是有点牵强的成分。

为什么？主要因为那时的妇女很难自立，对丈夫一般比较温顺，如果为了逞一时口舌之快，导致家庭关系紧张，对自己并没有好处。所以我想这首诗歌的主题，主要还是身处战乱状态的有感而发。

当年西楚霸王项羽和汉王刘邦争夺江山，最后在垓(gāi）下大战，项羽失败，带着数百轻骑逃往南方，路上受了农民欺骗，迷失了道路，导致被汉兵追上，经过血战，身边的轻骑全部战死，只剩项羽孤身一人。当时乌江亭长正等在那里，要渡项羽过江，重整人马再战，但项羽拒绝了，说："即便江东子弟依旧奉我为王，我难道不羞愧吗？"拔剑自刎而死。

而反观李清照所处时代，在金兵的追杀下，朝廷官吏们毫无抵抗之心，纷纷南逃，这种无廉耻的贪生怕死态度，和项羽的英雄之气相比，差距太过鲜明。作者抒发的，应该是一种大时代普遍的愤懑情怀，并非局限于一人一事。作这首诗的时候，李清照 46 岁，同年八月，赵明诚死于南京。

诗歌本身很简单，我们用白话文翻译一下：活着的时候，应该做人中的豪杰；死了之后，也要成为鬼里面的英雄。我至今仍怀念项羽，宁死不屈，绝不渡江苟活。言下之意，项羽这样的人，才达到了生为人杰、死为鬼雄的标准。而当时宋朝士大夫们，都枉为男人。

需要解释几个名词。乌江，地名，秦末时代叫乌江亭，一般认为在今天安徽省和县的乌江区，位于长江北岸。杰，特别的，超出一般的。人杰，就是人类当中特异的、超出一般的人，当然是很优秀的人。

按照学者的研究，李清照在这年写的诗，除了这首之外，还有不少表达相似情绪的，比如“南来尚怯吴江冷，北狩（shòu）应悲易水寒”“南渡衣冠少王导，北来消息欠刘琨（kūn）”之类的句子，都是通过引用古代北伐英雄人物的典故，表达对当时朝廷君王、士大夫们逃跑的反感。不过这几句诗歌都是残句，收在宋代的笔记中，全诗已经不可考。

李清照后半生境遇坎坷，但也因此为我们留下了许多不朽诗篇。如果不是那种境遇，她的好作品也许没有这么多。

58 三衢道中

这一节，我们来学习南宋诗人曾几的一首诗——《三衢（qú）道中》。

> 梅子黄时日日晴，小溪泛尽却山行。
> 绿阴不减来时路，添得黄鹂四五声。

这首诗的作者曾几，字吉甫，祖籍江西赣（gàn）县，后来迁徙到河南洛阳，因此籍贯为洛阳。他生于公元 1084 年，也就是宋神宗元丰七年。

曾几家庭出身很好，父亲就是进士，做过官，但死得比较早。三个哥哥也都考中了进士，只有他没有参加进士考试，而是靠着因公务淹死而又没有子嗣的大哥的荫庇，获得朝廷恩典，特许授了官职。

但曾几才学其实是很好的，后来他参加吏部铨（quán）选考试，在五百人中名列第一，被赐予上舍出身。

上舍出身不同于进士出身，而是当时的新生事物。所谓上舍，指的是太学的上舍，当时的太学分为外舍、内舍和上舍，称为三舍，相当于现在的年级，上舍生人数最少，级别最高，参加考试后可以直接当官。三舍制度最早源于王安石新法，目标是废科举考试，专门通过这种学校教育选拔官吏。宋徽宗崇宁三年（1104 年），下诏正式废科举，改用三舍考试选拔官吏，只是中间偶尔还举行科举考试，但这个选拔制度不是太理想，于是后来又全面恢复了科举。但废除科举的近二十年间，正是曾几的青壮年时代。也许他没有参加进士考试，就与考试政策变更有关。

曾几后来做官，为人铁面无私，不徇私情，而且非常廉洁。因为他从 66 岁开始，在江西上饶茶山住过七年，因此自号茶山先生。他学识渊博，但主要的精力放在工作上，业余时间写写诗歌，却被称为江西诗派代表人物，现存诗歌六百多首，收入《茶山集》中。他很长寿，最终活了 83 岁。

顺便讲讲江西诗派，这是宋代的一个诗派，宋徽宗时期，诗人吕本中作《江西诗社宗派图》，把北宋以黄庭坚、陈师道为首的诗歌流派，命名为“江西诗派”，这由此成为中国古代文学史上第一个有正式名称的诗文派别。到了南宋末年，诗人方回因为诗派成员多学习杜甫，就把杜甫列为江西诗派之祖，把黄庭坚、陈师道、陈与义三人称为江西诗派之宗，这就是江西诗派的“一祖三宗”。这个流派崇尚黄庭坚的“点铁成金”“夺胎换骨”之说，重视文字的推敲和化用前人诗句推陈出新。

据学者研究，曾几非常推崇杜甫和黄庭坚，经常化用他们的诗句，例子很多，所以称他为江西诗派的代表诗人，是有道理的。

曾几总的来说不是非常有名，但他有个学生却特别有名，那便是陆游。他死后，陆游给他写了墓志铭，吹得很响亮，说他的诗很典雅正派。我们讲的这首诗，大概就符合陆游的看法。

诗歌所作的年代不可考，题目叫《三衢道中》，意思是在去三衢的道路上。三衢，在今浙江省衢州市常山县，因境内有三衢山而得名，诗歌写的是盛夏的山道景象。

首句“梅子黄时日日晴”，是点明时节和天气，梅子变黄的时候，天天都是晴天。一般来说，梅子黄的时节，是夏历的五月。但这个季节，长江中下游地区一般是多雨的，称为梅雨季节。宋代词人贺铸有一句词：“一川烟草，满城风絮，梅子黄时雨。”那么，曾几这句诗，肯定是表达很高兴的心情，因为难得在梅雨时节天天放晴，可以去山里旅游。我小时候，每到老师宣布春游的日子，就忐忑不安，生怕那天会下雨。古人的心情，应该是一样的。

次句“小溪泛尽却山行”，作者泛舟在小溪上，可见开始是乘舟。小舟泛游了一会儿，小溪到了尽头，于是改徒步，走山间道路。泛，本义是浮行，只有船才会在水上浮行，所以我们有常用词“泛舟”。却，本义是退却、回头，引申为“再”的意思，古诗里的“却”字常这样用，比如李商隐的名句“何当共剪西窗烛，却话巴山夜雨时”，其中的“却”，就是“再”的意思。

三句“绿阴不减来时路”，这句直接跳跃到写游玩后的归程，说绿树成荫，和来时路上的感觉一模一样，一点都没有削减。这句好像是废话，去的时候和归的时候，绿荫能有多大差别？但实际上，这不是单纯写景，而是写作者的心情，暗示来回之间，雷同的绿树成荫的夏景，依旧让他兴致勃勃。

一般来说，我们去山里游玩，去的时候，往往觉得各种景色迎面扑来，仪态万方，美不胜收；但回去的路上，往往会有这些风景再美，也看过了，产生不过如此的感觉。再加上旅途疲惫，兴致多少会有所削减。但作者却说“不减来时路”，说明他是真正懂得赏玩风景，是真正热爱大自然。

真正热爱大自然的人，一草一木，都能让他感受到心灵的欢欣；只有那种出去旅游不过是摆个姿势拍照，再发个朋友圈的人，去任何地方，都只是惊奇一下，随后就兴味索然了，他们的心灵是干涸的、焦黄的。

末句“添得黄鹂四五声”，是说不但绿荫的美景未减，还多听到了黄鹂的声音。四五声是泛指，指断断续续的鸟鸣，并不是作者特意数了一下，数出来只有四五声黄鹂的鸣叫。

我们要知道，文学写作，往往是不特别具体写实的。那为什么去的时候没有听到黄鹂的声音呢？按说黄鹂不会在他们归程的时候才鸣叫，来的时候哑然无声。其实这是暗示作者归程中更悠闲的心情。去的时候，满目风景，应接不暇，全部的注意力都被眼睛征用，无暇顾及耳朵；到了归程，看风景没有那么急切，耳朵又恢复功能，听到了一些先前没注意的声响。

所以，作者看似信笔挥洒，其实都含有深意，需要我们仔细探寻。如果我们有一个诗人的头脑，对这首诗就更容易理解。

总之，诗歌写得明快自然，平淡之中饶有趣味，而且能让我们了解，一个诗人，和一个只是参加一日游的人，心灵会有怎样的不同。

59 示儿

这一节，我们来学习宋朝大诗人陆游的名作——《示儿》。

死去元知万事空，但悲不见九州同。
王师北定中原日，家祭无忘告乃翁。

陆游，字务观，号放翁，越州山阴（今浙江绍兴）人，生于北宋徽宗宣和七年（1125 年），死于南宋宁宗嘉定二年（1209 年）十二月二十九，这时已经是 1210 年 1 月，享年 85 岁，是古代罕见的长寿诗人。

陆游生在一个仕宦家庭，祖上几代都做过宋朝的大官，高祖中过榜眼，祖父当官最高到了副宰相，追封楚国公。父亲陆宰，也做过京西路转运副使等官。宣和七年（1125 年）十月十七，陆宰奉诏入朝述职，带着夫人唐氏由水路进京，陆游就是在淮河的船上出生的。

陆游自幼好学，因长辈有功，以恩荫（yìn）被授予正九品下的登仕郎，和曾几当年的情况差不多，所以陆游没有参加过正式的科举考试。

绍兴二十三年（1153 年），陆游去临安（今杭州）参加锁厅考试。所谓锁厅考试，就是朝廷专门给在职官员举办的考试，以在上锁的官府办公厅内进行考试而得名，考中了，说明你能力很高，可以马上升官；考不中，也不免职，只是官职原地踏步不动而已。

主考官陈子茂看到陆游的试卷，非常欣赏，取为第一。但当年秦桧的孙子也参加了考试，因为没有得到第一，秦桧勃然大怒。第二年，陆游参加礼部考试，主考官依旧把陆游列为高等，秦桧干脆指示主考官，将陆游除名。

一直等到四年后，秦桧死了，陆游才获得一个福州宁德县主簿的官，不久调入京师。宋孝宗即位，听几位重臣说陆游才华横溢，于是特意召见，任命陆游为枢密院编修官，赐陆游一个进士出身，让陆游圆了功名之梦。

但陆游不识时务，屡次上疏要求北伐，朝廷很不高兴，找借口将其贬官。后来虽然启用，但都是给不大不小的官，并不重用。但陆游北伐之心不死，特意跑到南郑，做川陕宣抚使王炎的幕府谋士，考察地势，谋划北伐，结果他们的北伐计划被朝廷否决。陆游很难受，接下来，又相继做过一些不大不小的官，但依旧遭到朝中官吏的嫉恨，说他性情“颓放”，不拘礼法，又被找到借口免官。陆游干脆自号“放翁”，表达愤懑。他在79岁的时候退休，六年后病逝，享年85岁。

陆游具有多方面文学才能，诗的成就最高，存世有九千三百余首，不同于写了四万多首诗但基本没有一篇好作品的乾隆，他的诗歌既多又好，题材广泛，其中不乏脍炙人口的名作，比如我们讲的这首。而且，除了诗歌之外，陆游在填词、散文游记、史学、书法等方面都有突出成就，是不可多得的全才，整个两宋，仅有苏轼可以与他匹敌，在中国文学史上，享有崇高地位。

这首诗是陆游的绝笔诗，作于南宋宁宗嘉定二年冬天十二月，相当于是他的遗嘱，当月的二十九日，诗人就去世了。

诗歌写得非常浅白，基本没有难懂的字句，我们用白话文说解一下：人死去了，本来就知道万事成空；但还是悲伤，因为在死前没有看到朝廷北伐，收复江山，使九州一统。假如有一天王师北伐，平定了中原，你在祭祀祖先的时候，千万不要忘了把这个好消息告诉你的老爸。

有几个词虽然不难，但可能需要清楚说明一下：

“死去元知万事空”的“元”，我们现在一般写成“原来”的“原”，但在宋代的时候，都写成“元”。为什么呢？因为“元”的本义是人的脑袋，人的脑袋又是生命的根本所在，没有四肢还不会死，但没有脑袋是绝对活不了的。所以，“元”就引申出了“根源”“本来”的意思，“元知”就是本来知道。我们知道，南宋灭亡后，是元朝；元朝灭亡后，是明朝。明朝很忌讳大家写“元来”两个字，担心元朝又打回来，所以朝廷下令，凡是“元来”两个字，都必须改写成“原来”。

另外一个词，就是九州，这个词最早出现于先秦时期典籍《尚书·禹贡》中，那时把华夏文明覆盖的地区分为九个部分，分别是冀州、兖（yǎn）州、青州、徐州、扬州、荆州、豫州、梁州和雍州，后来九州就成为中国的代名词。

这首诗歌的内容，用惯常的套话来说，当然是一首典型的爱国诗，不过这是我们后人给陆游的归纳。其实在陆游那个时代，还没有“爱国”这个概念，所有的士大夫只有对朝廷的忠诚，老百姓则连这种忠诚都谈不上，谁来统治，在他们看来都没有太大差别。陆游以一个士大夫的心态，念念不忘要朝廷收复北宋原有的土地，实际上金朝统治下的北方汉人，并不一定这么想。

当然，不管怎么样，陆游这种对朝廷的忠诚之心，是值得赞扬的。因为这能反映一个人的人品，谁对他好，他就以身相报，比那些忘恩负义的人好多了。陆游家几代人都是进士，在他们看来，得了朝廷的恩惠，是应该报答朝廷的。但恰恰让他愤懑的是，他屡次罢官，都是因为要求北伐惹恼了朝廷。

这是为什么呢？除了朝廷不思进取、陷害忠良这种原因之外，还因为政治是很复杂的，陆游毕竟是个文人，不了解战争的危险，他并不知道，以南宋的国力，北伐不一定成功，很可能反而遭来金国的报复，导致连偏安一隅的平衡状态都失去。

所以，陆游虽然一腔赤忱，感人肺腑，但那些不赞同他的人，也不一定都是坏人，这点也许是我们必须知道的。

60 秋夜将晓出篱门迎凉有感

这一节，我们来学习陆游[①]的《秋夜将晓出篱门迎凉有感》。

> 三万里河东入海，五千仞岳上摩天。
> 遗民泪尽胡尘里，南望王师又一年。

这首诗原先是两首合在一起的组诗，这是其中的第二首，第一首是这样写的：

> 迢迢（tiáo tiáo）天汉西南落，喔喔邻鸡一再鸣。
> 壮志病来消欲尽，出门搔首怆（chuàng）平生。

① 更多关于陆游的故事，见 59《示儿》。

意思是说，在秋天的凌晨时分，天上银河西斜，邻家的雄鸡群鸣。而自己大病初愈，把往日的壮志都消磨了个干净，拂晓时分，颤巍巍走到篱笆门外，搔着头皮，感慨着平生志向，迎着凉风，伤心之情不可抑止。

根据学者研究，这两首诗作于宋光宗绍熙三年（1192年）的秋天，当时陆游已经 68 岁，离他被弹劾辞官回到老家绍兴，已经四年了。他年近古稀，又是大病初愈，不可避免会感觉志气萧索。

陆游也是太长寿了，中国古代有那么多大诗人，但他们大多数活不到 68 岁，李白活了 61 岁，杜甫活了 58 岁，苏轼也只活了 64 岁，他却活了 85 岁，能跟他媲美的，我能想到的只有贺知章了。

不过陆游这个时候并不知道，他还有 17 年的寿命，还有大把的时间可以感慨。寻常人到了这个年纪，再有壮志恐怕也消磨干净了，只有他念念不忘北伐抗金，收复失地，这种顽强的民族主义情怀，在任何时代，都是罕见的。

从诗的题目来看，这时候虽然已经是秋天，但他还要“迎凉”，可见顶多是初秋，长江中下游一带依旧非常炎热，才会让他忍不住在凌晨气温最低的时候，跑出家门。估计他整晚没睡好，但没睡好却写这样内容的诗，说明影响睡眠的不仅仅是炎热，还有他对北伐抗金的事念念不忘，思绪纷繁，辗转反侧。

这首诗写得很有气势，比同组的第一首好。

首句“三万里河东入海”，是说三万里那么长的黄河向东边流入大海，当然这是夸张，黄河并没有那么长。

次句“五千仞岳上摩天”，是说五千仞那么高的山，向上仿佛触碰到了天空。

这两句诗的句式和一般的诗句不一样，一般的诗歌，都是两个字两个字一个节拍，也就是二二二一式，或者二二一二的句式，但这两句是三一一二句式，这在古诗中是很少见的，需要同学们注意。但诗歌的最后两句，又恢复了常见句式。

仞，是古代的长度单位，一仞相当于八尺，在“仞”这个单位盛行的先秦和汉代，一尺相当于现在的 23 厘米左右，那么五千仞，则相当于 9200 米，比珠穆朗玛峰还高；如果是宋代，一尺相当于 32 厘米，那就更高了。不过，这首诗里的“五千仞”不是实指，含有夸张成分。

岳，本来专门指五座名山，也就是泰山、华山、恒山、衡山、嵩山，后来也用来泛指一般的山。

为什么诗歌开头写这两句呢？显然是歌颂中原大好河山。

因此有人说，诗歌中“五千仞岳”的“岳”指泰山，因为泰山是历代君王封禅的地方，最象征国家社稷，把黄河与泰山作为中原大好山河的象征似乎是再恰当不过的了；也有人说“岳”指华山，因为黄河与华山不但都在金国占领区，而且陆游本人曾经亲自去过陕西，考察过华山一带的山川形势，提出过由陕西进攻金国的思路。

我感觉，在这首诗中，陆游未必想实指哪座山，只是泛指那些本来属于华夏，现在被金人占领的名山大川，由此起兴来抒发愤懑而已。

最后两句是名句，“遗民泪尽胡尘里，南望王师又一年”，是说朝廷遗落在金国占领区的百姓，在胡地的尘土中，眼泪都流干了；他们眼巴巴望着南方，期待王师尽快打过去，然而又是一年快过去了，这期盼还是不能成真。

遗民，出自《左传》等古籍，指前朝遗留的百姓。金国占领了原先北宋的很多土地，在那些土地上居住的汉人，就被称为遗民。

胡尘，本来指胡人的铁蹄践踏扬起的尘土，这里借代指金朝的统治。古代把北方少数游牧民族称为胡，有学者说，是因为那些少数民族胡子很浓密而得名，这个说法虽然不一定可靠，但这个词带有蔑视的意思则是肯定的。

王师，本义是天子的军队，出自《诗经》，带有褒义，在这里是指南宋的军队。陆游猜想，那些生活在北方沦陷区的遗民，一定天天盼望王师北伐，以尽快回到祖国的怀抱。因此，整首诗隐含着对现在的朝廷忘记祖宗耻辱、不思进取的批判。

不过，我们前面说过，说遗民怀念宋朝，只是陆游的想象，不一定可靠。因为写这首诗的时候，金国政府统治北方已经有 66 年，当地汉人都差不多繁衍了两代，新生儿对宋已经没有什么印象，还会怀念宋朝的可能性很小，反而不少是忠于金国的。读过历史的知识分子，本来会有怀念南宋的情感，但偏偏金国本身汉化程度也很高，还举办科举考试，满足了汉族知识分子仕进的愿望，这就进一步削弱了汉人的遗民心态。

在陆游的晚年，南宋政府曾有过一次北伐，发生在 1206 年，宋军大败，当时宋朝确实曾对金国的汉人寄予厚望，希望他们纷纷揭竿而起，与宋军联合起来赶走金国统治者。可惜这些都是幻想，根本没有出现宋军所期盼的现象，反而是四川的节度使吴曦投降了金国。

陆游的好朋友范成大在出使金国时，也写过一首著名的诗歌《州桥》："州桥南北是天街，父老年年等驾回。忍泪失声询使者，几时真有六军来？"作者回国时，经过北宋的旧都汴梁，幻想有老百姓拦住他，哭泣着问什么时候王师能够北伐，他们年年就等着宋国皇帝还复旧都。这和陆游的诗歌内容很相似，但很多学者都指出，这也完全是作者的幻想。作为一个使者，范成大沿途都有金国官员陪同，根本没有什么可能和百姓交谈；即使没有金国官吏陪同，也不大可能有百姓敢跟他说这种话。[①]

---

① 关于范成大出使金国的故事，见 61《四时田园杂兴·昼出耘田夜绩麻》。

尤为讽刺的事实是，后来金国被蒙古人攻灭时，开封的汉人竟然全城穿着白色的孝服，哀悼金国，甚至为此群情愤激，痛殴出卖金国的一个将领。之后不少汉族知识分子自认为金国遗民，比如著名诗人元好问，在金亡后就一直隐居终老。当然，陆游的想法是可贵的，他一直以为金国的汉人生活得水深火热，想要去解救他们，这种伟大的人道主义精神照样很值得现代人尊敬。

61 四时田园杂兴·昼出耘田夜绩麻

这一节，我们来学习宋代诗人范成大的一首《四时田园杂兴》。

昼出耘田夜绩麻，村庄儿女各当家。
童孙未解供耕织，也傍桑阴学种瓜。

范成大，字至能，平江府吴县人，也就是今天的江苏苏州人。生于北宋宋钦宗靖康元年（1126 年），死于南宋光宗绍熙四年（1193 年），晚年取号石湖居士。

范成大比陆游小一岁，和陆游一样也号称神童，宋高宗绍兴二十四年（1154 年），登进士第，时年 28 岁。

他的官运比陆游好很多，大概因为不像陆游那样天天念叨北伐，导致朝廷生厌。他曾出使金国，金国的迎接使者很仰慕他的名声，竟然学习他戴帽子的方式。在金国朝廷上，他大义凛然，要求归还被占的宋国皇室陵寝土地，以及变更宋国皇帝接受国书的礼仪，金国朝廷上下大惊，纷纷斥责他无礼，金国太子甚至想要干脆干掉他，但他始终不肯屈服，维护了自己作为使者的尊严。

范成大在四川任制置使、成都知府的时候，陆游正好在四川做小官，范成大举荐陆游为锦城参议，两个人经常在一起吃喝玩乐、吟风弄月。他在各地做官，名声都很好，和同僚关系也处得不错，喜欢夸奖人的优点，很少说人缺点，每次任满，老百姓都舍不得他离去。后来任礼部尚书，52 岁的时候做到了参知政事，也就是副宰相。淳熙九年，在建康（今江苏南京）知府任上生病，请求辞职，从此基本过着在石湖别墅的隐居生活，直到十年后去世。

范成大早年写诗深受江西诗派的影响，后来改变风格，写了很多反映民生疾苦的诗歌，有点像白居易新乐府的风格。但最有名的，是他的《四时田园杂兴》组诗，共 60 首七言绝句，每 12 首为一组，分别描写春日、晚春、夏日、秋日和冬日的田园景况。在范成大之前，诗人虽然也经常描写民生疾苦，但很少用这么大篇幅细致地描绘农民，举凡耕种、耘田、戽（hù）水、灌溉、养蚕、种菱、放鸭等，无不涉及，简直是一幅南宋时代江南的农家生活画卷，和北宋时代《清明上河图》反映的市井生活互补，可以一起重现整个宋代的社会生活。因为这众多的风格独特的田园诗，范成大与陆游、杨万里、尤袤齐名，被称为“中兴四大家”或“南宋四大家”，还被钱锺书称为田园诗的集大成者。

范成大的石湖别墅，其中的石湖属于太湖的一部分，位于江苏省苏州古城西南，是一个以吴越遗迹和田园风光见称的风景区，湖旁有山，更增秀丽。1167 年，范成大 41 岁，就开始构筑石湖别墅，建造农圃堂，后来又陆续建造了梦渔轩等几十处建筑，总称石湖别墅。园内种满梅花，邀请众多文人士大夫来游玩。淳熙八年（1181 年），宋孝宗亲自写了“石湖”两个字送给范成大，范成大深以为荣，从此改号石湖居士。绍熙二年（1191 年）冬天，园内梅花盛开，恰巧大词人姜夔来访，范成大和姜夔一起赏梅，姜夔填了《暗香》《疏影》两首词，范成大很喜欢，特意把家妓小红送给姜夔，留下一段佳话。

范成大归隐后，朝廷屡次请他出山，他也偶尔应命，但都三心二意。总之，他生命中的最后十年，基本上是比较闲适的，石湖对他的生命和艺术创作有非常重要的作用。

这首诗是系列组诗夏日卷的第七首，也就是写夏天农民的劳作。

首句“昼出耘田夜绩麻”，是说白天出门，去田里耘禾，晚上还要纺织麻布。耘，除草，农作物旁边经常会生长杂草，如果不及时锄掉，农作物就长不好。绩，指把麻或者其他植物纤维搓成线。宋代还没有普及种植棉花，大多是用麻纺线织布。

这句写农民的勤劳，男耕女织，一刻不得休息。据学者研究，在古代，妇女的纺织是很重要的家庭收入来源，甚至超过种田。种田要交田租，打出的谷子往往自己所剩无几，只够果腹，如果不靠自己纺织，就添不了新衣，换不了现金，买不了油盐。穷人往往就着月光织布，连灯都不舍得点。但织出来的布，往往最好的仍要被官府以各种租税的名义收走，自己只能留下次等的做衣服，或者拿到市场贩卖。这些情况，在范成大的这组诗歌的其他篇章中，都有鲜明的反映。

次句“村庄儿女各当家”承接上句，是说村庄里，男孩和女孩各有分工，男的耕耘，女的织布。儿，指儿子，男性；女，指女儿，女性。

其实在农村里，分工并没有这么分明，我小时候看到乡民，男和女都要下田耘禾收割，只有一些女人实在干不了的重体力活，才完全由男人做。收了稻麦，有时还要趁着天气好，全家不分男女，通宵打谷子。所以，女性普遍比男性辛苦，回家后做饭也是她，吃完饭纺织也是她。范成大这句诗里说男女各当家，只是一种笼统表述。当家，指各自承担家中的一部分事务。

最后两句，“童孙未解供耕织，也傍桑阴学种瓜”，是说一家之中，男女都很忙碌，只有那些特别小的孙子辈不能耕田纺织，但孩子们并没闲着，也贴着桑树树荫，学着大人那样种瓜。

童孙，出自《尚书》，指年纪幼小的孙子，但也可能泛指儿童，因为不是每家每户都有幼小的孙辈。按照古代的法律，儿童 7 岁以下可以不劳动，但 7 岁以上的就必须供大人使唤了。不过乡下穷人的孩子早当家，只要智力体力允许，干活是不计年龄的。比如范成大这组诗中的另一首中写到：“乌鸟投林过客稀，前山烟暝到柴扉。小童一棹（zhào）舟如叶，独自编阑鸭阵归。”这个小童必须独自驾船，在湖上放鸭，也许年龄不一定能达到 7 岁。

这首诗的风格平易浅显，从中可以看出，范成大田园诗的风格是很符合大众口味的。

62 四时田园杂兴·梅子金黄杏子肥

这一节，我们来学习范成大[①]的另一首《四时田园杂兴》。

梅子金黄杏子肥，麦花雪白菜花稀。
日长篱落无人过，唯有蜻蜓蛱（jiá）蝶飞。

这是《四时田园杂兴》组诗夏日卷的第一首，写的是夏天的村庄景色。

首句“梅子金黄杏子肥”，是说梅子已经变得金黄金黄的，大概已经成熟了。前面我们说过，梅子农历五月变黄，这个季节经常下雨，称为梅雨季节。这时候，杏子也变得很肥厚，显然离成熟不远了。梅子，别号叫青梅，主

① 关于范成大的故事，见 61《四时田园杂兴·昼出耘田夜绩麻》。

要产于中国南方，果子一般在五六月份成熟。杏子的成熟期比梅子略晚，在六七月份，都是典型的夏季。

“麦花雪白菜花稀”，是说麦子的花，是雪白雪白的；油菜的花，则稀稀拉拉。麦，有的学者注释说是指“荞麦”，这似乎有一定道理。

古代诗人写荞麦花的诗句非常之多，比如白居易的《村夜》：“独出门前望野田，月明荞麦花如雪。”王禹偁（chēng）的《村行》：“棠梨叶落胭脂色，荞麦花开白雪香。”苏轼的《中秋月寄子由三首》：“但见古河东，荞麦如铺雪。”可见荞麦的花是雪白雪白的，开花之时，非常美丽。但荞麦开花是在八九月，不是初夏，所以这句诗歌中的麦，不可能是荞麦，而应该是小麦。小麦的花期很短，有黄的有白的，视不同品种而定，它没有荞麦花那么美，但照样有白的，开起来也像杨花，而且最重要的是，花季正在五月。麦子在人们的印象中，多种植在北方，苏州地界，应该只种植水稻。其实苏州也种小麦，至今犹然。

第三四句“日长篱落无人过，唯有蜻蜓蛱蝶飞”，是说白天的时光很长，篱笆边静悄悄的，许久都没有人经过，只有蜻蜓和蝴蝶自由自在地飞来飞去。

篱落，就是指篱笆。落，又写成“格”，其实都和“网络”的“络”是同源词，也就是说，它们是从一个词分化出来的，它们本来都有“隔离”的意思。众所周知，“络”

最常见的意思是“网络”，“网络”的功用是可以把一些东西包围住、控制住，以和外面的世界隔开，这和篱笆的功用是差不多的。杜甫的诗《潼关吏》：“连云列战格，飞鸟不能逾。”是说士兵搭起的栅栏非常高，连鸟都飞不过去。这个“格”就是指栅栏，和“落”的意思一样。总之，这三个字在古代读音相近，很多时候可以通用。我们学习古代诗歌的词汇，需要这样广泛联系，以后碰到类似的词汇，一眼就能明白，就用不着死记硬背了。

这两句诗歌写到“日长”，我们知道，过了春分，白昼就会越来越长，夜晚就会越来越短，所以古人写诗，写到夏季总会说“日长”。

作者在同组诗《晚春田园杂兴》的第三首，也写到类似的情景：“胡蝶双双入菜花，日长无客到田家。鸡飞过篱犬吠窦（dòu），知有行商来买茶。”暮春和夏季，白日都逐渐变长，乡村人感受强烈，因为多以趁着白昼多干活。这么长的白昼，村庄静悄悄的，乡民们不是在田垄忙碌耕种锄草，就是在家忙碌织布、喂鸡、喂鸭，路上往往看不到人影，因此大好景色，只有蝴蝶和蜻蜓才有时间去领略了。偶尔会有几个外地行商来到，对于乡下孩子来说，是难得的欣喜。

我小时候在农村生活过，夏天总是被那静谧（mì）憋得喘不过气来，每天呆呆看着太阳升起，照在旁边菜园的土墙和瓜蔓、花朵上，看着它从耀眼的金黄色，变成舒缓的鲜红色，最终像水渗进沙子一样彻底消失；随即傍晚降临，暮色像一层灰一层灰似的缓慢叠加，越来越浓厚，最终埋葬了整个大地，把村庄送入休眠，于是一天又过去了。但乡村的白天，偶尔也会来几个卖油纸扇和冰棒的，让村庄有一些生气。

所以，以前有过农家生活经验的人，或者在农村生活过的朋友，读到范成大这些诗应该会很有同感。几十年前的中国农村，和范成大时候的宋代乡村，其实没什么区别。如果要说有区别的话，在宋代的村庄里，那些不识字的乡民，还有个范成大这么有文化的国家级高官做邻居，虽然屋宇的面积和质量不一样，但终究近在咫尺。

其实，我觉得，范成大的《四时田园杂兴》六十首诗歌，应该整体读一读，会让我们对他的诗歌有更深刻的感受。虽然大多数城里人所感受到的，大概永远只会是浮光掠影。

63 小池

这一节，我们来学习宋代诗人杨万里的名作——《小池》。

泉眼无声惜细流，树阴照水爱晴柔。
小荷才露尖尖角，早有蜻蜓立上头。

杨万里，字廷秀，号诚斋，江西吉水人。生于北宋靖康二年（1127 年），正好是北宋灭亡的年份。他比我们前面讲到的范成大小一岁，比陆游小两岁，但出身比陆游差得远，也不如范成大，上几代都没有一个做官的。父亲只是个乡村塾师，日子穷得叮当响，但饶是这样，却喜欢买书，家里竟然有数千卷藏书。在这种家庭氛围下，杨万里从小就热爱读书，曾师从当地名儒学习。

绍兴二十年（1150 年）春，杨万里到杭州参加礼部的考试，落第而归。四年后，终于进士及第，时年 27 岁。

杨万里任永州零陵县丞期间，当时曾做过宰相的主战派领袖张浚（jùn）被贬官永州，杨万里前去拜谒（yè），张浚几次不肯见，最后通过张浚的儿子疏通，终于如愿，张浚对他说："当官当得再大，也不如好好做学问能留名千古！你要正心诚意地保持学习的劲头呀。"杨万里深以为然，把自己的书房命名为"诚斋"，还请著名主战派名臣胡铨写了一篇《诚斋记》，激励自己。

绍兴三十二年（1162 年）六月，宋孝宗即位，想北伐收复故土，起用张浚为宰相，张浚推荐杨万里任临安府教授。不巧碰上杨文去世，杨万里回家守丧，之后任隆兴府奉新县知县。奉新大旱，县牢里关满了百姓，多是交不起租税的。杨万里到任后，下令全部释放，准许将来补交；百姓感动，反而当即纷纷交纳，可见他的治理能力。

杨万里一直主张北伐抗金，在朝中也不太得意，绍熙二年（1192 年），干脆谢病辞官，回到了老家吉水，时年 65 岁，从此再也没有做官，在家终老。但皇帝没有忘记他，在他晚年，赐给了他很多官爵，比如宝谟阁直学士、庐陵郡开国侯等等，屡次召他进京，他都委婉拒绝，开禧二年（1206 年）二月逝世，享年 79 岁。

杨万里这个人，天性正直，也很廉洁，尤其向往北伐，但奇怪的是，他和主战派的权臣韩侂胄（tuō zhòu）

不和。韩侂胄曾经请他为自己的南园作一篇文章，一般人肯定巴不得趁机讨好，他却严词拒绝。从此和韩侂胄结下仇怨，辞官后在家闲居15年之久，都是因为韩侂胄一直当政。在这15年间，家里人连官府下发的时政邸（dǐ）报都不敢给他看，怕他看见韩侂胄的讲话受刺激。晚年，韩侂胄和辛弃疾等人谋划北伐，在绍兴老家隐居的抗金派诗人陆游喜不自胜，还专门写文章吹捧韩侂胄；但杨万里听到这个消息，竟然号啕大哭，大叫："韩侂胄这个奸臣，专权祸国，轻启边衅，这是要害死我们的老百姓啊！"写了绝命书给妻子，忧愤而死。

杨万里写诗非常勤奋，传世作品就有四千二百首，他的诗歌语言浅近、清新自然，富有幽默情趣，被称为"诚斋体"。这首《小池》的写作年份不详，大概是作者闲居时候的作品。

首句"泉眼无声惜细流"，是说泉眼不断无声无息喷出的泉水，好像很吝惜似的，细细的，不紧不慢。这是拟人手法，把泉眼比拟为一个很吝啬的人。次句"树阴照水爱晴柔"，是说树阴倒映在水面上，好像很喜欢池水在晴天光亮之下的柔美。这句也是拟人手法，把树阴比拟为一个人，也想在温暖的水里嬉戏。

三四两句"小荷才露尖尖角，早有蜻蜓立上头"是名句，是说小小的荷花没有绽放，仅露出一点尖尖的小角，还只是一个花骨朵，但是早就有蜻蜓站在上面玩耍了。言下之意，一般只有绽放的荷花才会吸引蜻蜓，没想到花骨朵也可以，那么我们很自然就会推断，这花骨朵不简单啊。

我小学时候，看那些优秀的小学生作文选，发现很多小作者都喜欢引用这两句诗，来表达一种才华刚刚显露，就得到承认的感觉；或者是新生事物刚刚露出端倪，就显示出蓬勃的生命力，暗示不可限量的未来。但恐怕杨万里当时写这两句诗歌的时候，只是纯粹捕捉一个场景，完全没料到还能被后人这样理解。不过世间好的诗歌总是内涵丰富，容易被人从多个方向解读，且能引起人无限的联想。

钱锺书曾经评价陆游和杨万里，说他们都喜欢写自然风景，但陆游好像画工笔画，一笔一笔，细细描摹；而杨万里则像端着照相机拍照，喜欢抓拍那些自然界中稍纵即逝的细小景物和生活场景。

不过我们要注意，抓拍是很不容易的，就像我们现在人人都有拍照手机，但摄影师不是人人能做。因为要成为摄影师，必须要有艺术眼光。而写诗更难，既要有艺术眼光，还要有文字表达能力。

杨万里就兼而有之，寻常人熟视无睹的那些景物，在他的取景框中往往显得极其生动，这是一般人做不到的，乃是杨万里的独特才华。这首诗正如钱锺书所评价的那样，是一幅生活小景的抓拍。

64 晓出净慈寺送林子方

这一节，我们来学习杨万里[①]的另一首诗——《晓出净慈寺送林子方》。

> 毕竟西湖六月中，风光不与四时同。
> 接天莲叶无穷碧，映日荷花别样红。

这是作者送别友人林子方写的诗歌。

林子方，名林枅（jī），福建莆田人，父兄都是进士出身，自己也在绍兴二十一年考中进士，比杨万里还早三年，两人曾一起在秘书省供职，志同道合，是很要好的朋友。

乾道九年（1173年）二月，林枅从秘书省校书郎任上转到外地做官，杨万里在杭州西湖净慈寺给他送别，作

---

① 更多关于杨万里的故事，见63《小池》。

了两首《晓出净慈送林子方》。也有人认为这是1187年到1188年间，林子方离开临安去福州做官时，杨万里写给他的送别诗。到底如何，由于林子方的生平史书记载不多，难以确定。

从诗题来看，送别是在拂晓时分，和我们以前讲的唐代诗人王昌龄送别辛渐时写的“平明送客楚山孤”情况相似。

同一诗题的诗歌，杨万里作了两首，这是其中的第二首，第一首是：“出得西湖月尚残，荷花荡里柳行间。红香世界清凉国，行了南山却北山。”意思是，走出西湖地界，晓月还挂在天际，可见天还没有大亮。那时的人起床，是非常早的。如果要赶路，更是要起早，因为没有空调车，晚了出发，天气太热，身体吃不消。何况荷花开放的季节，正当盛夏。作者诗歌里说，在这西湖的荷花深处，是红香世界、清凉之国，被送别的人听起来肯定是很伤感的。两人这样边走边谈，很快就走过了西湖边的南山和北山。

这第一首诗意平平，还是我们要讲的第二首更好。

首二句“毕竟西湖六月中，风光不与四时同”，是说西湖农历六月中旬的时候，景色到底和其他四个季节有所不同。当然，六月本身就属于夏季，这里说的四时，不是精确的说法，而是笼统指六月中旬的其他日子。毕竟，指终归，到底。

后两句“接天莲叶无穷碧，映日荷花别样红”，是说莲叶一望无际，好像和天边相接，无穷无尽的碧绿色，看不到尽头；荷花映射着阳光，显得特别特别红。别样，宋元时期的俗语，指特别。

这首诗歌非常好懂，但是第一句“毕竟西湖六月中”的“毕竟”，乍一听有些突兀，因为“毕竟”这个词一般表示转折语气，从语感上说，前面大多会有一个铺垫句子，比如“他虽然学习成绩不好，毕竟已经努力了”，就是表示转折，有一种无可奈何的意思。又比如南宋词人辛弃疾的词：“青山遮不住，毕竟东流去。”意思是青山遮不住，河水最终要向东流去。

但杨万里这句诗突兀地来一句，到底西湖六月中，没有转折。其实他是省略了一点言外之意，意思是，到底是我们西湖这个地方的六月中旬啊，风光和其他季节不一样。言下之意是，西湖在其他季节也和其他地方没有两样，但因为毕竟是西湖，六月中旬，还是有一点独特，和其他地方有些差别。大概因为隐含这种语气，所以很多学者认为，杨万里写这两首诗，是想通过歌颂西湖劝林子方留在临安，不要去外地，外地没有西湖这么好的六月景色。但从史书上看，说杨万里有劝告之意，似乎也没有什么依据。

有一点可以肯定，这首诗和第一首不同，它确实不像普通的送别诗，因为没有一个字提到送别，甚至连普通送别诗所该有的落寞心情，都没有表现。你看王昌龄送辛渐，人家是“寒雨连江夜入吴，平民送客楚山孤”[①]，送别的心情异常难过，因此连楚山在他眼里都显得那么孤独；你看高适送别董大：“莫愁前路无知己，天下谁人不识君”[②]，多少还会强作壮烈；你看王维送元二去安西：“劝君更尽一杯酒，西出阳关无故人”[③]，怕朋友去塞外之后孤独，也有一份担忧。而杨万里这首诗却喜气洋洋的，好像是想对好友显摆：临安景色真正好啊。难怪会被人认为是作者劝林子方不要去外地了。

诗歌的最后两句写景确实非常美，很有气势，我们读起来仿佛站在八百多年前的西湖边，阳光灿烂，荷叶铺天盖地，绿色汹涌奔来，间或夹杂几支粉红的荷花，有的全开，有的半开，有的还是花骨朵。羞羞答答，不如荷叶的气势，但那是南宋的荷花，崖山之后，再也不见。

---

① 见 13《芙蓉楼送辛渐》。

② 见 24《别董大》。

③ 见 15《送元二使安西》。

65 春日

这一节，我们来学习宋代大儒朱熹的一首诗——《春日》。

胜日寻芳泗水滨，无边光景一时新。
等闲识得东风面，万紫千红总是春。

朱熹，字元晦，号晦庵，世称朱文公，祖籍江西婺源。南宋高宗建炎四年（1130年），出生在福建尤溪县一个官宦家庭。他的父亲朱松，22岁就考上了进士，因为在福建做官，并且和婺源家乡的族人相处不融洽，干脆就一直侨居福建崇安。他总共生了三个孩子，前两个都夭折了，朱熹是最后一个。朱松死得很早，只活了46岁，当时朱熹才13岁，由母亲抚养成人。

不过朱松死前委托了几个好朋友帮助教育朱熹，他的朋友也真不错，其中一个叫刘子羽的，干脆在自己家旁边修筑了一个房子，专门安置朱熹一家；另一个朋友刘勉之也不示弱，直接把女儿嫁给朱熹。所以，朱熹的少年生活并不孤苦。

朱熹很争气，19 岁就考上了进士，经过铨选考试后被授官，以实际行动告诉父亲的朋友，在自己身上投资是不亏的。

在政治观念上，朱熹也是抗金主战派，和陆游、范成大、杨万里是一伙。而且他特别醉心儒学，强调华夏和夷狄的区别，反对和议。在做官理政的闲暇，他潜心研读儒家经典，创立自己的学派，52 岁时，将《大学章句》《中庸章句》《论语集注》《孟子集注》四书合刊，从此，经学史上有了“四书”这个称呼，而且成了明清两代科举考试的重要参考书目。

朱熹还广建书院，到处讲学，白鹿洞书院、岳麓书院的建设和兴旺，都和他有重要关系。后来他得罪了朝中权臣韩侂胄，被朝廷列为伪逆，学说也被斥为“伪学”，门生大多遭受了牵连。

作为“伪学”的开创者，朱熹当然受到了最大的打击。庆元六年（1200 年）的三月初九，他在忧愤中去世，享年 70 岁，死前三天，还在修订自己的著作。虽然有禁令，但学生故旧和崇拜者总共上千人，依旧赶来为他送葬。朝廷如临大敌，一级监视，生怕那些人趁机上街，发泄对朝廷的不满。他死后，陆游和辛弃疾都写了诗歌，对他给予极高的评价。

朱熹是在宋朝学术造诣最深、影响最大的人物，死后名气越来越大，几乎与孔子并称。他天生就有探究世界的好奇，曾经自述：“我五六岁的时候，就天天烦恼，想知道天地四边之外，还有什么东西。有人告诉我，四方是没有边际的，但我不信，我想肯定有个边际。就像屋子的墙壁，墙壁后总也该有些什么东西，总不能是空的。那时天天思考这些，差点生病。”

想想如果朱熹生在我们现在，买本儿童科普读物，不但可以知道天边，还可以知道星球宇宙。但没准他又会懊恼：“我五六岁的时候，就想知道宇宙之外，还有什么东西。有人告诉我，宇宙在不断扩散，是没有边际的，但我不信，我想肯定也有个边际。就像屋子的墙壁，墙壁后总也该有些什么东西。”那就麻烦了，当今最好的天体物理学家也无法告诉他答案，但没准他会自己钻研，或许真钻研出成果，得个诺贝尔奖，这比他把天资花费在一些古书上要更有价值。

除了做学问之外，朱熹也写诗词，虽然他因为一心学问，一直高举理学道德，对文学创作进行攻击，认为写诗无益于世道人心。不过因为处在那个重视诗歌的环境之中，他多少也写一些，内容一般是游山玩水，往往含有哲理。我们讲的这首就是如此。

这首诗不知道写作年份，内容似乎是关于春游的。“胜日寻芳泗水滨”，是说在美好的春日，去泗水边上寻找美景。

胜日，美好的日子。胜，是美好的意思。古人常把亲友欢聚或者天气很好的日子称为胜日，意思应该是从胜利引申而来。寻芳，指寻找美好的景色。芳，本义是花草的香气，引申为美好，比如好的年月称为“芳辰”，好的名字叫作“芳名”。

泗水是河流的名字，在今天的江苏北部和山东西部。泗水流域在古代属于齐鲁文化区，也就是孔子故乡所在的区域，在古书上，这个区域一般被视为有深厚文化道德底蕴的地方。《礼记》里面说，孔子的弟子就是在洙水和泗水之间听孔子讲学。滨，是水边的意思。不过在朱熹那个时代，山东是金国占领区，不归南宋管辖，按说朱熹不可能到泗水去游玩。所以很多学者认为，这首诗含有隐喻，所谓寻芳，并不是真的去游春踏青，而是指阅读孔子的著作，在书卷中游玩。

次句“无边光景一时新”，是说无边无际的风光和景色，让人感到耳目一新。根据上句的分析，朱熹其实是说，读孔子的书，让人兴致勃勃，风光无限，只觉得处处都新鲜。可见作者真是个儒家书痴。

最后两句“等闲识得东风面，万紫千红总是春”，是说很容易就可以认识到春风的面貌，一万种紫色和一千种红色，构成了一个纷繁的春天世界。

等闲，是宋元时期的口语，字面意思等同为悠闲。而悠闲，可以引申为无关紧要、无所谓，古诗词中常说“闲愁”，就是指无关紧要的忧愁。因此，等闲就是指随随便便，很轻松、很平常。这依旧是作者的读书感受，可能因为读书顿悟，悟到了一个大道理，于是喜不自胜，仿佛眼前百花开放，春光旖旎，姹（chà）紫嫣红，美不胜收。这种欣喜的感觉，让他感到必须用诗歌来记录一下。道理一般都很抽象，说给人听也很难理解。但通过这种生动的比喻和具象化的描写，大概没有人不知道他的读书感悟有多么绚丽多彩了。

所以，这首诗最高明的地方就在于，用一种形象化的手法来写哲理。明明是读书，却写得好像游春踏青。如果不是诗中有个破绽“泗水滨”，我们几乎要被他骗过去。

其实，如果这首诗真的仅仅是一首游春诗，那不过平平常常；但因为它不是游春诗那么简单，一下子就提升了诗歌的品格，让人不能不佩服作者的匠心独运。所以，我们要记住，世上有不同的艺术作品，有的艺术作品不是以本身的艺术品质取胜，而是以独特的想法、独特的表现角度取胜，这首诗就是一个很好的例子。

66 观书有感

这一节，我们来学习朱熹[1]另一首著名的哲理诗——《观书有感》。

半亩方塘一鉴开，天光云影共徘徊。
问渠那得清如许？为有源头活水来。

《观书有感》总共两首，都是脍炙人口的名诗，这是其中的第一首。第二首是："昨夜江边春水生，艨艟（méng chōng）巨舰一毛轻。向时枉费推移力，此日中流自在行。"写的是读书顿悟。作者开始觉得很困惑，想不通，仿佛一艘艨艟巨舰搁浅了，怎么推也推不动。但在昨天晚上突然春水猛涨，巨舰被春水托起，顿时像一根羽毛

① 更多关于朱熹的故事，见65《春日》。

那么轻，在河流上轻松航行。那所涨的春水是什么？当然就是人突然得到的灵感。

这第一首，也是一首哲理诗。首句“半亩方塘一鉴开”，是说半亩方形的池塘，好像一面打开的镜子。朱熹出生在福建尤溪县，当时他父亲在尤溪县当县尉，今天的福建尤溪城南南溪书院，就是朱熹出生之地，当时是一户郑氏人家的馆舍，现在则是纪念朱熹的祠堂，门前有半亩方塘和活水亭，大概就是根据这首诗命名的。鉴，指镜子。

次句“天光云影共徘徊”，是说天光和云影在水面上一起来回晃动，游移不定。徘徊，指来来回回，游移不定。这句是写太阳光和云朵在水平面倒映的景象。

第三句“问渠那得清如许”，是说，我想问它，为什么能保持这么清澈。渠，是它的意思，第三人称代词。古代南方人习惯用“渠”来当第三人称代词，可以指一切人和事物，至今如此，只是读音和“渠”有点不一样，一般写作单立人和巨大的“巨”组成的“佢（qú）”，不过这种写法出现很晚，在太平天国时期才使用，古书上都写成“水渠”的“渠”。现在的广东人一般把它读成“kéi”，江西人一般读成“jié”，前者的读法更古老。作者询问半亩方塘，是一种拟人的手法，好像方塘会说话。那得，怎么会。那，是怎么的意思，现在一般写成“哪”。如许，如此、这样的意思。许，是这样的意思。

最后一句“为有源头活水来”，是说因为源头不断有活水流进来呀。这句好像是写半亩方塘的回答。诗句的语序和正常的语序不一样，正常语序应该说“为有活水源头来”，或者说“为源头有活水来”。但这么写，就不合平仄，韵律节奏也很别扭，所以必须调整语序，才能做到音节的谐和。

这首诗和上一首《春日》写法类似，都是通过形象的事物描绘，以及生动的修辞手法，来阐述读书的道理。只是上一首诗题比较有迷惑性，需要我们猜测。

这首则诗题直接表明是《观书有感》，我们直接就可以把诗意跟读书联系起来，那么就很容易想到，这是说学习知识要不断积累更新，像方塘一样，如果没有源源不断的活水注入，池塘就不会那么清澈，就会发臭，天光和云影就不会在上面徘徊了。因为水质浑浊，什么也看不到。读书也是一样，如果没有源源不断的新知识摄入，脑子就会固执，人就会故步自封，就会自以为是，意识不到自己的浅薄，心灵就会黯淡无光、浑浊不堪。那些善于吸取新知的人，他们的心灵是光洁明亮的。

所以，我们必须不断保持追求新知的欲望。只有不断地学习、运用和探索，才能使自己的人生永葆先进和活力，就像水有源头，活水能永远汩汩注入一样。

我们前面讲过好几首组诗，课本中选的都是更出色的那首。

不过我认为，这两首组诗，第二首更好。读书过程中需要时时更新知识，比较好打比方；但那种通过量的积累，导致灵感迸发，达到质的飞跃感，不大好形容。而作者用艨艟巨舰在春水暴涨之下轻松自在航行，来形容人文思枯竭之后的突然顿悟，从而悠游自得，无疑让人感到耳目一新；对其擅长抓取比附的这种想象力，也不能不由衷佩服。

67 题临安邸

这一节，我们来学习宋代诗人林升的一首诗——《题临安邸》。

山外青山楼外楼，西湖歌舞几时休？
暖风熏得游人醉，直把杭州做汴州。

这首诗歌，许多人都耳熟能详，比它的作者林升要有名多了。林升与陆游、范成大、杨万里和朱熹不同，他籍籍无名，连哪年出生、哪年去世、生平有什么经历，我们全都不知道，或者说不能确定地知道。我们只知道他是南宋时代的一个文人，大约生活在南宋孝宗时代（1162 年至 1189 年期间）。

明代人田汝成在他的《西湖游览志余》中记载：林

升，字梦屏，家乡是今天的浙江温州，和南宋淳熙五年的进士、大学者叶适有交往。从叶适写的一篇文章中，我们知道林升家境贫寒，穷得父亲死了也没钱安葬。他的诗歌存世仅这一首，大概也没考中过进士，所以不出名，是个可怜人。还好他留下了这首诗，让我们知道有这么一个人，在八百多年前的南宋，曾经呼吸过、看过、听过、爱过、忧愁过。

从诗题来看，这首诗是题写在临安一家旅店的墙壁上的。我们以前说过，古代诗人很喜欢在酒店墙壁上题诗，如果写得好，店家巴不得你在上面题，因为能吸引很多客人来观赏，观赏的条件就是点两个菜，喝点酒，酒馆的营业额就会增加。有很多例子，比如，宋代有个叫许洞的书生，很穷，欠了很多酒债，但又忍不住酒瘾，再次到酒店去赊酒喝。老板对他倒还好，依旧赊给他，他喝多了，悲从中来，抢过账房的毛笔，就在酒店墙壁上写了一首长诗。本来是抒发郁闷，谁知群众马上围上来看，个个嗟叹："这诗歌写得真好。"不多时，就坐了一屋子的人，纷纷沽酒点菜，坐下来欣赏。老板很高兴，对许洞说："许先生，以往的旧债一笔勾销，今后你来喝酒，只要在壁上写一首诗，我就不收你钱。"

我想林升也可能靠这首诗换了酒菜，因为南宋老百姓里面，对朝廷不满的青年肯定不少，看到这么讽刺朝廷的诗，不可能不激动，肯定会纷纷传抄，否则这首诗也不可能流传下来。

首句“山外青山楼外楼”，是说山外面还有重重叠叠的青山，楼外面还有数不尽的楼阁。我们知道，杭州西湖边有很多山，环绕着杭州城。南宋商业发达，歌管楼台处处皆是。君臣偏安一隅之后，文臣武将都不思进取，日日盛会。所以，这句的描写非常棒，把临安的繁华盛况一下就勾勒出来了。

“西湖歌舞几时休”，是说西湖边的歌舞，什么时候才能停止。作者显然对士大夫们纸醉金迷的生活非常不满，尤其是作者很穷，会更加不满。

三、四句“暖风熏得游人醉，直把杭州做汴州”，是说这温暖的风，熏得游人好像喝醉了酒一样，搞得大家都醉生梦死，完全把杭州当成了东京汴梁。

这里说的暖风，当然不是指春天或者夏天的暖风，而是暗指奢侈享乐的风气；这里说的游人，当然也不是简单地指那些外地来的游客，而应该是暗讽南宋朝廷的君臣。他们原先是住在汴梁城中的，来到杭州，其实究根结底，就是客居他乡。如果他们有骨气，应该奋发图强，北上伐金，收复中原，还于旧都。但他们却把客居当成了永居，意志消沉，根本没有回乡的想法了，简直让人气炸了肺。

这首诗一向被当成爱国讽喻诗，我从小听《岳飞传》

的评书，非常敬佩岳飞的才华，认为如果宋高宗一直重用岳飞，一定能随随便便灭了金朝。后来看了很多史料，才知道事情不是那么简单。两宋的军事实力，一向被认为是历朝历代最弱的。当年金国刚刚崛起，联合宋朝一起夹攻辽国，谁知金国节节胜利，宋兵却被腹背受敌的衰落的辽国打得溃不成军。后来蒙古和南宋相约夹攻金国，情况也类似。所以，其实即使宋高宗一直重用岳飞，以南宋的国力，恐怕也没有收复中原的本事。偏安一隅，也许是不得已的。当然，宋高宗个人也有私心，他并不想把被金兵俘虏的父亲和哥哥迎回来。种种原因交叠，造成了岳飞的悲剧。

但无论如何，偏安一隅总是可耻的，应该讥讽。尤其像林升这样的穷困文人，本来就郁郁不得志，当然更加愤怒，就算借题发挥，也要骂一通。

有幸的是，看样子南宋文网还算较宽，如果碰到凶残的政府，凭这四句诗，把林升捉进牢里去，判一个寻衅滋事，也不是不可能的。题在墙壁上的诗，当然也要赶紧铲掉。但竟然留了下来，传诵千古，这说明南宋朝廷到底还有点容人之量。

68 游园不值

这一节，我们来学习宋代诗人叶绍翁的《游园不值》。

应怜屐齿印苍苔，小扣柴扉久不开。
春色满园关不住，一枝红杏出墙来。

叶绍翁，字嗣宗，号靖逸，家乡是今天的浙江丽（lí）水市龙泉市。和林升一样，他也不太有名，《宋史》里没有他的传记。好在他写过一本书，叫《四朝闻见录》，里面提到自己原先姓李，祖籍河南固始县，祖父李颖士是北宋政和五年（1115年）的进士，南宋时因为抗金有功，当过大理寺丞、刑部郎中，后来在政治斗争中失败，被贬官，因此家道中衰。

祖父这样的遭遇，导致叶绍翁很小的时候就被送给龙泉一个叶姓人家当养子。叶绍翁自己也曾在朝廷做过官，一生主要以学问闻名，推崇朱熹。闲余时间写诗歌，诗风语言清新，意境高远，一般认为，属于江湖诗派风格。所谓“江湖诗派”，是南宋后期的一个诗派，这个诗派的成员大多身份比较卑微，有的是平民，有的是下层官吏，创作内容多为抒发对隐居生活的向往，表达对当时政治的不满，叶绍翁就属此类。

叶绍翁的生卒年不详，我们无法精确知道他的生活经历。他曾经拜永嘉学派的宗师叶适做老师，而叶适生于1150年，死于1223年，从此大致可以推测他的活动时间是南宋末期。

这首诗是一首春游诗，“游园不值”，指想游玩一个园子，可惜没成功。值，本义是遇上，这里指没成功。因为他去看的园子，其主人不在家，也就是说，没碰上主人，所以进不去园子。其实诗题本来应该说“游园不值主人”，但这里简略了“主人”。从诗题看，有点像我们前面讲过的，唐代诗人贾岛的《寻隐者不遇》，其中的“不遇”就等于这里的“不值”。贾岛当时也很遗憾，不过他毕竟还是见到了看门的童子，叶绍翁却什么人也没见到。

首句“应怜屐齿印苍苔”，是说，应该是主人吝惜，怕我木屐的齿纹印在青黑色的苔藓上。屐，木质拖鞋；木屐底下凸出像牙齿的部分叫屐齿。这是揣测主人的心思，担心外来人进院子，踩坏他院子里的苔藓。在我们一般人看来，苔藓有什么好怜惜的，但对于爱好园林的人来说，就不一定了。

我小时候看见自己屋子外墙上的苔藓，觉得很脏很难看。但有一次去日本奈良参观唐招提寺，院子里竹林幽静，道路两边泥土和石头上都铺满厚厚的一层苔藓，左右游观，只觉天地之间都是青色，有一种独特之美。我才知道苔藓也不是那么可厌的，同时想起唐代诗人戎昱（yù）的诗歌《题招提寺》："一灯传岁月，深院长莓苔。"里面专门提到"莓苔"，也就是苔藓，我想，他所探访的招提寺，可能也像日本的唐招提寺一样吧？也许当初日本遣唐使所见的唐代寺院，都细心培育苔藓作为风景，这种审美因此被日本人直接照搬，乃至如今日本保存了唐风，而中国已经失去了。日本京都还有个寺庙叫西芳寺，又称为苔寺或苔藓寺，这个寺庙最好玩的，就是有120多种苔藓，很多人慕名来游，主要是去看苔藓，不但因此门票很贵，还要预约，简直把苔藓的美发挥到极致了。唐代诗人刘长卿的诗歌说："一路经行处，莓苔见屐痕。"也是讲苔藓上留下木屐痕迹的。

次句"小扣柴扉久不开"，是说作者轻轻扣着柴门，但是很久都没人来开门。所以作者才会心生不满，猜想是主人吝惜。扉，门扇。

三、四句“春色满园关不住，一枝红杏出墙来”，是说虽然没能进门，但园子里的春色是院墙关不住的，仍看见了一枝红色的杏花，从墙内伸出来。作者大概心中出了一口气，心想，你不让我看，我多少还是看到了一枝花。

晋代的王湛（zhàn）有一首诗《春暮游小园》：“开到荼蘼花事了，丝丝天棘出莓墙。”是说，在荼蘼花季快结束的时候，有丝丝天棘这种植物伸出院墙。陆游的诗歌《马上作》也写道：“平桥小陌雨初收，淡日穿云翠霭浮。杨柳不遮春色断，一枝红杏出墙头。”叶绍翁这两句诗，大概就从王湛、陆游的诗歌得到了启发，尤其是陆游的诗，几乎完全照抄，只改了一个字。只是天棘这种植物，没有红杏有画面感；陆游的诗，缺乏前一句“春色满园关不住”这样的铺垫，意境就差些。

叶绍翁的诗虽然从王湛和陆游的诗歌得到营养，却后出转精，由此成为脍炙人口的名句，经常被人借用，来表达一种人生状态，带有哲理性。比如说夫妻之间，妻子有外遇，就经常用这句诗来做比喻；但也可以做相反理解，表示美好事物挣脱重重阻碍，最终脱颖而出。我们必须知道，前一句铺垫非常重要，就像相声中的捧哏（gén），没有它，后一句绝对不会让人生发种种联想。因此，我们写文章，不动声色的铺垫，也是很重要的，电影的高潮就离不开铺垫。没有铺垫的高潮，成不了高潮。全篇都是高潮的电影，相当于没有高潮，只剩紧张，缺乏回味。

诗歌的写作时间，大约在江南的早春二月，杏花花期早，紧跟在梅花之后。唐代诗人罗隐写过一首《杏花》："暖气潜催次第春，梅花已谢杏花新。半开半落闲园里，何异荣枯世上人。"我们知道，梅花常常斗雪开放，杏花自然就在早春绽放了。

应怜屐齿印苍苔，小扣柴扉久不开。

【猫猫说】青苔

到处都是青苔，很适合捉迷藏。
小猫们在捉迷藏。
你能找到几只猫？

69 乡村四月

这一节，我们来学习宋代诗人翁卷的一首诗——《乡村四月》。

> 绿遍山原白满川，子规声里雨如烟。
> 乡村四月闲人少，才了蚕桑又插田。

翁卷，字续古，一字灵舒，浙江人，大约生于南宋孝宗乾道三年，也就是1167年。他成长在一个文人世家，有个哥哥考中过进士，做过几任小官。他自己20岁参加乡试，获得通过，第二年进京参加进士考试，落榜，从此就绝意仕进。

翁卷喜欢隐居生活，一度搬到山里居住。还曾投笔从戎，投奔抗金名将辛弃疾，在军营做参谋。和叶绍翁一样，他也拜叶适为师，曾一度投奔叶适为幕僚，到了叶适后来被免官，才回到家乡继续隐居。他喜欢旅游，青年时代曾经跑了很多地方。

翁卷是个政治上的主战派，非常关心民生疾苦，写了不少抗金和同情穷苦百姓的诗歌。他的诗歌简洁、平易近人，注重韵味，推崇晚唐诗人贾岛、姚合，讲究苦吟，意境淡远，像水墨画卷。在中国文学史上，他有一定的地位，被称为“永嘉四灵”之一。所谓永嘉四灵，是指当时生长于浙江永嘉（今天的温州）的四位诗人徐照（字灵晖）、徐玑（字灵渊）、赵师秀（号灵秀）、翁卷（字灵舒），因为他们都是永嘉学派宗师叶适的弟子，字号中又都带有“灵”字，故称永嘉四灵。四人诗风相近，喜欢歌颂田园山水，艺术上刻意求工，讨厌用典，崇尚白描，是江西诗派的反对者。

这首诗题目叫《乡村四月》，体现了翁卷一贯喜爱隐居乡间的生活情趣。

首句“绿遍山原白满川”，是说山地和原野都被绿色铺满了，而河流则白晃晃的，水光闪烁。这里的“绿”和“白”，都是形容词的动词用法，跟我们以前讲王安石的诗“春风又绿江南岸”的“绿”，用法相似。川的本义是河流，也有人说，这里的川不是指河流，而是指平地，就像我们以前讲过的北朝民歌“敕勒川”的“川”那样①。白满川，就是说稻田里的水，把整个平川都搞得白晃晃的。这

① 见 03《敕勒歌》。

种解释也说得通，毕竟稻田就是在平地上开垦的。在江南的春天，水田刚刚插秧的时候，禾苗长得稀稀拉拉的，田里都是水，一眼望去，白晃晃的，有些闪眼，确实可以说是“白满川”。

次句“子规声里雨如烟”，是说在杜鹃鸟的啼叫声中，细雨迷蒙，远望过去，像轻烟一样缥缈。子规，相传是古代蜀国的帝王杜宇魂魄所变，春天插秧的时节前后，喜欢鸣叫，昼夜不停，声音凄切，好像要啼出血来。古诗词里经常写到它的叫声，以抒发悲苦哀怨之情。比如李白《蜀道难》诗：“又闻子规啼夜月，愁空山，蜀道之难，难于上青天。”杜甫《子规》诗：“两边山木合，终日子规啼。”宋代词人陈亮《水龙吟》词：“正销魂，又是疏烟淡月，子规声断。”据说它鸣叫的声音，像是在叫“不如归去”，所以，古代文人又经常借它来写思归之情和退隐之志。它还有个更朴实的名字，叫布谷鸟，说是听起来在叫“布谷布谷，布谷布谷”，仿佛催促农人播种。这些比喻估计都是借它的酒杯，来浇自己胸中的块垒。如果碰到一个商人，恐怕他听到的子规叫声，又是“贱买贵卖，贱买贵卖”了；渔夫呢，当然是“大鱼都来，大鱼都来”。

三、四句“乡村四月闲人少，才了蚕桑又插田”，是说农历四月份的时候，乡村里没有什么闲暇的人，大大小小都忙着干活；刚刚收拾完了养蚕采桑的事宜，又要赶着去田里插秧。了，指了结、结束。农村的这些情况，我们以前讲过的范成大《四时田园杂兴》诗歌里，写了很多，白天的村落里，到处空荡荡的，人们都在野外干活[1]。乡村养蚕的时节，家家还要关门闭户。其实除了养蚕、插秧，农民还得挖笋、挖藕、采菱、酿酒、纺织……中国普通人是非常勤劳的，蚕桑和插田只是其中比较大而重要的农事而已，除此之外，琐屑的劳作也非常之多。可就是这样，大多数农民也仅仅能吃饱肚子。

不过，翁卷的这首诗里，主要是写隐居农村的闲适，没有为农民诉苦的意思。诗歌纯用白描手法，淡淡勾勒了南宋浙江一带的四月农村生活，绿原、白川，色彩鲜明；子规、烟雨，迷离惝恍（chǎng huǎng），诗意盎然，仿佛宁静的乐土。如果没有尝过农作之苦的文人看了，一定会觉得非常美妙，大呼：“真是农家乐呀！”但我这个经历过农村生活的人知道，那生活一点都不美好。

① 见 61《四时田园杂兴·昼出耘田夜绩麻》，62《四时田园杂兴·梅子金黄杏子肥》。

70 墨梅

这一节，我们来学习元代诗人、画家王冕的一首诗——《墨梅》。

> 我家洗砚池头树，朵朵花开淡墨痕。
> 不要人夸颜色好，只留清气满乾坤。

王冕，字元章，号煮石山农，浙江绍兴人，据说生于元世祖至元二十四年（1287 年），但不肯定。

王冕出身贫寒，幼年被父亲命令去放牛，但他溜到学堂偷听读书，默默记诵，晚上回家，把牛都忘了。牛自己到处瞎跑，踩坏了人家的稻田，田主牵着牛来责问。王冕的父亲一听，勃然大怒，捉住王冕就是一顿暴打。但王冕屡教不改，很快故态复萌。母亲怜悯他，向父亲求情：

“儿子这么喜欢念书，何不由他？”王冕因此离开家到寺庙借居，晚上跑出来，坐在佛像的膝盖上，就着佛像前的长明灯苦读，通宵达旦。那些佛像都是用泥巴堆成的，工匠的技术也不大好，塑的佛像面目都狰狞可怖，但幼小的王冕一点都不怕。说实话，我现在都没有这个胆量。

有个大学者韩性听说后，非常感动，把王冕召去收为弟子。他在韩门苦读，由此非常博学。韩性死后，门人弟子干脆都奉他为师。他把母亲接到绍兴来赡养，但母亲住在城里不习惯，想回家，他就买了一头白牛驾车，让母亲坐上去，自己穿着很古的衣服跟着车后走。沿路儿童看见，都笑得不行，他倒不在乎，跟着笑，可见内心的强大。有人推荐他去做官，他不领情，反而骂别人。

由于天天在小楼上看书，他逐渐有了名气。有省府巡视员下来巡视，顺便到他家拜访，但骑在马上，显得很傲慢，王冕便拒绝见面。等巡视员走了五十多步，他又倚在楼上吹口哨，巡视员听了羞惭得不行。他也曾经参加过进士考试，不中，就叹气道：“这玩意是儿童都不屑做的事，我竟糊涂到为之浪费时间？”从此不再参加。买了一条船，沿着长江上溯，到处旅游。还去了北京，住在秘书卿泰不花的家里。泰不花要举荐他做官，他说：“您老人家太傻了，不满十年，您这个官府里，就只有狐狸和兔子到处跑了，我怎么肯在这里做官。”他的意思是，天下将大乱，我不想陪您一起死，还好，泰不花竟没怪罪他。

后来他回到家乡，依旧经常说天下将乱。但当时看上去河清海晏，非常太平，大家都认为他纯粹胡说八道，他也不生气："行，就当我胡说八道吧。"王冕带着老婆孩子跑进九里山隐居，种了三亩豆子、六亩小米、上千株梅花，还有五百棵桃花和杏花，其他农作物也不少，有芋头、韭菜若干，甚至为了解决蛋白质匮乏的问题，专门凿一个池子，养了一池子鱼。还建了三间茅庐，自题为"梅花屋"，天天躲在家里写书，但不发表。晚上夜深，则点起灯朗诵，说："如果我一下子死不了的话，靠我这本书去游说明主，当个千古闻名的宰相，一点都不成问题。"天气好，就疯狂写诗，满纸都是天风海雨，壮气逼人，读了这些诗歌的人，毛发直耸，惭愧自己生活的猥琐。有人来，从不以礼相待，但如果言语投缘，可以畅谈一天，毫不疲倦。到了饭点，客人自己去锅里盛饭，不许讲客套。他擅长画梅花，好多人跑来求画，当然不是无偿的，拿米来换，米多，画就大；米少，画就小。有人讥笑他："你也太贪财了。"他说："画画不是劳动吗？劳动不可以换钱吗？我饿死，你才高兴？"

没多久，果然天下大乱，当年要举荐他做官的泰不花死在乱兵之中，他躲在山里，安然无恙。朱元璋部将攻下了他的家乡，并且摸进深山找到他，几个兵七手八脚将王冕抬了出去。还好他突然生病，很快死去，享年72岁。

但也有人考证他只活了 50 岁。

明朝大学者宋濂，是浙江义乌人，和王冕算老乡，他曾经这样回忆："我当年上学的时候，就听说绍兴有个狂人叫王冕，天下大雪，他赤脚跑到山上狂呼，说想成仙。进城戴着筛子那么大的帽子，走到哪里，就引来哪里的嬉笑。我当时不相信世间还有这样的神经病，后来听说还真有，就是王冕。但他的文章写得那么好，不可能是神经病。大概有特殊才能的人总是不同流俗吧。"

王冕擅长画梅花，独创了梅花的没骨画法，这首诗，就是他一幅梅花画的题诗。

这首诗有好些版本，最主要的是两个，其中一个是课本上的，另一个是："我家洗砚池头树，个个花开淡墨痕。不要人夸颜色好，只流清气满乾坤。"有两处不同，课本上的"朵朵"，另外的版本是"个个"；课本上的留下的"留"，另外的版本是流水的"流"。王冕的《墨梅图》至今犹存，曾藏于故宫，上面有王冕自己题的这首诗，和乾隆皇帝的题跋。从题画原迹来看，"个个"和"流"是对的。古代各种类书、辞书或者文集，收录这首诗，也以"个个"居多。

首句"我家洗砚池头树"，是说我家有个洗砚台的池子，池头边有一棵树。古代人虽然过得很苦，但地方大，凿个池子洗洗东西比较容易，现在就没有这种可能了。

次句"朵朵花开淡墨痕"，承接上句，是说树上面开着梅花，每朵花都由淡淡的墨痕组成。这句可以确定，作者不是说真的梅花，而是说画的梅花。

三、四句“不要人夸颜色好，只留清气满乾坤”，是说这些花本来就不要人夸它们的颜色有多么好，它们的生活目标其实更大，是想让清气留下来，布满天地。乾坤，指天地。这两句明显不仅仅是说花，而是说人的品行。梅花是红色的，但因为是墨梅，根本没有颜色，它只以意象取胜。况且梅花的香气虽然很清新，却不可能布满乾坤，只有带着象征气息的人品，才能达到这个结果。

作者这么说，也反映出他傲岸的性格，他的意思是，我不要人夸奖我的外在，而需要人看到我内心的高洁。在古代，文人有一种很奇怪的风气，一方面拼命考进士，追求做官；一方面又以不肯做官为标榜。明代有个叫周天球的人，在这方面达到极致，经常跟人吹嘘自己如何如何高洁，几次三番拒绝了皇帝的征召。王冕也是如此，他起初也是考过进士的，后来又拒绝做官。但还是偷偷写书，期望有朝一日遭遇明主，当个宰相。这是不是心口不一呢?也不一定，大概想做官是解决生活困窘的实际需要，又是实现政治抱负的手段；但在官场待久了，又会发现那种让你必须趋炎附势的生活很伤尊严，这是两难境遇，所以免不了会在诗歌中展示出来。

71 石灰吟

这一节，我们来学习明朝政治家、诗人于谦的一首诗——《石灰吟》。

千锤万凿出深山，烈火焚烧若等闲，
粉身碎骨浑不怕，要留清白在人间。

于谦，字廷益，今天的浙江省杭州市上城区人，生于明太祖洪武三十一年（1398 年），曾祖父和祖父分别当过元朝和明朝的官。于谦 7 岁的时候，有个和尚看见他，说："这娃将来一定能挽救国家，能当宰相。"永乐十九年（1421 年），于谦考取进士，时年 23 岁。他擅长断案，曾在江西平反数百起冤狱。皇帝很欣赏他，破格提拔他为兵部右侍郎，在河南、山西一带做官。他当官的时候，会亲自到管辖区内到处考察，微服私访，有感想就上奏皇帝。当时的宰相也很器重他，只要是他的奏疏，早上递进去，晚上一定得到回复，别的大臣都没有这么快。

于谦生性耿直清廉，每次到京师开会，都口袋空空，什么礼物也不带，搞得权贵们都很怨恨。等到器重他的宰相死后，太监王振掌权，差点借故判他死刑。后来放出来，因为百姓恳求，继续在河南、山西做官，前后待了 19 年。后来回到京城，做兵部左侍郎，不巧碰到蒙古瓦剌部的首领也先率领大军入侵明朝，太监王振劝明英宗亲征，于谦反对。英宗不听，结果几十万大军全部覆灭，自己也被蒙古军队俘虏。

很多大臣吓得建议南迁，于谦反对，说："难道要重蹈南宋的覆辙吗？"建议立明英宗的弟弟为新皇帝，以断绝也先拿明英宗来要挟明朝的梦想，然后亲自部署兵马守卫京师，每天在办公室看各种报告，废寝忘食，不肯回家休息，最后顺利击退也先的军队。也先无奈，答应放还明英宗，但是新即位的景泰皇帝有点担心，说："我本不想当皇帝，都怪你们一直怂恿。"于谦说："您的皇帝位置已经坐稳，就算把您哥哥迎接回来，也不可能逼您让位。"景泰皇帝放心了，后来一直很倚重于谦，事事听从，于谦也因此引起众人嫉恨，只是因为皇帝宠幸，拿于谦没有办法。

于谦性格刚直，碰到没有才能的人，一点也不掩饰自己的轻蔑，导致怨恨他的人越来越多。景泰皇帝即位八年，生了重病，卧床不起，将军石亨、太监曹吉祥、文官徐有贞三人密谋，重新拥立被软禁的明英宗即位，立刻下令逮捕于谦，诬陷他擅自废立。那些恨他的人三下五除二，判他死刑。明英宗倒有些不忍，说："于谦到底有护国之功啊，判死刑是不是有些过分？"徐有贞说："不杀于谦，我们这次举动就不够正当了。"于是明英宗答应把于谦斩首，于谦死时 59 岁。

于谦死后，家产全部没收，家属流放边疆。更有许多人趁机落井下石，说于谦罪当诛灭三族，宣示天下，但明英宗没有应允。没收于谦的家产时，发现他家穷得叮当作响。死后，天降阴霾，皇太后开始不知道要处死于谦，听说后，连日感伤，明英宗也非常后悔，后来石亨、曹吉祥、徐有贞三个人争权夺利，互相倾轧，相继被明英宗杀的杀，流放的流放，都没有得到善终。明英宗也因此给于谦平反。

这首诗创作年代不详。于谦是个政治家，写诗只是他的余事。有人说，于谦从小志向远大，有一天信步走到一座石灰窑前，观看师傅煅烧石灰，发现一堆青黑色的山石，经过熊熊的烈火焚烧之后，就能变成白色的石灰，于是深有感触，写下了此诗，当时才 12 岁。但这恐怕不会是真实的。

诗歌的内容很简单，我们用白话文串讲一遍，意思是：石头们经过千锤万凿，从深山里凿出来，扔进烈火里焚烧，无论怎么焚烧，它们都只当是稀松平常。它们胸怀大志，就算粉身碎骨，也一点都不害怕，因为它们的目标就是要把清清白白的东西留在世间。

第二句的“等闲”，我们前面讲过，是很普通，很不当一回事的意思。第三句的“浑”，是完全的意思。

这首诗歌是诗人代石灰立言，以石灰的口吻来叙述自己的志向和抱负，被开采，被焚烧，这些都是很痛苦的事。当然石头是没有知觉的，它们并不知道痛苦，但对人来说，被锤子锤，被凿子凿，被烈火焚烧，简直是碎尸万段，又加炼狱，痛苦之状，无以形容。但于谦告诉我们，不管怎么样，石头们也不会后悔，因为这样才能从黑的变成白的，经过凤凰涅槃般的苦难洗礼，才能获得新生，找到自己伟大的价值。诗歌显然是托物言志，是于谦对自己生活目标的寄托。

我们前面说了，于谦为人正直，每当碰到不满意的事情，就忍不住拍着自己的胸说：“真不知我这腔血将来喷到哪里。”可见他性格过于刚直，眼睛里揉不得沙子，遇到困难绝对不会屈服，被判死刑的时候，跟他同刑的一个官员呼天抢地给自己辩冤，他笑笑说：“何必白费力气，他们想要我们死，辩是没有用的。”也只有这样刚直的人，才能写出这样刚直的诗歌；而能写出这样诗歌的人，注定就会得到这样的命运。

历史上像于谦这样的冤案可谓源源不绝，但似乎怎么也无法避免。纵观历史，在于谦之前就有无数个于谦，之后也有无数个于谦，一代一代，总是相继发生同样的事，仿佛人们永远也无法从此得到教训。这是为什么呢？值得我们好好想想。

72 竹石

这一节，我们来学习清代诗人郑燮（xiè）的一首诗——《竹石》。

咬定青山不放松，立根原在破岩中。
千磨万击还坚劲，任尔东西南北风。

郑燮，字板桥，江南扬州府兴化人，出生于清圣祖康熙三十二年（1693 年）。家庭原先是书香门第，但很早就家道中落，他 3 岁时失去了母亲，父亲是一位私塾先生，因此他从小就跟着父亲一起念书，非常刻苦，20 岁左右考取秀才。后来父亲年迈，他只好自己也开始教私塾，承担起家庭重任。但教书实在挣不了几个钱，四年后不得不放弃教职，客居扬州，开始卖画。扬州在那个时候是超级大城市，富商大贾不计其数，他在此过得很惬意，还认识了一些画家朋友。后来郑板桥一直怀念在扬州的生活，扬州是他的精神故乡。

雍正十年（1732 年），郑板桥 39 岁，到南京参加乡试，中了举人。兴奋得不行，四处游览名胜古迹，只要听到有古迹，再偏僻也要去寻访，可见他的性格。

乾隆元年（1736 年），郑板桥又去北京参加礼部会试，也考中了；又参加殿试，中了二甲第八十八名，赐进士出身，他高兴得要疯，拼命写诗夸耀。但是没有即刻得到官职，后来的几年，他到处给达官贵人写诗，希望对方帮忙赐个一官半职。乾隆六年，终于被任命为范县县令，他在范县干了四年，经常下去走访，获取民情。四年后又调到潍县做县令。为政期间，郑板桥很能体恤平民和小商贩，也非常廉洁勤政，号称所辖地区没有冤枉的百姓。

在潍县做了七年县令后，郑板桥深觉官场黑暗，决定归隐。60 岁时，因为得罪上司，果然丢了官职，百姓自发相送。后来的十二年，过得轻松自在，在乾隆三十年去世，享年 72 岁。

郑板桥在历史上以书画知名，擅长画竹子，并自创了“六分半”书法，在任潍县知县期间，曾作过一幅画，在画上题诗：“衙斋卧听萧萧竹，疑是民间疾苦声。些小吾曹州县吏，一枝一叶总关情。”从衙斋萧萧的竹声，联想到百姓疾苦之声，可以看出他善良的心灵。

他还喜欢画兰花，认为兰花象征着高洁的品格。彻底退出官场后，他已经在书画界有极高的名气，号称诗书画三绝。他自述无数人向他求取书画，都以得到他的一张纸为荣，甚至连外国丞相都来登门求书。

这首诗是他的一首题画诗，创作年代不详。诗句很简单，我们用白话文串讲一下：竹子的特性，是它的根咬定了青山就不肯放松。因为它天生的志向，就是站立在破败的岩石之中。不管它一千次磨砺，还是一万次打击，不管你是刮东南风还是西北风，它永远保持坚强有劲。

诗歌写得很浅显，课本上之所以会选这首诗歌，主要还是因为它的教化意义，我们中国人很注重这一点。这首诗其实就像于谦的《石灰吟》一样，通过托物言志，来表达自身的品格。表面上似乎是写竹子，其实是写人品，他告诉我们，做人要像竹子一样，不管处于什么艰苦环境，不管遭到什么打击，也要铁骨铮铮，决不向邪恶势力低头。结合作者一生的经历，基本是契合的。至少那些混得很好的贪官污吏，脑子里不会有这种想法，也不可能写这样的诗歌。

73 所见

这一节，我们来学习清代诗人袁枚的这首《所见》。

牧童骑黄牛，歌声振林樾。
意欲捕鸣蝉，忽然闭口立。

袁枚，字子才，号简斋，晚年自号随园主人、随园老人，浙江杭州人，出生于1716年。袁枚祖上做过小官，到他祖父这辈，家道已经中落，祖父、父亲和叔父都到处奔走，给官吏做幕僚谋生，但没有什么效果，有时要靠母亲做针线活维持家用，每天只能吃个半饱，经常被人敲门讨债。

袁枚天资聪颖，7岁上学，12岁就考上了秀才，23岁中了举人，24岁中了进士，被授予翰林院庶吉士。三年后散馆考试，因为满文考试不及格，列为最下等，被外放任溧水县令。他做县令很有政绩，刚去溧水上任不久，他父亲担心他年少，当官不行，特意偷偷跑到溧水，访问百姓，问县令如何，百姓都夸不绝口，父亲大喜。但他在溧水只待了一个多月，就接到调令，去江浦当县令。离开溧水的那天，百姓夹道相送，舍不得他走，特意合资做了一件“万民衣”披在他身上。后来袁枚在江浦等几个地方，都颇有政绩。

袁枚总共做了七年县令，逐渐感觉要想做一好官，实在太累太苦，加之每每不得不昧着良心搜刮百姓钱粮，尤其重要的是，要在大官面前奉承，简直不堪折磨，于是萌生了归隐念头。34岁时，以养母的理由，毅然从江宁知县任上辞官。随即在江宁（今天的南京）购置隋氏废园，改名“随园”。但三年后，为了满足家族愿望，再次出山，去陕西做官。一年后因为父亲去世，再次辞官回家奔丧，从此再未出仕，隐居随园四十多年，嘉庆二年十一月（1798年1月）去世，享年82岁。

袁枚隐居期间，因为文名很盛，经常有富人花重金来求文章，加之他的文章在当时是畅销书，常常自己印刷自己售卖，竟然很挣钱，同时他还办了一个私学，收费教学，所以他一生衣食无忧。他生性风流，作诗崇尚性灵，又收了不少女弟子，导致颇为道学家们所不容，诋毁他和甚至要加害他的不计其数，还好他早年参加科考时，认识了几个大官，这些人一直保护他。他的诗歌还传到日本，对日本江户后期的文人有很大影响。

这是一首反映儿童生活的诗歌，因为非常简单，我们用白话串讲一下：牧童骑着黄牛，缓缓而行，同时引吭（háng）高歌，声音很响，穿越了树冠，响遏（è）行云。但是他突然看到树上有一只蝉在鸣叫，于是像汽车急刹车似的，赶紧闭嘴，站了起来。

这里要解释一个字。樾，本义是树荫，这里应该指树的繁密枝条。据古书《列子·汤问》上说，有个叫薛谭的人，向著名男高音歌唱家秦青学习唱歌，还没毕业，就以为已经学会了，要求退学回家。秦青没有挽留他，给他在郊外大道上设宴饯别，然后当场表演唱歌，声音非常嘹亮，说是“声振林木，响遏行云”，薛谭一听，乖乖，师傅以前没有显露真功夫啊，我还差得远呢，于是马上跪拜在地，要求重续学费，再次入学。袁枚这句诗里的“歌声振林樾”，显然就脱胎于《列子·汤问》里的“声振林木”，只是把“木”改成了“樾”，为了迁就押韵。

诗人的眼光如照相机，摄取了生活中的一个画面，有点杨万里的风格。全诗充满生活情趣，儿童天真活泼，毫无忌惮地唱歌，忽然闭口站立，只是为了想捕捉一只蝉。短短四句，把儿童热爱捕捉小昆虫的天性，写得活灵活现。我小时候，在夏天，也喜欢捕捉金龟子和蝉，觉得很有成就感，所以任何有过乡间童年生活经验的人，看了这首诗，一定会感到会心。也许你呵斥甚至责打一个小孩子，都不能让他立刻闭口。然而，你高呼一声，这里有好多蝉，他一定会立刻闭嘴，跟着你跑。这就是真实的生活。

这是一首古体诗，押的是入声韵，不需要讲格律，所以用字更加自由，更不受拘束。

袁枚本性是个很害怕受拘束的人，所以才会在 37 岁正值壮年的时期，不顾两广总督的殷切挽留，毅然弃官归隐，从此一直活出自己爱活的样子。他宣扬写诗要直接面对自己的心灵，反对模仿古人，堆砌典故，当然也因此被认为是放弃社会责任，败坏士大夫形象。

这都是迂腐落后之谈，我们要知道诗歌的园林本来就需要百花齐放，我们不必强求每个人都要按照我们的愿望生活，艺术的探索需要自由，如果能创造出多姿多彩的艺术样式，又何尝不有益于社会和人类呢？袁枚的这种风格，也是不可或缺的。

74 村居

这一节，我们来学习清代诗人高鼎的一首诗——《村居》。

草长莺飞二月天，拂堤杨柳醉春烟。
儿童散学归来早，忙趁东风放纸鸢。

首先介绍一下诗人。高鼎这个人，虽然生活在清代后期，但奇怪的是，他的生卒年都不详，比那些遥远的唐宋诗人词人的生活更加模糊。从目前的资料来看，只知道他的家乡是今天的浙江杭州市，大致生活在清代咸丰年间，一生没做过什么大事，也没有什么过人的才华，写了一些诗，除了这首《村居》，也没有什么人爱读。但因为这首《村居》，又被很多人知道。这说明一个人写作，不需要太多，只要一生写出一篇好东西，就可能留名千古。

“村居”的意思是住在乡村里，是诗人在乡村居住所看到的场景。中国自古以来重农耕，以耕种为生的农民占了人口的大多数，乡村生活场景是古人最熟悉的生活场景，所以描写乡村生活的诗篇非常多。

在古诗里，乡村一般有两种典型的意象。一种是民生多艰，这种情况多发生在战争或者动乱时期。杜甫有一组很有名的诗，叫做《羌村三首》的，就描写过这样的场景：“莫辞酒味薄，黍地无人耕。兵戈既未息，儿童尽东征。”乡村因为战争动荡，呈现出萧条凋敝的境况，青壮年被征兵，田地无人耕种，在青壮年之外，连儿童也得参与到战争之中，这真是非常惨痛的情况。

在动乱之外，乡村又成了人们理想生活的榜样，这就是我们要说到的第二种意象，在这种意象里，乡村的田园山水是闲适而舒缓的，这其中最具代表性的是陶渊明的诗，他认为不应该为五斗米折腰，因而放弃了政府公务员的职务，回到乡村生活。他在《归园田居》里写道：“开荒南野际，守拙归园田。方宅十余亩，草屋八九间。榆柳荫后檐，桃李罗堂前。暧暧（ài ài）远人村，依依墟里烟。狗吠深巷中，鸡鸣桑树颠。户庭无尘杂，虚室有余闲。久在樊笼里，复得返自然。”这就是典型的中国文人心目中的乡村。

乡村在平日里真的有那么美好吗？其实在古代，除开沉重的赋税和徭役，单是耕种本身就是非常辛苦的，再加上完全没有办法抵挡的各种自然灾害，农民的生活非常艰难。“春种一粒粟，秋收万颗子。四海无闲田，农夫犹饿死”是乡村生活的真实写照。文人士大夫们的乡村退隐生活，是建立在有“方宅十余亩，草屋八九间”这样的物质条件上，这只能算是居住在乡间，他们过的并不是农民的生活。

今天我们要讲的这首村居，是第二种意象，描写的是乡村生活中看起来美好的一面。

这首诗写的是早春二月的场景，一看就知道，场景在江南。因为淮河以北的中国，这个季节还很冷，柳树还没有发芽，草也顶多冒出了点绿色，看不出生长旺盛的迹象，更看不到莺飞。南北朝时有一个作家叫丘迟，他写过一篇《与陈伯之书》，里面有几句名句：“暮春三月，江南草长；杂花生树，群莺乱飞。”高鼎这句诗，明显是改写了丘迟这几句文章的意思，不过把“三月”改成了“二月”。高鼎是杭州人，大概二月份的杭州已经布满春意，让人触景生感。

第二句“拂堤杨柳醉春烟”，也是写春景。把柳树和堤岸连起来写，这种场景古代诗歌中很多。比如唐末韦庄写的：“柳暗魏王堤，此时心转迷。”这还不算最相似的，最相似的当是宋代赵师民的《春日即事》：“委地露花啼晓恨，拂堤杨柳弄春容。”除了两个字，其他基本雷同，等于抄袭了。好在古人作诗不避因袭，他们称之为“借用”，很多有名的诗人比如周邦彦、辛弃疾、秦观，都爱借用前人现成的句子。但我们现在的人比较严谨，尊重知识产权，在这方面，最好不要向古人学习。

当然，这首诗的这句毕竟和赵师民的句子略有不同。赵师民是写拂堤的细长的杨柳在装扮自己美好的容颜，是一种拟人化的写法，比较柔媚，更像情诗；而高鼎这句则纯粹写景，说拂堤的细长柳丝，好像醉倒在春天的烟雾中一样，比较清新。古人喜欢用“春烟”一词，因为春天湿润，山间树梢仿佛有水气，如烟如雾。类似的句子不少，最有名的当属南北朝诗人范云的《闺思诗》：“春草醉春烟，深闺人独眠。”只不过范云写的是“春草”，高鼎写的是“杨柳”而已。古人有时也直接把春草比喻为烟，比如唐代诗人刘禹锡的诗句“桥边平岸草如烟”。也有直接把柳树比喻为烟的，比如唐代温庭筠的《菩萨蛮》词：“江上柳如烟，雁飞残月天。”初春的杨柳刚刚萌生，鹅黄鹅黄的，看上去确实如烟如雾。高鼎这句诗理解为杨柳醉倒在春天的烟雾里，或是理解为杨柳醉了一样如烟如雾，都是可以的。

这首诗的前两句比较一般，都是前人写烂了的景致，接下来两句，才是诗歌的精华，儿童放了学，天色尚早，他们忙什么呢？立刻抓紧时间，趁着春光放一放风筝。

散，就是放。东风，就是春风。古人认为东方代表春季，是生长的季节，在《礼记·月令》里面有不厌其烦的描述。纸鸢，纸做的鸢，代指风筝。鸢，就是老鹰。据《旧唐书》记载，唐代有个叫张伾（pī）的将军，和叛军交战，被困守城内，无法和外围的援军联系，只好做了一个大纸鸢，放出城外，向援军告急。纸鸢飞得很高，飞过叛军军营的时候，叛军试图把它射下来，但没有成功。纸鸢顺利飞到援军军营，传递了消息。援军立刻火速前进，张伾和援军内外夹攻，把叛军杀得大败。后来，诗歌中常用纸鸢来代指风筝，其实风筝不一定都扎成鸢的样子。

这两句捕捉了儿童放风筝的画面，但读诗的人多半会会心一笑，立刻联系到自己的所见所闻，想：是啊，儿童就是这样贪玩好耍的。诗句能引起人的共鸣，就是最大的成功。

75 己亥杂诗

这一节，我们来学习清代诗人龚自珍的一首《己亥杂诗》，这也是最后一首。

浩荡离愁白日斜，吟鞭东指即天涯。
落红不是无情物，化作春泥更护花。

龚自珍是清代中期著名诗人、思想家、文学家，字璱（sè）人，号定庵，生于公元 1792 年，也就是乾隆末年，家乡是今天的浙江杭州。

龚自珍最著名的诗作，就是《己亥杂诗》组诗，总共 315 首，内容主要是抒情，对个人的遭际和社会的不平多有慨叹。他这个人，其实出身不错，生在一个世代官宦的家庭，祖父兄弟两人、父亲都中过进士，当过不小的官，母亲段氏则是清朝最伟大的语言学家之一段玉裁的女儿，遗传基因是非常好的。段玉裁在《说文解字》研究上，是毫无疑问的第一，曾经积三十年的时间写完《说文解字注》，那是一本文字学领域的权威著作。段氏从小受到父亲熏陶，很有才学，龚自珍从小识字诵读写作文章，就是她亲自教授的。

生活在这样的环境下，龚自珍才学兼通，他二十出头写的政论文章，段玉裁看后都非常惊喜，说："写得太好了，我没想到自己死掉之前，还能看到这么有才华的外孙。"龚自珍在外也早有文名，但在科举考试上并不顺利，38 岁才考中进士，而且名次很低，进不了翰林院，对于他这样自负才华的人来说，是并不满意的。在京城做了十年官，也不如意。因为支持林则徐禁烟，得罪了权臣，据说要暗杀他，他得到消息，星夜独身逃回江南。

还有一种说法，说他因为和清朝贝勒奕绘的妾、女词人顾太清私通，被发觉后怕受到惩罚才逃回南方。后来又回到京城接家属回乡，一路上触景生情，就创作了这组多达 315 首的《己亥杂诗》。1841 年的春天，龚自珍执教于江苏丹阳的云阳书院，同年秋天突然暴卒，只活了 49 岁。他的死还引起很多争论，据说是被妓女下毒杀死的，虚虚实实，甚至被人写进小说，颇富传奇色彩。

这首诗歌的首句写路上风景。古代文人参加科考，只有一个目的，就是做官。龚自珍也不例外，但辛辛苦苦考上了进士，却不得不辞官回乡，而且还因为得罪权臣，生命都有危险。加之正值鸦片战争前夕，号称盛世的大清王朝日益显出衰败之气，这在整个大清的各个地方，都能显示出来。作为一个有着治国抱负的传统知识分子，龚自珍一路观览，心中自然不会好受。所以，在他心中，充溢着“浩荡离愁”。

浩荡，可以用来形容水势很大，也可以形容广大旷远，无边无际。龚自珍用来形容愁思，可见其痛苦。离愁，别离的愁绪。这里指离开北京。作者6岁的时候，就跟随父亲在京城生活，对北京的感情是很深的。而在此离愁浩荡的时候，天边一轮惨白的太阳正要下山。一般来说，人见到朝阳，心情都比较好；看到夕阳，就免不了慨叹。因为夕阳象征着一天将尽，由此容易联想到人生将完。古人把青年称为八九点钟的太阳，夕阳是老年人的专利。李商隐就写过一首诗《乐游原》：“向晚意不适，驱车登古原。夕阳无限好，只是近黄昏。”也是由夕阳生发老年的悲感。甚至“夕阳”的“夕”，古代都有“邪”的意思，古人觉得不吉利。总之，这种惨淡的景色，显然会增加诗人的愁绪。

接下来诗人说，自己把鞭子向东指去，那里就是天的尽头。涯，边缘，尽头。这句是说前方路途遥远，看不到尽头。吟鞭，吟诗的鞭子。鞭子并不会吟诗，是指诗人经常坐在马上吟诗，鞭子就相当于道具，所以称为吟鞭。

三、四句是名句，是说落花不是没有感情的东西，它凋落在泥土里，和泥土合为一体，又为未来新花的绽放提供养分。红，代指花，因为一般来说，花色红的居多，所以以此代花。一般都认为这反映了龚自珍崇高伟岸的人格，说他郁郁不得志，自比落花，暗示自己虽然不再做官，也要为人类做贡献。清代的规矩，做了官才能给皇帝献策，普通人是不能上书谈论国事的，否则处死。所以龚自珍辞了官，确实就丧失了为国建言的资格，相当于一朵花枯萎了。但他为什么说化作春泥更护花呢？大概已经有志于去书院教书，培育下一代英才。这两句用落花来暗指自己的人生，用隐喻来表达自己的理想，在文学上达到了很高的水准。

一般情况下，如果不是像《古诗十九首》那样，有天才的诗句脱口而出，那么，直接抒发志向，往往会写得像口号，显得太直白，太缺乏蕴藉，没有诗味。而通过其他的隐喻来表达，就会变得委婉，经得起回味。只是想挑选好的隐喻，非常困难。

这首诗的落花护花，隐喻就很好，很贴切。而且很新颖，更新了古诗中关于落花的意象。古人提到落花，一般都带有伤感的情绪。比如唐代杜牧的《金谷园》诗：“繁华事散逐香尘，流水无情草自春。日暮东风怨啼鸟，落花犹似坠楼人。”落花被比喻为当年在金谷园的楼上跳楼殉情的美女绿珠，凄清伤感。宋代词人晏几道的词《临江仙》：“落花人独立，微雨燕双飞。”写落花中孤独人的悲凉，也显得非常伤感。但这首诗的落花，却像慈祥的母亲一样，令人爱戴。可以说，这首诗拓宽了古典诗词的意象。

这两句诗已经脍炙人口，很多人只要想表达自己大公无私的理想，都喜欢用这两句诗抒发，可谓写议论文的利器。

本书古诗词与部编版 129 首必背古诗文对照索引

一年级上

一年级下

二年级上

二年级下

三年级上

三年级下

四年级上

四年级下

五年级上

五年级下

六年级上

六年级下